CHRISTOPHER WURMDOBLER

RESET

Roman

GEGRÜNDET
1999

Christopher Wurmdobler

RESET

Roman

Czernin Verlag, Wien

Gedruckt mit Unterstützung der Kulturabteilung der Stadt Wien,
MA 7 / Literaturförderung

Wurmdobler, Christopher: Reset / Christopher Wurmdobler
Wien: Czernin Verlag 2019
ISBN: 978-3-7076-0669-0

Lektorat: Alice Huth
Satz, Umschlaggestaltung: Mirjam Riepl
Autorenfoto: Gregor Hofbauer
Druck: Finidr
ISBN Print: 978-3-7076-0669-0
ISBN E-Book: 978-3-7076-0670-6

This used to be the future
where it was at back then
Let's tear the whole bloody lot down
and start all over again
NEIL TENNANT

I feel like taking all my clothes off
dancing to The Rite of Spring
and I wouldn't normally do this kind of thing
PET SHOP BOYS

Stop

Fast hätte Karmen es verkackt. Verzweifelt irrte sie in den Katakomben des Kongresszentrums umher, auf der Suche nach einem Klo. Der Techniker, den sie fragte, schickte sie muffig mit einer Geste wieder nach oben, wo unzählige, sicherlich schlecht bezahlte Leute das Catering vorbereiteten. Eine junge Frau, die Weingläser polierte, zuckte bloß mit den Achseln, als Karmen sich nach den Waschräumen erkundigte. Vielleicht hatte sie sich auch unverständlich ausgedrückt. Oder die Frau hatte einfach Besseres zu tun. Karmen eilte durch das Labyrinth aus Getränkekisten und Transportwagen mit Geschirr, vorbei an einer temporär aufgebauten Großküche, in der es entsetzlich heiß war und nach Essen stank. Schließlich öffnete sie eine Notausgangstür, trat ins Freie und fand sich in einem schäbigen Hinterhof wieder. Eben noch mitten in hektischem Treiben, aufgeregtem Gewusel, war sie plötzlich ganz alleine. Abgesehen vom monotonen Brummen einer Lüftungsanlage war es still. Karmen legte den Stapel Moderationskarten, den sie bei sich hatte, auf den Betonboden, raffte ihr bodenlanges hellbeiges Escada-Kleid, hockte sich zwischen zwei Abfallcontainer und verrichtete ihre Notdurft.

Sie war schließlich Profi. Noch nie, niemals in all den Jahrzehnten, in denen sie den Job nun schon machte, hatte sie ein Fernsehstudio oder eine Bühne betreten, ohne vorher nicht noch mal »für kleine Mädchen« gewesen zu sein. Sie sagte tatsächlich »für kleine Mädchen«, womöglich hatte sie der Techniker vorhin deshalb ignoriert. Für kleine Mädchen! Sie war

Anfang fünfzig, sah auch so aus, hätte sie »Scheißhaus« gesagt, hätte ihr der Typ backstage vielleicht geholfen. Karmen, ledig, Anfang fünfzig, keine Kinder, bis vor Kurzem noch großer Medienstar, viele Auszeichnungen, Bambis, Romys, Grimmepreis, sagte »für kleine Mädchen«, ohne jede Spur von Ironie im Ton. Schließlich wollte sie ihr mühsam aufgebautes Image wahren – das der Sauberfrau: Frau Neunmalklug, die kritische Fragen stellte, Ratgeberbücher schrieb und ganz nebenbei auch noch die Welt rettete. Die Werbung für Mineralwasser und Wellnessprodukte machte und die von der Welt geliebt wurde. Geliebt werden wollte. Alles nur Fassade.

Karmen blickte nach oben. Der Hof gab ein bisschen rosa Abendhimmel frei. Als sie fertig war, musste sie sich an dem stinkenden Container festhalten, um aus der Hocke zu kommen. Sie richtete ihr Kleid und überprüfte, ob es trocken geblieben war. Okay, auch ihre beigen Stoffpumps hatten nichts abbekommen. Dann ging sie zurück zur Tür, um festzustellen, dass diese verschlossen war. Es gab keine Klinke, keinen Knauf. Es gab kein Fenster zum Hof, um sie herum nur schwarze Ziegelwände und diese Tür und über ihr der Himmel.

Sie sah auf die Breitling an ihrem Handgelenk. Die sündteure, ein bisschen prollige Männer-Pilotenuhr stand im Kontrast zu ihrer sonst sehr eleganten Erscheinung. Kurz vor halb acht. In wenigen Minuten sollte sie auf der Bühne stehen, diese Gala mit irgendwelchen Wirtschaftsleuten moderieren, fünfhundert geladene Gäste, alle irre wichtig, und hinterher Champagnerempfang und Catering vom Feinsten. Easy Angelegenheit für eine wie sie, mit Jobs wie diesem verdiente sie mittlerweile hauptsächlich ihr Geld. Viel Geld, keine Frage. Gestern bei der Probe hatten die Verantwortlichen ihr gratuliert; Statisten, die die Wirtschaftsleute von heute Abend gespielt hatten, sie ehrfürchtig bestaunt: Die Frau aus dem Fernsehen, die Frau, die jahrelang Polit-Talkshows am Sonntagabend gehostet hatte, ganz nah. Und jetzt stand sie vor einer verschlossenen Tür in einem Hinterhof mit Abfallcontainern.

»Hallo! Bitte machen Sie auf«, rief sie zögerlich und klopfte dabei gegen die graue Metalltür. Ihr Smartphone befand sich natürlich in ihrer Handtasche, und die wiederum hatte sie in der Garderobe abgegeben – was hätte sie beim Moderieren auch damit tun sollen. Niemand moderierte mit der Handtasche überm Arm eine Gala. Auch mit keiner gelben Jasmin von Louis Vuitton, ein Geschenk ihres Ex, dem Depp. Karmen ärgerte sich über sich selbst. Erneut rief sie um Hilfe, trat gleichzeitig mit einem Fuß gegen diese verfickte Metalltür und wurde gleich noch wütender, als sie bemerkte, dass mit dem Tritt die beige Spitze ihres Schuhs einen dunklen Streifen bekommen hatte.

Noch vier Minuten bis zu ihrem Auftritt. Sie wollte hier raus. Beziehungsweise da hinein. Nein, sie musste. Wie blöd trommelte sie jetzt mit den Fäusten gegen das Metall, fast klang es wie Donnergrollen. Schließlich fiel ihr die Tür entgegen und drückte sie so an die Wand, dass sie fast keine Luft mehr bekommen hätte. Ein junger Mann mit Kopfhörern betrat singend den Innenhof, einen prallvollen schwarzen Müllsack über der Schulter, den er, ohne sie zu bemerken, in einen der Container warf. Karmen nutzte die Gelegenheit, um ins Gebäude zu huschen. Sie zog die Schuhe aus, damit sie schneller laufen konnte, und hoffte, sich auf dem Weg zur Bühne nicht zu verirren. Noch viel mehr hoffte sie aber, dass sie keiner bemerken würde.

Gerade noch rechtzeitig kam Karmen hinter der großen Videowall an, von wo aus sie die Bühne betreten würde.

Sie streifte sich die Schuhe über die Füße, ein Tontechniker klemmte ihr das Headset an den Ohren fest, gab ihr den Sender, den sie routiniert hinten in ihrer Unterhose verstaute, und prüfte, ob das Mikro gut saß. Äußerlich die Ruhe in Person, spürte sie ihr Herz klopfen. Wie vor jedem ihrer Auftritte und früher vor jeder Ausgabe ihrer »Sonntalknacht« ging sie in Gedanken noch einmal durch, was sie in den nächsten Stunden alles sagen müsste, wen sie begrüßen, ausfragen, grillen würde. Wobei: gegrillt hatte sie schon lange keines ihrer Gegenüber mehr. Ihre Fragen waren mittlerweile harmlos und weichgespült, aber dafür bezahlte man sie. Aus der Knallharten von einst war die Freundliche geworden; zumindest in der öffentlichen Wahrnehmung.

Vorsichtig tupfte ihr die Maskenbildnerin mit einem Kleenextuch den Schweiß von der Stirn, verteilte mit dem Pinsel noch ein wenig Mattpuder in ihrem Gesicht und richtete ihre blonden kurzen Haare mit einem Kamm. Dazu musste sie sich auf die Zehenspitzen stellen, Karmen war eine sehr große Frau, die keine Lust hatte, für diese Schminkschnepfe in die Knie zu gehen.

Während so an ihr herumgezupft wurde, warf Karmen einen kurzen Blick vorbei an den Kulissen in den Zuschauerraum, der gut gefüllt war mit elegant gekleideten Menschen, die gespannt Richtung Bühne schauten. Der Regisseur im Technikraum am anderen Ende des Saales gab ihr durch die Scheibe ein Zeichen und die Signation startete – irgendeine Random-Fanfare mit Streichern und Posaunen, die genauso gut eine Nachrichtensendung hätte einleiten können. Karmen atmete ein, atmete aus, hörte die extra sonore Männerstimme in der Signation: »… begrüßen Sie Ihre Gastgeberin …« Wo waren ihre Moderationskarten? Sie sah zur Inspizientin, auf deren Tisch nur ein Ablaufplan lag. »… mit einem großen

Applaus …« Wo hatte sie den Stapel mit den verdammten Karten zuletzt gehabt? »… und hier ist sie, die wunderbare …« Die Inspizientin schaute sie auffordernd an. Die junge hübsche Schauspielerin, die als ihre Assistentin später irgendwelche Urkunden und Preistrophäen auf die Bühne bringen würde, lächelte falsch. »Karmen Sonntag!«

Karmen hörte den Applaus und überlegte, wie weit sie heute Abend ohne ihre Spickzettel mit Stichworten, Namen und Fakten kommen würde. »Wo bleibt die blöde Kuh«, quäkte die Stimme des Regisseurs aus dem Kopfhörer der Inspizientin. Die zeigte ihr den Daumen nach oben, machte ein aufmunterndes Gesicht und schob sie vor die Videowand, auf der für den Bruchteil einer Sekunde in Großaufnahme ihr irritiertes Gesicht zu sehen war, und ganz klein stand sie davor. Okay, dachte Karmen, dann mache ich das halt ohne. Vielleicht könnte sie in einer Pause ihre Show-Assistentin in den Hof mit den Müllcontainern schicken, wo sie den Kartenstapel abgelegt hatte, als sie für kleine Mädchen war. Schnell fand sie ihr Fernsehgesicht wieder, die gespielte Neugier im Blick, das Gütige, Verständnisvolle. Sie lächelte ihr charmantes Markenzeichenlächeln und die Gala begann.

Es war Arbeit. Und ganz aus dem Gedächtnis, ohne die blöden Kärtchen, war es noch eine Spur mehr Arbeit. Aber Karmen moderierte sich professionell durch die Show, begrüßte irgendwelche CEOs, Würdenträger, Sponsoren und Politikerinnen. Geprobt war geprobt. Tatsächlich hatte sie sich alle Namen gemerkt, gewusst, welches Wirtschaftsmagazin, welches Unternehmen und auch was das Unternehmen genau produzierte. Sie kannte den Namen der Band, die zwischendurch fürchterlich anstrengendes Elektrogeknarze auf die Bühne brachte, und wusste auch, woher die Expertinnen und Experten kamen, die für ihre Forschungsarbeiten ausgezeichnet wurden. Bei kleinen Unsicherheiten zum Ablauf des Abends fragte sie ihre »reizende Assistentin« hinter der Videowand. Die hatte sich zwar geweigert, in der Pause die Moderationskarten zu holen, war aber sonst hoch motiviert und bewunderte sie sogar ein bisschen. Jedenfalls hatte Karmen den Eindruck.

Fast zwei Stunden dauerte die Gala und Karmen kämpfte tapfer. Niemand schien zu bemerken, wenn sie schwamm. Ausgerechnet beim Finale, als alle Mitwirkenden des Abends noch einmal vor die Videowand geholt wurden, sprach sie den Namen des Hauptverantwortlichen der Veranstaltung so aus, dass es wie »Doktor Arsch« klang, was für verhaltene Heiterkeit im Zuschauerraum sorgte. Mit aufgerissenen Augen sah »Doktor Arsch« sie an, als er ihr einen Blumenstrauß überreichte, und Karmen lächelte ihren Versprecher einfach mit ihrem Markenzeichenlächeln weg. Sie bedankte sich noch mal bei allen Beteiligten und wünschte – ebenfalls seit der Sonntags-Talkshow-Zeit ihr Markenzeichen – eine gute Nacht.

Zumindest für Karmen war es ein gelungener Abend.

»Schlafen Sie gut?«, brüllte der Regisseur aufgebracht, der gleich nach dem Finale hinter der Bühne aufgetaucht war. »Ist das dein Ernst, Karmen? Wieso um alles in der Welt hast du am Ende der Show ›Schlafen Sie gut‹ gesagt? Das stand nicht im Drehbuch. Die Leute sollen sich jetzt amüsieren und feiern und du schickst sie ins Bett!« Etwas verloren und auch erschöpft lehnte sich Karmen an eine schwarz gestrichene Wand. Ihr Körper war voll mit Adrenalin, vibrierte wie nach jeder Show, nach jeder Sendung. Würde sie jetzt jemand umarmen, könnte er ihre Anspannung förmlich spüren. Aber es umarmte sie niemand. Sie hatte sich das Headset vom Kopf gerissen und war gerade dabei, sich den kleinen Sender aus dem Slip zu fischen. Was sollte das denn jetzt? Statt sie zu loben, wie sie das Ding zwei Stunden lang ohne Kärtchen frei von der Leber weg moderiert hatte, gab es auch noch einen Anschiss. Das würde sie sich nicht bieten lassen, dafür war sie zu lange im Geschäft. Sie hatte eine grundfade Wirtschaftsgala mit Charme und Intelligenz zum unterhaltsamen Event gemacht, bei dem keiner im Publikum weggepennt war. So sah es aus.

Sie warf dem Regisseur-Idioten den Blumenstrauß vor die Füße, der ihr kurz zuvor von »Doktor Arsch« überreicht worden war. Pinke, stinkende Lilienblüten zerfielen auf dem schwarzen Boden. »Im Drehbuch stand auch nicht, dass mir am Ende jemand Blumen in die Hand drückt«, zischte sie. Jeder in der Branche kannte ihre Abneigung gegen Schnittblumen. Schnittblumen waren für sie tote Blumen. Sie hatte es in Interviews oft genug, aber meist nur nebenbei erwähnt und war deshalb oft genug als leicht überspannte Tussi hingestellt worden, die ein Problem mit Blumensträußen hatte. Aber, ja, sie hasste Schnittblumen, wie sie Natur im Allgemeinen unausstehlich fand. Ihr Geruch brachte sie fast um, allein der Gedanke an schlaffe Blüten, Blätter und Stängel machte sie mürbe. Genauso gut hätte man ihr, der bekennenden Vegetarierin und zumindest fürs Protokoll engagierten Tierschützerin, ein frisch geschlachtetes, blutiges Kaninchen überreichen können.

»In meinem Vertrag steht ausdrücklich: keine Schnittblumen.« Sie schaute auf den Komposthaufen, den der Regisseur vorsichtig versuchte, mit den Füßen zur Seite zu schieben. Als sie es sich noch leisten konnte, hatte sie sich sogar bei solchen Veranstaltungen vertraglich zusichern lassen, dass komplett auf Blumenschmuck und tierische Produkte beim Catering verzichtet würde. Das war früher.

Draußen im Foyer standen die Leute sicher schon zwischen Blumenvasen und nagten an asiatischen Fleischspießchen.

»Du kannst dir das nicht mehr erlauben, Karmen-Schatz«, sagte der Regisseur. Sein Kopf war rot geworden. »Die Zeiten sind vorbei, auch für dich.«

Karmen-Schatz. Sie war sicher nicht sein Schatz. Nie gewesen. Und sie war so überhaupt keine Karmen, war weder feurig noch glutäugig oder temperamentvoll. Genau genommen war sie das Gegenteil einer Karmen: blond, blass und stets ein bisschen unterkühlt – zumindest in der öffentlichen Wahrnehmung. Der Ausbruch gerade war ganz untypisch, in der Öffentlichkeit hätte ihr das nicht passieren dürfen. Karmen strich sich das Kleid glatt, fuhr sich mit den Händen durchs Haar und ließ ihn einfach stehen. Dann betrat sie noch einmal die Bühne. Der Glam der letzten Stunden war vorbei, alles war grell beleuchtet und ein paar Leute waren bereits damit beschäftigt, die Videowall abzubauen. Fast wäre sie über ein Kabel gestolpert, das vor den Stufen zur Bühne im Zuschauerraum lag, und ins Parkett gefallen. »Ey, Alte«, rief eine Technikerin und pfiff mit den Fingern, als Karmen keine Reaktion zeigte. »Hier darf niemand rumrennen.« Zu spät erst erkannte sie den TV-Star, gerade noch Gastgeberin der Show, und sagte »Sorry, aber«. Karmen machte eine beschwichtigende Geste, lächelte müde und ging durch den Zuschauerraum hinaus ins Foyer. Sie wollte sich jetzt feiern lassen, Anerkennung für ihre große Leistung abholen, die beste Leistung des Abends. Eigentlich hätte sie dafür auch einen Preis bekommen müssen statt diesem blöden Strauß.

Doch niemand nahm von ihr Notiz. Wirtschaftsmenschen und ihre Begleitungen, die so lange hatten still sitzen müssen, angelten emsig Getränke und Fingerfood von den Tabletts, die Heerscharen von Helferinnen und Helfern in

Schwarz durch das Getümmel manövrierten. Die Leute führten sich auf, als ob sie tagelang gefastet hätten. Kaum wurde ein volles Tablett aus dem Catering-Bereich ins Foyer getragen, war es auch schon wieder leergeräumt. Karmen hielt Ausschau nach bekannten Gesichtern, als ein Student mit feuerrotem Haar und Schnauzbart ihr ein Tablett mit einem Dutzend gut gefüllten Longdrinkgläsern hinhielt. »Sie haben sich jetzt was verdient«, sagte er.

»Ist da Alkohol drin?«

Der Typ grinste. Karmen wusste genau, dass auf dem Tablett Gin Tonics standen, sogenannte GinTos, fragte aber aus Gewohnheit. Als sie noch den Deal mit dem Mineralwasserabfüller hatte, ihr Wellnessgesicht auf Plakatwänden und in Hochglanzillustrierten zu sehen war, durfte sie in der Öffentlichkeit keinen Alkohol trinken. Ja, es war ihr sogar untersagt gewesen, andere Wassermarken zu konsumieren. Vor ein paar Tagen hatte sie den Anruf bekommen, dass sich das Unternehmen marketingtechnisch umorientieren, ihr Werbevertrag nicht verlängert würde. Jetzt war sie durstig. Während einer Show verzichtete sie seit jeher aufs Trinken, weil sie mit voller Blase nicht moderieren wollte und befürchtete, ihre Schluckgeräusche würden vom Mikrofon übertragen. Zudem hinterließ der Lippenstift unschöne Flecken auf dem Glas, was bei Close-ups schlecht aussah. Ihr Wasserglas blieb also immer unangetastet. Es hatte sogar Phasen gegeben, da bildete sie sich ein, irgendwelche Konkurrentinnen wollten sie vergiften. Schon allein deshalb ließ sie Studiogetränke stehen. Jetzt aber hatte sie großen Durst und überlegte, ob sie vielleicht erst etwas ohne Alkohol. Egal. Sie nahm einen der GinTos, die ihr der junge Mann immer noch unter die Nase hielt. »Wusste ich's doch«, sagte er eine Spur zu keck, drehte sich um und schon rissen sich die anderen Gäste um die Getränke.

Karmen nippte erst vorsichtig an dem Drink. Wie lange hatte sie keinen GinTo mehr getrunken? Früher, vor hundert Jahren, auf Unipartys, weil sie als Tochter aus gutem Hause es sich leisten konnte und keine von diesen entsetzlichen Rotwein- oder Bierkommilitonen sein wollte, hatte sie oft GinTos bestellt. Später, als sie ihr eigenes Geld hatte, gut verdiente und Longdrinks als Trash betrachtete, trank sie dann lieber teuren Wein. Stundenlang musste sie sich langweilige Vorträge ihrer jeweiligen Begleiter anhören, die erstaunlicherweise alle immer vorgaben, Ahnung von Wein zu haben. Die letzten fast fünfzehn Jahre folgte die Phase ohne Alk – zumindest in der Öffentlichkeit. Schwergefallen war das Karmen nie. Als »Meine persönliche Durststrecke« bezeichnete sie einmal in einem Gespräch mit einer »Gala«-Journalistin ihre exzessive Wassertrinkerei; die Ärsche von der Werbeagentur hatten aus dem Sager dann sogar einen eigenen Claim gemacht: »Wasser, sonst nichts. Meine persönliche Durststrecke.« Extra Honorar hatte es dafür natürlich nicht gegeben.

GinTo war jetzt also wieder in Mode. Sie schmeckte den herben Wacholder, das süß-bittere Tonic, die Kühle in ihrem Mund. Weil sie wirklich Durst hatte, wurde aus dem Nippen ein Herunterstürzen. Sie hätte doch erst ein Wasser gegen den Durst nehmen sollen. In dem Glas klimperten die Eiswürfel, als sie sich durch die Menschenmenge bewegte. Die meisten Gäste vermieden Blickkontakt. Aber als Person, die in der Öffentlichkeit steht, war sie das gewohnt. Bis auf die paar üblichen Distanzlosen, die ein Autogramm oder ein Selfie mit ihr wollten, taten die Menschen so, als wäre sie eine Unbekannte. Wenn sie sich dann doch einmal umdrehte, sah sie, wie die Leute hinter ihrem Rücken tuschelten, sie von oben bis unten musterten, anstarrten, wie ertappt schnell wieder wegsahen. Dann war es Karmen, die so tat, als wäre ihr das alles egal. Fans wiederum musste man besonders zuvorkommend behandeln. Sie hatte lernen müssen, dass sich Fantum ganz schnell in blanken Hass wandeln kann, wenn das Idol sich nicht erwartungsgemäß verhält. Einmal unfreundlich in eine Handykamera geschaut, schon gab es einen Shitstorm auf Social Media.

Im Foyer des Kongresszentrums hatte sie offenbar keine Fans. Vielleicht waren auch einfach nur alle nach der langen Preisverleihung hungrig und erschöpft und wollten endlich das Buffet stürmen. Während gerade noch alle paar Meter jemand mit Tabletts voller Getränke gestanden hatte, wurde das Servicepersonal offenbar jetzt woanders gebraucht. Karmen musste etwas ohne Alkohol trinken. Sie fischte einen Eiswürfel aus ihrem Glas und steckte ihn in den Mund. Schlagartig verursachte der Eiswürfel einen migräneartigen Schmerz zwischen ihren Augen. Weil sie ihren Drink so rasch hinuntergestürzt hatte, war der Würfel in ihrem Mund größer als erwartet, und sie befürchtete eine Kiefersperre. Wo konnte sie das Teil jetzt ausspucken, ohne dabei eine schlechte Figur zu machen? Überall waren Fotografen, selbst wenn die Leute sie ignorierten, Fotografen warteten nur auf so eine Situation. Gerade als sie hinter einer Hecke aus künstlichen Lorbeerbüschen – wenigstens keine Schnittblumen – verschwinden wollte, stürmte der CEO auf sie zu, den sie eben auf der Bühne »Doktor Arsch« genannt hatte. Karmen schloss ihre Lippen und versuchte ein Lächeln, was ihr mit dem Würfel Eis im Mund schlecht gelang.

»Karmen, Liebes, wie du das immer wieder hinbekommst. Respekt.« Doktor Arsch sah so aus, als hätte er Redebedarf. Vor Jahren hatte sie ihn kennengelernt. Ihr Lover damals saß mit ihm gemeinsam in irgendeinem Aufsichtsrat, man ging zusammen essen und verbrachte auch mal ein paar Fünf-Sterne-Tage auf einer Insel im Norden. Offiziell war es ein Arbeitstreffen, Karmen durfte am Damenprogramm teilnehmen, abends im Hotel saß man gemeinsam vorm Kaminfeuer. Sie wollte etwas sagen, brachte aber mit dem Eiswürfel im Mund nur ein »Hmmm« heraus und zwinkerte betont lässig mit den Augen. Das restliche Eis klirrte in ihrem Glas.

»Zwei Stunden gediegene Fadesse sind wirklich nur mit so einer charmanten Moderatorin auszuhalten. Ganz, ganz toll hast du das gemacht, in all den Jahren.«

Was sollte das jetzt? Tat er jetzt auf Waldorfschule? Karmen hatte erwartet, dass der Typ sie dumm auf ihren Patzer anreden würde. Stattdessen machte ihr Doktor Arsch Komplimente. Lob von dieser Seite kam jetzt wirklich unerwartet. Sie schluckte den Eiswürfel, der in ihrem Mund inzwischen auf Bonbongröße geschmolzen war, runter und konnte endlich wieder sprechen. »Dank dir, Jürgen. Aber ihr organisiert das hier auch wirklich jedes Mal wunderbar«, log sie und machte wieder ihr Fernsehgesicht.

»Allerdings«, hob Doktor Arsch an, und Karmen war intuitiv klar, was folgen würde. »Allerdings glaube ich, dass wir unbedingt frischen Wind in die Veranstaltung bringen sollten.«

»Ganz deiner Meinung, Jürgen. Wir machen das ja auch schon ein paar Jahre und am Konzept könnte man sicher noch feilen. Und der Regisseur …«

Er unterbrach sie. »Regisseur und Konzept sind super.«

»Ganz wie du meinst, du hast da den besseren Überblick.« Um zu kämpfen, war sie zu erschöpft. Also schleimte sie um ihr Leben. »Und deine Leute haben auch immer sehr geile Ideen, Jürgen.«

»Meine Leute haben keine Ahnung. Aber ich werde urgieren, dass wir nächstes Jahr einen Wechsel an der Spitze vornehmen.« Doktor Arsch redete jetzt mit ihr, als wären sie hier statt in Abendgarderobe zwischen Drinks und Platten mit Lachs-Sashimi in der Vorstandsetage eines börsennotierten Unternehmens. »Um es kurz zu machen: Karmen, du bist raus.«

Sie schaute ihm fest in die versoffenen Schweinsäuglein. Dann, ohne groß zu überlegen, ohne Kampf und ohne Schleimerei ergriff sie Doktor Arschs Hosenbund, zog ihn zu sich, kippte die restlichen Eiswürfel aus ihrem Glas samt dem Wasser, das sich während ihrer unschönen Unterhaltung gebildet hatte, vorne in seine Hose, drückte ihm das leere Glas in die Hand, drehte sich um und ließ ihn stehen. Blitzschnell hatte sich ein dunkler Fleck im Schritt der Smokinghose gebildet. Als hätte er sich gerade angepisst, stand der Vorstandsvorsitzende des größten Unternehmens des Landes vor lauter Wichtigen.

Aus gutem Grund hatte sie ihre Tasche und ihren Mantel, statt sie in der Künstlergarderobe zu lassen, dort abgegeben, wo auch die Gäste ablegten. Man wusste nie, wann und mit wem man solche Veranstaltungen verließ und normalerweise fühlte sie sich nach getanem Job auch als Gast willkommen. Sogar als sie noch die »Sonntalknacht« hatte, gab sie ihr Zeug immer an der Besuchergarderobe ab: Es war ihre Art gewesen, Nähe zum Publikum zu zeigen. Auf dem Weg zu den Garderoben entdeckte Karmen den rothaarigen Jobber-Studenten von vorher. Mit einer kleinen Geste winkte sie ihn mit seinem Tablett voller Getränke zu sich. »Und den haben Sie sich jetzt erst recht verdient«, sagte er leise und grinste, als sie sich einen GinTo vom Tablett nahm. Auch den zweiten Drink an diesem Abend stürzte sie rasch hinunter. Niemand schien mehr Notiz von ihr zu nehmen, als ob die Szene zuvor mit Doktor Arsch niemals geschehen wäre. Als sie ihr Glas gerade auf einem Stehtisch abstellen wollte, an dem eine Gruppe schlecht gekleideter Gutverdiener sich über Roastbeefscheiben hermachte, spürte sie eine Hand auf ihrer rechten Schulter. Bitte lass es nicht den Schmidt sein, hoffte sie noch und überlegte sogar kurz, die eklige Berührung zu ignorieren und sich aus ihr herauszuwinden.

»Gehst du schon?«

»Ich war lange genug hier.«

»Welches Hotel?«

»Wie bitte?«

»In welchem Hotel du wohnst. Ich muss zwar noch ein bisschen bleiben. Aber vielleicht könnte ich dann noch auf einen Sprung zu dir.«

Wieso Hotel? Nahm er an, sie hätte die Wohnung in der Stadt aufgegeben, nur weil ihre Sendung abgesetzt worden war? »Dieter«, sagte sie eine Spur zu laut. Schmidt hatte offenbar schon einiges intus.

»Pschscht«, machte er. Und obwohl die Roastbeeffresser sie ignorierten, zog er sie von dem Stehtischchen weg.

»Hast du deine neue Frau heute zu Hause gelassen?« Sie ließ die Eiswürfel in ihrem Glas klirren und schaute ihn angriffslustig an. Schmidt, der Senderchef, der sie damals eiskalt abserviert und aus dem Programm gekippt hatte, den sie davor jedes Mal abserviert hatte, ausgerechnet. Der Idiot glaubte tatsächlich immer noch, sie wolle was von ihm. Damals hatte sie kein Interesse, heute noch viel weniger.

»Angelika ist daheim, ja. Der Babysitter hat kurzfristig abgesagt.«

Babysitter. Unfassbar. Der Typ ging auf die Sechzig zu und war echt noch mal Vater geworden! Und während seine sicher über dreißig Jahre jüngere Frau mit dem Kind zu Hause hockte, machte er sie hier in aller Öffentlichkeit an? »Habt ihr keine Praktikantinnen mehr, die du beeindrucken kannst?«, fragte sie. »Oder Praktikanten?« Sie wusste, dass Schmidt – wie so viele Männer aus seiner Generation – latent homophob war. »So einen sexy Tontechniker?«

»Vielleicht stehe ich ja eher auf ältere Semester«, sagte er und strich ihr mit dem Zeigefinger über den Arm. »Vielleicht stehe ich ja ein bisschen auf welkes Fleisch. Dein Auftritt eben mit Doktor Arsch war ganz schön, äh, wild. Schade, dass wir keine Kamera dahatten. Ich mochte dich sowieso immer am liebsten, wenn du in Rage warst. Magst du mir den Arsch versohlen?« Er glotzte sie an und lachte blöd. »Deine Diddlmaus hat sicher Haue verdient.«

In Rage? Diddlmaus? Schläge. Eindeutig provozierte Schmidt hier gerade einen Eklat. Sie hatte es nicht nötig, sich von diesem Idioten auch noch saudumm anmachen zu lassen. Wie konnte sie diese Situation so rasch wie möglich beenden? Noch mal die Eiswürfelnummer? Möglicherweise würde ihm das sogar noch gefallen. Kurz entschlossen hakte sie sich bei Schmidt unter und schob ihn zurück an den Tisch mit den Roastbeeffressern. »Entschuldigen Sie, meine Damen und Herren, Sie sind sicher gerade mit etwas sehr Wichtigem beschäftigt. Darf ich trotzdem kurz unterbrechen?«, sagte sie und die Gruppe Besserverdienender sah von ihrem Cateringfutter auf. »Ich möchte Ihnen einen alten Freund und Begleiter vorstellen: Dieter Schmidt, Chef des örtlichen Fernsehsenders, Sie kennen ihn womöglich.« Sechs Frauen und Männer lächelten irritiert, wischten sich an Papierservietten die Finger ab und gaben Schmidt die Hände. »Herr Schmidt ist sehr interessiert daran, eine oder einen von Ihnen heute Abend ins Hotel zu begleiten. Er steht nämlich auf ältere Semester wie Sie, ob Dame oder Herr ist ihm dabei vollkommen egal. Hauptsache, die kleine Diddlmaus bekommt heute noch den Arsch versohlt.« Schmidt schwieg. Er war rot geworden, wollte sich aus ihrem Griff befreien, aber Karmen hielt ihn fest. »Nun mach schon, Dieter, warum so schüchtern? Ran an die Buletten! Oder sollte ich besser sagen: Ran ans welke Fleisch?« Karmen schaute triumphierend in die Runde. »Schlafen Sie gut. Beziehungsweise: Schlagen Sie gut. Herr Schmidt hat es sich verdient.«

Es würde das letzte Mal gewesen sein, dass sie an so einer Veranstaltung teilgenommen hatte. Sie ging zur Garderobe, überlegte, wo sie die kleine Metallmarke mit der eingeprägten Eins hingetan hatte. Die junge Frau, die so früh am Abend noch wenig zu tun hatte und kaugummikauend in einer Klatschillustrierten blätterte, sah von ihrer Lektüre auf. Sie hatte den TV-Star gleich erkannt, wusste, dass sie heute der erste Gast gewesen war, lange vor Beginn der Veranstaltung, die Alte mit der Nummer eins. Gleichgültig reichte sie Karmen ihren hellbeigen Burberry-Trenchcoat und die gelbe Louis-Vuitton-Tasche.

»Danke«, sagte Karmen und lächelte gespielt freundlich, »da ist mein ganzes Leben drin.«

Sie schlüpfte in den Mantel und ertappte sich dabei, dass sie einen Augenblick wartete, ob ihr jemand dabei half. Aber es war noch niemand da, und wenn ihr ein Gentleman behilflich gewesen wäre, hätte sie ohnehin gesagt, was sie in dieser Situation immer betont selbstbewusst sagte: Ach, das ist nicht nötig, das schaffe ich alleine, ich bin ja noch keine alte Frau. Auch wenn es hier eher ums Komplimentefischen ging: Hilfe hatte sie noch nie annehmen wollen. Karmen verknotete den Gürtel ihres Burberry und blickte die Garderobenfrau kurz an. Die hatte sich aber längst wieder ihrer Illustrierten zugewandt.

Draußen ging einer der ersten Frühsommerabende zu Ende. Die Stadt hatte sichtlich gute Laune und sogar die beiden Bühnenarbeiter, die dabei waren, den roten Teppich und die Absperrungen vor der Kongresshalle abzubauen, pfiffen vergnügt. Ein paar elegant gekleidete Gäste standen vor der Tür, rauchten oder telefonierten. Karmen atmete tief ein und atmete aus. Nach der ganzen Zeit in dem klimatisierten Bau tat ihr die frische Luft gut. Und nach der ganzen Aufregung. Plus: Die zwei GinTos, die sie quasi im Vorübergehen hinuntergekippt hatte, machten sich bemerkbar.

Sie hatte sich von niemandem verabschiedet, von wem auch? Dem Regisseur, der sie angepflaumt hatte? Den Leuten von der Agentur, die sie ohnehin nie wieder buchen würden? Von Doktor Arsch, dem Diddlmaus-Idioten vom Sender oder den Roastbeeffressern? Da ihr klar war, dass man sie beobachtete, hatte sie sich bemüht, ihrem Abgang nichts Fluchtartiges zu geben. Würdevoll und stolz, mit extra langsamen Schritten stieg sie die paar Stufen zum Vorplatz hinunter, öffnete ihre Handtasche und kramte darin herum. Kurz vergewisserte sie sich, dass der Brief noch da war, fischte ihr Smartphone heraus und schaute auf den Bildschirm. Dreiundzwanzig Anrufe in Abwesenheit, dazu jede Menge WhatsApp-Nachrichten. Ohne zu schauen, wer angerufen oder ihr geschrieben hatte, verstaute sie das Gerät wieder in ihrer Tasche. Ihr Apartment war ganz in der Nähe, gut zu Fuß zu erreichen. Okay, vielleicht ohne diese Absätze. Karmen sah auf die beigen Stoffpumps an ihren Füßen hinunter. Erst jetzt fiel ihr ein, dass sie ja noch das Show-Outfit trug. Den Escadafetzen und die Schuhe hatte ihr eine Kostümbildnerin ausgesucht, das Zeug war nur geliehen und musste eigentlich zurückgegeben werden. Jil-Sander-Jeans, der helle Sweater und die silbernen New-Balance-Sneaker, ihre Normalo-Klamotten, in denen sie Stunden vorher hierhergekommen war, lagen noch in der Künstlergarderobe im Untergeschoß des Kongresshauses herum. Sollte sie noch mal reingehen? Noch so einen strangen Auftritt hinlegen? Vielleicht gab es ja auch irgendwo einen Bühneneingang?

»Nein«, sagte Karmen bestimmt, als hätte sie hier draußen noch ein Publikum und hielt nach einem Taxi Ausschau. Auf der Straße war überraschend wenig los für diese Zeit. Okay, es war Freitag, das typische Feierabend- und Wochenendverkehrs-Chaos war wohl schon vorüber. Wahrscheinlich saßen die Leute an so einem Abend auch lieber im Biergarten oder unten am Fluss anstatt im Auto. Oder sie hatten die Stadt schon längst verlassen. Kein Wagen weit und breit am Taxistandplatz. Zu Recht vermuteten die Taxler um diese Zeit vor der Kongresshalle noch kein Geschäft. Eine Straßenbahn stand an der Haltestelle nur wenige Meter von ihr entfernt. Um endlich hier wegzukommen überlegte sie, einfach in die Linie 2 einzusteigen. Aber sie hatte seit Jahrzehnten keine öffentlichen Verkehrsmittel benutzt, hatte keine Ahnung, wie das überhaupt funktionierte. Obwohl sie als Kind und Jugendliche regelmäßig ihre Großeltern in der Stadt besucht hatte, war ihr das Liniennetz unbekannt. Sie war keine Öffi-Tante. Die vielen Menschen, der Mief, die Enge, das Gedränge in den Öffis hielt sie schlecht aus. Und Kleingeld für den Fahrschein hatte sie auch keines. Sie würde sich wahrscheinlich fürchterlich verfahren und nie in ihrer Wohnung ankommen. Dann doch lieber mit dem Taxi. Wenn bloß endlich eines käme.

Tatsächlich fuhr überhaupt kein Auto mehr auf der breiten Straße, dafür war aus der Ferne ein leises Sirren und Klingeln zu hören. Alter, dachte Karmen, es waren doch wirklich nur zwei GinTos. Das Klingeln wurde lauter und entwickelte sich zu einem Tosen. Sie sah einen Polizeiwagen mit Blaulicht, der sich näherte, gefolgt von einer großen Gruppe Radlerinnen und Radlern, die alle ihre Fahrradklingeln läuteten, gefolgt wiederum von Inlineskatern, die blinkende LEDs an ihren Körpern trugen. Der Pulk rauschte an Karmen vorbei, ihr Haar wehte im Fahrtwind, den Hunderte Radler und Skater erzeugten. Als das Klingeln und Sirren wieder im sonoren Grundrauschen der Großstadt verklungen war, fuhren auch wieder Autos, und Karmen winkte das nächstbeste Taxi zu sich. Ein klappriger, ziemlich verbeulter grauer Mercedes hielt. Unmöglich konnte sie in diese Dreckschleuder steigen. Sie, die sich mit dem Wasser-Werbedeal auch für die Erhaltung der Regenwälder, für gute Luft und saubere Flüsse eingesetzt hatte. Gab es in dieser verfickten Stadt keine E-Taxis? Aber ihre Öko-Testimonial-Zeiten waren vorüber. Was scherte sie die Umwelt!

»Was ist, Lady, wir haben nicht ewig Zeit«, krähte der Chauffeur durch das geöffnete Beifahrerfenster und Karmen roch Zigarettenqualm. Ein älterer Mann, sein faltiges Gesicht war glatt rasiert, das wenige gelbgraue Haar hatte er mit einem roten Bürogummi zu einem dünnen Zopf nach hinten gebunden. Er trug eine abgewetzte Lederjacke mit Fransen, schaute sie verschmitzt an und nahm einen letzten Zug von seiner Kippe und warf sie aus dem Fenster. Ganz offensichtlich ein Alt-Achtundsechziger, der schon vor Jahrzehnten beim Taxilenken hängen geblieben war. Karmen widerten solche Typen an, die es mit ihrer beschissenen Revolution nur zum Taxifahrer gebracht hatten und die zwar über Feminismus Bescheid wussten, aber trotzdem Macker blieben.

»Nein, äh, danke, ich nehme vielleicht lieber das nächste«, sagte sie. Dann öffnete sie trotzdem die hintere Tür und warf sich auf die Rückbank, froh, überhaupt ein Taxi erwischt zu haben. Endlich saß sie. Zum ersten Mal seit Stunden, fiel ihr auf. Sie schloss die Augen. Endlich. Ruhe.

»Lady, Rumstehen kostet auch was. Wohin geht die Reise?«, hörte sie die Krähenstimme des Lederjackenfreaks vorne im Wagen, der mit dem Zeigefinger auf den Taxameter klopfte, der schon über sechs Euro anzeigte. Wie lange standen sie jetzt schon hier? Lady, dachte Karmen, wenn der noch mal Lady sagte, musste sie leider wieder aussteigen. Selbst wenn das hier das einzige Taxi in der ganzen verdammten Stadt wäre.

»Eingepennt, Lady?«

Karmen tastete nach dem Türgriff, erwischte aber in der Hektik den elektrischen Fensterheber. Ganz langsam fuhr die Scheibe hinunter, und obwohl jetzt alle Fenster offen waren, stank es im Wageninneren weiter aufdringlich nach Kippe. Nach Kippe, Schweiß, altem Autokunststoff, Leder und Pitralon, einem Aftershave, das sie an ihren Vater erinnerte. »Bitte«, sagte sie und ihre Stimme klang ungewöhnlich schwach, »nennen Sie mich bitte nicht Lady. Ich bin alles andere, nur keine Lady.«

»In Ordnung, Lady.«

Der Typ war offenbar ein Ignorant. Und ein Chauvi alter Schule. Karmen seufzte matt, nannte die Adresse und fingerte über ihrer rechten Schulter nach dem Sicherheitsgurt. Der Fahrer suchte über den Rückspiegel Augenkontakt und gab Gas. »Keine Sicherheitsgurte, Lady. Das ist ein Kamikaze-Taxi. Mercedes Benz Strich Acht, Baujahr 1969. Aber du bist in guten Händen.« Offenbar hatte er Probleme mit dem Gebiss. Kamikaze klang bei ihm eher wie »Kamikatsche«. Er griff nach einer blauen Zigarettenschachtel. Gitanes ohne Filter.

Karmen krallte sich an dem abgegriffenen Ledersitz fest. »Okay, gewonnen. Geben Sie mir auch eine?«

Er steckte sich zwei Zigaretten in den Mund, zündete beide an und reichte ihr eine nach hinten. »Du kannst mich übrigens Sitting Bull nennen, kleine Lady. Großstadtindianer alter Schule. Oder darf man Indianer jetzt auch nicht mehr sagen?« Kleine Lady jetzt auch noch. Sitting Bull klang bei ihm eher wie »Shitting Bull«. Karmen streckte ihre Hand aus. Die Gier nach der Zigarette war größer als der Ekel vor dem selbsternannten Indianertyp mit dem Kukidentproblem. Kurz schaute sie die Kippe an, die eben noch Shitting Bull im Maul gehabt hatte, und steckte sie sich zwischen die Lippen. Während vorne die zahnlose Alt-Achtundsechziger-Version eines Neo-Western lief, kam sie sich hier hinten fast vor wie in so einem französischen Film mit Jean Seberg. Nouvelle Vague, Godard und so. Sie zog an der Gitanes, starkes Zeug, und musste aufpassen, keinen Hustenanfall zu bekommen. Jahrelang war ihr untersagt gewesen, in der Öffentlichkeit zu rauchen – das beschissene Wellnesswasser! –, schließlich hatte sie es sich ganz abgewöhnt. Nun war es ihr egal. Sie blickte aus dem offenen Fenster, saugte an der Zigarette und blies den Rauch in die nächtliche Stadt hinaus. Prachtvolle beleuchtete Fassaden zogen an ihr vorbei, Alleebäume, ein Park. Hatte sie zu Beginn die vom Taxifahrer angespeichelte Kippe nur mit ganz spitzen Lippen berührt, behielt sie sie nach ein paar Zügen lässig im Mundwinkel und der Fahrtwind fachte die Glut an, sodass die Gitanes nach wenigen Minuten nur noch ganz klein war.

Die Aschenbecher in der Tür waren zugeklebt und mit einem Aufkleber versehen, dass es sich um ein Nichtrauchertaxi handle, danke für Ihr Verständnis. »Danke auch«, dachte Karmen, warf die Zigarette aus dem Fenster und entfernte einen Tabakkrümel von ihrer Unterlippe. Sollte sie Lippenstift nachziehen? Auch schon egal.

»Schönen Abend gehabt?«, hörte sie die krächzende Stimme vom Vordersitz. Karmen überlegte, ob er sie erkannt hatte. Smalltalk mit Taxifahrern hatte sie schon immer gehasst und sich aus diesem Grund immer von einem Angestellten des Senders fahren lassen, der normalerweise ziemlich schweigsam war. Normalerweise hatte sie aber auch um zehn Uhr abends keine zwei Drinks intus. Nun tat sie so, als hätte sie Shitting Bulls Frage überhört.

Aber der blieb hartnäckig. »Ein bisschen zu früh, um schon nach Hause zu gehen. Findest du nicht auch, Lady?«

»Hmm«, machte sie fast lautlos. Vielleicht doch den Lippenstift. Sie griff nach ihrer gelben LV, öffnete den Verschluss und kramte in der Handtasche. Der Brief. Heppenkohn und Partner, lautete der Absender, Rechtsanwälte. Sie hatte das Kuvert kürzlich mit unwichtigem Werbekram aus der Post gefischt und gleich hektisch aufgerissen. Seitdem trug sie es mit sich herum. Jetzt schaute sie auf die zerfranste Kante und überlegte, das Schreiben noch einmal zu lesen. Dabei kannte sie den Inhalt Wort für Wort

»Schlechte Nachrichten?«

»Sie sind ganz schön neugierig.«

»Ich interessiere mich halt für meine Fahrgäste.«

»Wollen Sie echt wissen, was in dem Brief steht?«

»Nein, kein Interesse mehr.«

Jetzt war sie es, die hartnäckig blieb. »Es ist ein Schreiben einer Anwaltskanzlei. Ich soll das Haus meines verstorbenen Vaters räumen, mein Elternhaus. Es soll verkauft werden und jetzt muss ich den ganzen Scheiß da ausräumen.«

»Wo?«

Sie nannte den Namen des Ortes, in dem sie aufgewachsen war. Ein Dorf irgendwo in der Provinz, das ihr nichts bedeutete, nie etwas bedeutet hatte.

»Kenn ich«, sagte er. »Und du musst da hin?« Seine Frage klang eher wie eine Aufforderung.

»Muss ich.« Ihre Antwort klang eher wie eine Frage.

»Ja, kleine Lady.«

Was sollte denn das jetzt. Musste sie sich jetzt von diesem stinkenden Alt-Achtundsechziger-Chauvi, der aussah wie der versoffene Häuptling eines Indianerreservats auch noch sagen lassen, wie sie ihr Leben zu führen hatte? Ihr wurde schlecht, was wohl auch daran lag, dass sie schon den ganzen Tag einen leeren Magen hatte, zwei GinTos getrunken und eben gerade diese Gitanes auf Lunge geraucht hatte. »Ich muss gar nichts«, sagte sie und klang wie ein trotziger Teenager, was ihr fürchterlich unangenehm war. »Ich kann auf Ihr stinkertes Kamikaze-Taxi verzichten. Halten Sie sofort an, ich steig aus.«

»Wir sind noch nicht am Ziel.«

»Mir ist schlecht!« Ihre sonst so sonore, gut ausgebildete Moderatorinnenstimme klang mit einem Mal etwas schrill. Karmen merkte, dass sie Dialekt sprach und wenig dagegen tun konnte. Das ganze antrainierte Hochdeutsch war verschwunden. »Ich kotz glei«, brüllte sie im Dialekt ihrer Heimatregion. »Halten S' sofort an. Jetzt. Ich geh den Rest z'Fuß.«

Shitting Bull schaute in den Rückspiegel und trat so auf die Bremse, dass Karmen mit dem Kopf gegen die Nackenstütze des Vordersitzes stieß. Er fingerte am Taxameter herum. »Lady, das macht 17,80 Euro.« Am liebsten hätte sie ihm jetzt eine geknallt. Das Indianer-Arschloch war doch tatsächlich einfach mitten auf der Straße stehen geblieben.

»Ich zahl mit Karte.«

»Du kannst hier nur bar zahlen. Schon vergessen? Baujahr 1969!«

Bargeld hatte Karmen nicht dabei. Nie. »Dann halt ohne zu bezahlen«, sagte sie, schnappte ihre Tasche und riss die Tür auf. Quietschend hielt vor ihr ein anderes Auto, sie schaute die Frau am Steuer kurz böse an und rannte zum Gehsteig.

»Wovor rennst du davon, Lady?«, rief ihr Shitting Bull noch hinterher und wedelte mit dem Anwaltsbrief, den sie hatte liegen lassen. Aber Karmen lief, so schnell es mit den Stoffpumps halt ging. Sie lief, ohne sich umzudrehen, ohne noch etwas zu sagen. Sie hätte ja ohnehin keine Antwort gewusst.

»Ey, kannst du nicht aufpassen? Blöde Kuh!« Karmen war so mit ihrem iPhone beschäftigt, damit, herauszufinden, wo in der Stadt sie eigentlich gerade war und wie sie zu Fuß am schnellsten zu ihrem Apartment käme, dass sie in eine junge Frau mit blauen Haaren gerannt war, die gerade mit einer Pizzaschnitte in der Hand aus einem Imbissladen kam. Nun klebte der Belag der Pizza am Ärmel ihres teuren Burberry. Die junge Frau hielt ihr mit angefressenem Gesicht den Pappteller mit dem Stück Pizza hin. »Bitte, kannst du den Rest auch noch essen. Unfassbar.«

»Sorry, entschuldigen Sie«, sagte Karmen, stellte ihre Tasche auf einem Stehtisch vor dem Lokal ab, verstaute ihr Handy darin und überlegte kurz, ob sie der Frau anbieten sollte, eine neue Pizzaschnitte zu kaufen. Aber sie hatte ja kein Geld dabei. Außerdem machte die Blauhaarige trotz ihrer ausgefransten Klamotten – Lederjacke, drunter irgendein Band-Shirt – kaum den Eindruck, als wäre sie besonders bedürftig. Also nahm Karmen einfach den Pappteller, stellte ihn neben die Tasche, hielt ihren Ärmel darüber und schob mit dem Finger die Mischung aus Tomaten, Käse und Salami auf das Teigdreieck zurück. Anschließend fischte sie die Salamischeiben aus der Pampe und warf sie auf den Boden. »Danke, ich hab den ganzen Tag noch nichts gegessen. Und jetzt isses auch vegetarisch.«

Karmen hasste Pizza. Seit Jahren hatte sie keine Pizza mehr gegessen und wenn Kollegen, weil es in der Redaktion mal wieder später geworden war, welche bestellten, konnte sie stundenlang Vorträge über gesunde Ernährung halten. Wer Pizza in sich reinstopfte, bekam sicher keinen Werbevertrag für Wellnesswasser! Nur Kohlenhydrate, Dreckszeug. Aber jetzt hatte sie Hunger. Mehr pro forma bot sie der jungen Frau das restaurierte Stück Pizza an. Die schüttelte den Kopf und machte eine abwehrende Geste. Als ob sie etwas Ekliges in der Hand halten würde.

»Keinen Hunger mehr?«

»Keinen Appetit mehr.«

Typisch, Tochter aus gutem Hause, dachte Karmen »Also ich esse das jetzt.«

»Okay.«

»Kann man doch nicht wegschmeißen.«

»Okay«, sagte Blue Girl noch mal, ein bisschen genervter.

»Und Sie haben wirklich keinen Hunger?«

»Nein.«

»Bevor sie kalt wird.«

»Die ist sicher schon kalt.«

Karmen hatte wirklich Kohldampf. Aber irgendwie wartete die Frau noch auf etwas. Sie machte keine Anstalten zu gehen.

»Was? Soll ich dir auch noch gesegnete Mahlzeit wünschen?«

Karmen schaute noch einmal kurz auf den Pizzaverschmierten Ärmel ihres Sommermantels und nahm den ersten Bissen.

»Und?«, fragte die Frau.

»Kalt«, antwortete Karmen. »Kalt, aber gut.«

Das Zeug schmeckte grauslich. Es war Trash. Aber Karmen erinnerte es an früher. Ihre Mutter war keine Hausfrau, die dauernd in der Küche stand und kochte. Als damals in den

Siebzigern die ersten Fertiggerichte aufkamen, wurde eine Tiefkühltruhe angeschafft und fortan kam das Essen aus der Fabrik. Auch Pizza. Vor allem Pizza. Diese hier, von einem Imbissladen im Ausgehviertel der Großstadt, in der sie gerade lebte, schmeckte genau so fies wie die Tiefkühlpizza, die ihre Mutter damals in den Backofen schob, wenn Karmen aus der Schule kam; Essen ist fertig. Nachdem ihre Mutter gegangen war, bedienten sich ihr Vater und sie weiterhin aus der Tiefkühltruhe und der Bofrost-Mann brachte regelmäßig Nachschub.

Gierig stopfte Karmen die kalte Pizzaschnitte in sich hinein, die junge Frau mit dem blauen Haar beobachtete sie dabei. »Was wollen Sie von mir?«, fragte Karmen.

»Ersatz.«

»Ersatz wofür?«

»Für die Pizza.«

»Nicht mit mir, junges Fräulein.« Schon beim Aussprechen dieser Phrase merkte sie, dass sie wie ihre Mutter klang – und hasste es. Langsam ging die ihr echt auf den Wecker. Sie zeigte auf den Pizzafleck auf ihrem Ärmel. »Hören Sie, ich könnte Ihnen eine Rechnung für die Reinigung meines Mantels schicken. Und das ist sicher teurer als eine blöde Pizzaschnitte. Wir sind also quitt.«

»Ich will die Einsachtzig für die Pizza.«

»Und ich will, dass Sie mich in Ruhe lassen.«

»Wenn du mir das Geld gibst.«

Endlich gab die Blauhaarige auf. Sie zeigte Karmen noch den Mittelfinger und ließ sie dann einfach stehen. Karmen schob sich das letzte Stück Pizza in den Mund, warf den Pappteller in den Mülleimer, der neben dem Stehtisch stand, und suchte nach einer Serviette. Drinnen wedelte der Pizzabäcker, ein Mann mit Turban, der sie die ganze Zeit über beobachtet hatte, mit einem Stapel Papierservietten. Karmen betrat das Lokal, nahm sich eine Handvoll Servietten und wischte sich über den Mund. Tomaten- und Make-up-Reste auf weißem Papier. Sie hatte immer noch die Show-Schminke getragen. Mit Hilfe ihres iPhones überprüfte sie den Zustand ihres Gesichts. Bis auf die Mundpartie schien alles in Ordnung zu sein. Die künstlichen, dramatisch schwarz getuschten Wimpern waren noch an ihrem Platz. Laut App war es nur noch ein Kilometer bis zu ihrer Wohnung, sie würde also ohnehin gleich zu Hause sein und dort gäbe es dann das ganze Wohlfühlprogramm. Vielleicht würde sie sich sogar noch ein Bad einlassen.

Karmen trat hinaus auf die Straße. Man merkte, dass Wochenende war. In kleinen Pulks schlenderten junge Menschen über den breiten Gehsteig. Eine Gruppe Frauen feierte johlend Jungesellinnenabschied. Viele aßen im Gehen Fastfood, fast alle trugen Getränkedosen oder Weinflaschen. Nach der Pizza war sie durstig. Sie beschloss, sich jetzt noch einen Drink zu organisieren, steuerte auf eine Gruppe Ausgehwilliger zu, deutete auf die Bierflasche in der Hand eines Paarundzwanzigjährigen und sprach ihn an.

»Gehbier?«

Der Angesprochene und seine Freunde, die sich gerade noch angeregt unterhalten hatten, waren stehen geblieben und betrachteten Karmen wie ein seltenes Tier.

Okay, ganze Sätze, dachte sie, konkrete Fragen. Wozu hatte sie die journalistische Ausbildung. »Also. Sie als junger Mensch, Sie sagen doch Gehbier zu diesem Getränk, das Sie da in der Hand halten? Das haben Sie sich doch zum Vorglühen günstig im Supermarkt gekauft, nur um später im Club Geld zu sparen. Denken Sie doch an die Wirtschaft! Verwenden junge Leute überhaupt noch das Wort Vorglühen?« Die Frage war jetzt journalistisch betrachtet wenig interessant.

Aber es war immerhin eine Frage, ein kleines Warm-up, um mit jemandem ins Gespräch zu kommen. »Erzählen Sie doch mal was von sich!« Karmen setzte ihr Talkshowgesicht auf, zwinkerte aufmunternd mit ihrem rechten Auge. Der junge Mann mit der Bierflasche schaute sie entgeistert an.

»Die ist besoffen«, sagte ein Mädchen aus der Gruppe. »Oder ein Junkie«, mutmaßte ein anderes und versuchte, ihren Freund von Karmen wegzuziehen. »Lass uns weitergehen.«

»Nein, wartet mal kurz. Ich kenn die von irgendwo. Ich glaub, ein Foto von der hängt groß bei uns im Sender unten im Foyer.«

»Sieht aber eher nicht aus wie so eine Promitussi.«

»Vielleicht täusch ich mich. Aber das ist doch die vom Sonntag, oder?«

»Einen Schluck«, brachte sich Karmen in das Gespräch zurück. »Sonntagschluck, Karmensonntagschluck. Bittebittebitte, kann ich einen klitzekleinen Schluck haben?« Wieder deutete sie auf die halbvolle Bierflasche und klatschte, die Louis Vuitton unterm Arm, wie ein dressierter Affe in die Hände. »Bittebittebitte!« Der Junge hielt ihr seine Flasche hin, die Mädchen schauten genervt. Und Karmen trank mit einem Zug die Flasche aus.

»Dankeschön«, sagte ein Flaschensammler und nahm Karmen die leere Flasche aus der Hand.

»Respekt«, sagte der Typ.

»Du hättest sie ja hoffentlich nicht mehr an den Mund genommen. Wer weiß, was man sich bei der alles holt«, bemerkte eines der Mädchen, hakte sich bei ihm unter und die Gruppe schlenderte weiter.

Wann hatte Karmen das letzte Mal Bier getrunken, auch noch aus der Flasche? Selbst auf dem Oktoberfest, sie musste sich dort aus Job- und Imagegründen jedes Jahr einmal auf der Wiesen blicken lassen, blieb sie immer beim Wasser. Genauso wie sie Fastfood verachtete, verachtete sie Bier, Fastfoodfresser und Biertrinker im Allgemeinen. Und jetzt plötzlich schmeckte ihr das Zeug. Vielleicht lag es an ihrem Durst, vielleicht an der Gesamtsituation, aber sie mochte den leicht bitteren Geschmack. Sie wollte mehr. Obwohl es eben so gut funktioniert hatte, noch einmal Passanten anzusprechen, traute sie sich dann doch nicht. Auf dem Nachhauseweg würde es sicher ein Lokal geben, wo sie mit Kreditkarte bezahlen könnte, und sich zwei, drei Flaschen mit heimnehmen. Wellness daheim mit Feierabendbier und Badewanne. So wie sie sich den Großteil ihres Publikums vorstellte.

Im Bahnhofsviertel war schon einiges los. Der Abend war lau, die Leute schlenderten zwar, wirkten trotz der typischen Coolness der Großstädter aufgeregt. Was mochte diese Nacht, die erste warme Frühsommernacht, wohl bringen? Karmen entdeckte ein Lokal. Die Tür stand offen und die Musikanlage trieb laute House-Bässe auf die Straße hinaus, wo ein paar Typen mit ihren Zigaretten herumstanden und quatschten. Neben der Tür hing eine Regenbogenfahne, offenbar eine Gaybar. Früher hatte sie mit Schwulen ganz gut gekonnt, fühlte sich fast wie eine von ihnen. Haiko, ihr bester Freund, war ja schwul. Doch heute mied sie diese Bar lieber; zum Bierholen, wie sah denn das aus. Allein als Frau, ohne Begleitung eines schwulen Freundes würde sie sich fehl am Platz vorkommen. Uneingeladen, unwillkommen. Zudem hatte sie auch keine Lust mehr auf Konversation. Sie hatte heute schon genug geredet. Außerdem war ihr kunstvoll hergerichtetes Gesicht bereits zerstört und sie hatte Pizzareste am Ärmel. Im Vorbeigehen kontrollierte Karmen ihr Spiegelbild in der Scheibe einer Auslage, in der gerade die

Beleuchtung ausgegangen war, und beschloss, jetzt wirklich schnell heim, nur noch das Bier organisieren. Das nächste Lokal, das sie betreten wollte, war eine typische Eckkneipe. Allerdings fiel ihr ein Anzugträger entgegen und der Wirt kam gleich hinterher. »Verpiss dich, du Arschloch. Und lass dich nie wieder hier blicken«, beschimpfte er den stark betrunkenen Businesstypen lautstark. Sie beschloss, ihren Einkauf woanders zu tätigen, und ging weiter. Vielleicht hatte ja noch eines dieser türkischen Lebensmittelgeschäfte offen. Gab es dort überhaupt Alkohol?

Eine Gruppe junger Männer kam ihr entgegen, einer fragte sie nach der Uhrzeit, sie, eigentlich ziemlich dumm, sah auf ihre Breitling, sagte Halbzwölf und ging weiter. Ein paar Männer folgten ihr, sagten etwas, das sie nicht verstand. Scharf im Ton machte sie ihnen klar, dass sie sich gefälligst vertschüssen sollten, und als sie kurze Zeit später wieder auf die Uhr schauen wollte, war die verschwunden. Auch egal, dachte sie, selber schuld. Noch so ein Geschenk von ihrem Ex, dem Arsch. Weg damit! Außerdem hatte sie ja ihr iPhone, wenn sie wissen wollte, wie spät es ist. Hatte sie noch ihr iPhone? Ein bisschen panisch schaute sie in der LV nach. Alles noch da. Sie schämte sich sogar für den Kontrollblick. Aber immerhin war sie ja gerade bestohlen worden. Alibihalber sah sie dann aber auch nach, ob irgendwelche Nachrichten gekommen waren. Doch niemand wollte mehr was von ihr. Auch gut. Sie sah sich um, ob niemand sie beobachtete, und schrieb Haiko eine WhatsApp: »Alles gut. Noch ein Bier und dann nach Hause.«

Ein paar Sekunden lang war sie so aufs Tippen konzentriert, dass sie gar nicht bemerkte, wie sie plötzlich durch Schnee stapfte. Überall weißer Schnee. Ein Weihnachtsmann kam ihr entgegen, im Frühsommer! Ihr fiel erst auf, dass sie gerade mitten durch ein Filmset latschte, als eine Frau mit einem Megaphon in der Hand sie anbrüllte, sie solle einfach weitergehen, schnell, schnell. Die Deppen hätten ja auch eine Absperrung machen können. Eine Zeit lang starrte Karmen noch auf dieses unwirkliche Stückchen Klischeeweihnachten, dann ging sie weiter.

Schließlich stand sie vor einem Lokal, das ihr für den schnellen Biererwerb passend vorkam. Eine Lichterkette mit bunten Glühbirnen hing über dem Eingang, das Schild mit der Aufschrift »Chérie Bar« übersah sie geflissentlich und sie ging hinein. Bei der Chérie Bar handelte es sich um eine ehemalige Animierbar, die offensichtlich von jungen Menschen für ein junges Publikum einem anderen Zweck zugeführt worden war. Aus den Boxen dröhnte die Stimme von Howard Carpendale. Die Schlagerstimmen, -texte und -melodien aus ihrer Jugend hatten sich unauslöschlich in ihre Erinnerung gebrannt. Der ZDF-Hitparade konnte damals niemand entkommen. Das Lokal war noch nicht gut besucht, die Ausgehzeit begann wohl erst ein bisschen später. Karmen musste schmunzeln. In den frühen Neunzigern gab es eine ganze Reihe solcher Ex-Puff-Reinkarnationen. Schon damals saß man zwischen roten Stofftapeten im plüschigen Ambiente, hörte Musik aus einer anderen Zeit und alles war wunderbar ironisch. Die Jungs und Mädels, die heute in ihren Zwanzigern waren, kamen sich wahrscheinlich fürchterlich avantgardistisch vor, allein durch ihre Anwesenheit der Geschichte dieses ehemaligen Bordells eine neue Wendung zu geben. Möglicherweise hatte für die das Ganze auch noch irgendeine feministische Bedeutung: Empowerment statt Ausbeutung. Egal, Karmen wollte jetzt ihr Bier und dann nach Hause. Sie steuerte direkt auf den Tresen zu, ein gläserner Kasten, in dessen gekühltem Bauch hinter einer Glasscheibe ein paar Chipstüten und Piccolo-Flaschen wohl als kleine Hommage an den früheren Betrieb hier angepriesen wurden. Dahinter stand ein junger Mann mit zotteligem Bart im neonpinken Netzshirt und unterhielt sich mit drei etwa gleichaltrigen Frauen, die vor der Bar auf hölzernen Hockern saßen. Schummriges rotes Licht ließ alle gleich aussehen. Gleich schön. Gleich jung. Zumindest kam es Karmen so vor.

»Bitte ein Bier, oder gleich zwei«, sagte sie.

»Offen oder Flasche?«, fragte der Junge. »Lokal oder Import?«

»Lokal, Flasche«, sagte Karmen und bevor sie fragen konnte, ob sie hier überhaupt mit Karte zahlen konnte, stellte der Kellner zwei Flaschen vor sie auf die Bar und öffnete sie auch gleich.

»Flasche und offen, jetzt hast du beides«, sagte er fröhlich.

Karmen war genervt. »Ich wollte sie eigentlich mitnehmen. Was bin ich schuldig?«

Der Junge zuckte mit den Achseln und begann, die Spülmaschine einzuräumen.

»Das ist ein Kunstprojekt hier, ein Verein«, mischte sich jetzt die Frau neben ihr ein. Sie deutete auf einen Schlitz in der Bar, wo man offenbar Geld einwerfen konnte. »Getränke gibt es gegen eine Spende. Verkauf ist verboten. Keine Lizenz, wissen Sie?«

Erst jetzt fielen ihr die Bilder auf, die mit weißen Spots beleuchtet an den rot textiltapezierten Wänden hingen, grobe Akte, Frauen wie Männer, hart an der Grenze zum Porno. »Ich hab aber grad kein Bargeld dabei.«

»Egal, dann das nächste Mal.«

»Danke, sehr großzügig. Haben Sie eine Zigarette für mich?«

Der Kellner grinste. »Nichtraucherlokal, leider.«

Karmen nahm die beiden offenen Bierflaschen und ging damit Richtung Ausgang, kam sich aber seltsam vor beim Gedanken, sie jetzt durch die Gegend zu tragen, und beschloss, die Biere doch gleich hier zu trinken. »Dann geh doch!«, sang Howard Carpendale und Karmen blieb. Sie machte ein, zwei ungelenke Tanzschritte zurück zum Tresen, drapierte ihren Burberry auf einen freien Barhocker, setzte sich drauf, stellte eine Flasche ab und erhob die andere in Richtung der drei Frauen von vorhin. Die drei nickten zurück und lächelten.

»Mädelsabend?«, fragte Karmen und wusste im selben Moment, dass in diesem kunstigen Galerielokal niemals ein Mädelsabend stattfinden würde. Mädelsabend war etwas, das Frauen wie sie machten, wenn sie mit besten Freundinnen »um die Häuser« zogen. Die Stadt »unsicher« machten. Mit Prosecco. Bestefreundinnenscheiße. Karmen besaß keine besten Freundinnen. Sie besaß überhaupt keine Freundinnen. Von Mädelsabenden hatten ihr immer nur Kolleginnen im Sender erzählt: Schön für euch, ich mache lieber Karriere, hatte sie gedacht.

Die drei Frauen in der Chérie Bar hatten gelacht. Ja, Mädelsabend, haha, sozusagen. Konkret besprächen sie ein neues Projekt, seien Kolleginnen von der Kunstakademie und würden im Herbst hier eine Aktion machen, eine Body-Positive-Performance, wissen Sie? Prost!

»Und was machen Sie so?«, erkundigte sich nun eine von ihnen bei Karmen. Die war daran gewöhnt, immer und überall erkannt zu werden. Alle wussten, was sie so machte. Dachte sie zumindest. Dass die Fremdwahrnehmung sich nicht unbedingt mit ihrer Selbstwahrnehmung deckte, bemerkte sie gerade. Sie war im Fernsehen zu sehen gewesen, auf Werbeplakaten und in Illustrierten. Sie war in den Medien präsent gewesen. Hier kannte sie aber kein Mensch. Angetrunken wie sie war, sah Karmen darin plötzlich die Chance, sich spontan neu zu erfinden. »Ich mache auch Kunst«, log sie und fügte mit wissendem Blick hinzu: »So queer-feministische Kunst, versteht ihr?« Hatte sie die drei wirklich geduzt? Sie nickten ebenfalls wissend und Karmen geriet in Fahrt. »Wir haben den Laden schon die längste Zeit alten weißen Männern überlassen. Jetzt sind wir Frauen am Zug, Frauensolidarität, Yeah!« Sie redete sich in Stimmung, in einer ihrer letzten Sonntagabendshows war glücklicherweise eine Künstlerin zu Gast gewesen und nun übernahm sie kurzerhand deren Positionen. Sie erfand Ausstellungen, erzählte, dass sie zur nächsten Biennale in Venedig eingeladen worden sei, dass sie von der Kunst ganz gut leben könne, gut verkaufe und schloss ihren Vortrag dann blöderweise mit einem wenig queer-feministischen, dafür entlarvenden Satz. »So«, rief Karmen ausgerechnet in eine Musikpause, weil dem Neonnetz-Kellner seine Schlager-Playlist auf die Nerven gegangen war. »So, und jetzt muss ich mal für kleine Mädchen!« Sie packte ihre Louis Vuitton, ließ den Burberry-Mantel auf dem Hocker liegen und verschwand in Richtung einer Tür mit einem kompliziert gestalteten Logo, hinter der sie das Klo vermutete.

Als sie zurückkam, waren die Frauen verschwunden. Karmens zweite Flasche Bier ebenfalls. Der Burberry lag noch auf ihrem Platz. Auf den drei anderen Barhockern saßen nun drei Hipster Mitte zwanzig und Karmen stellte sich zu ihnen, als seien sie alte Bekannte. Die Typen sahen ganz gut aus. Sie ignorierten Karmen und unterhielten sich schreiend, um die inzwischen schon sehr laute Musik – sie erkannte Grunge aus den frühen Neunzigern – zu übertönen. Es ging um Werbung, Marketing, Internet, Medien und Karmen stand nickend daneben. Mit einer lässigen Geste bestellte sie schließlich beim Barkeeper noch ein Bier, deutete auf einen der Typen, dass der zahlen würde. An ihrer Flasche nippend versuchte sie, dem grundfaden Gespräch zu folgen, legte schließlich ihre Arme um zwei der Kerle und versuchte, alter Moderationstrick, das Thema zu wechseln.

»Mit Zeitung kann man kein Geld mehr verdienen«, sagte sie schon ein bisschen lallend und erfand sich wieder neu, diesmal als Marketingexpertin. Sie laberte über Marktchancen, Werbedeals und Zielgruppen. »Erzählt mir mal was Neues«, rief sie schließlich und schaute ihre fast leere Bierflasche an. »Was machen wir vier Hübschen denn heute noch? Ich will was erleben!«

Die Typen nahmen Karmen zum ersten Mal wahr. Einer von ihnen erkannte sie offenbar, schaute unangenehm berührt in seinen Drink, die anderen beiden drehten ihr ihre Rücken zu. Diese drei Herren hatten definitiv kein Interesse, mit ihr zu feiern. Langsam kam Karmen nämlich erst so richtig in Fahrt. »Dieser Abend verspricht, episch zu werden«, rief sie fürchterlich gestelzt in die Runde. Episch? Wo das nun wieder herkam! Sich so aufzuführen, das war ihr klar, war das einzig Epische im Moment. Noch nie hatte sie sich gehen lassen; also in der Öffentlichkeit. Und wie sie sich gehen ließ. Zum ersten Mal in ihrem Leben so richtig gehen. Und es war ihr überhaupt nicht peinlich. »Hallo, hallo, hallo«, brüllte sie lauter als die Musik, die schon etwas dumpf in ihrem Kopf ankam. »Ihr seid doch alles Schlappschwänze!«

Wie sie mit den Armen ruderte, Kurt Cobain dazu »Hello, Hello, Hello …« sang, sah es fast aus wie ein eigenwilliger Tanz. Obwohl »Teen Spirit« längst zu Ende war, ruderte sie noch ein bisschen weiter durch das rote Schummerlicht. Dann leerte sie ihre Flasche, knallte sie den drei Typen vor die Füße, dass sie auf dem Fliesenboden zersprang, schnappte sich Tasche und

Mantel, fuhr sich mit der anderen Hand durchs Haar und aufrechten Ganges verließ Karmen, einstmals großer Fernsehstar und mittlerweile Quotengift, die Chérie Bar.

Zumindest hatte sie das Gefühl, noch aufrecht gehen zu können. Tatsächlich hatte sie die Stufe beim Eingang übersehen, geriet ins Straucheln. Mit dem Kopf voran wie eine Rakete sauste sie in eine Menschenmenge, wurde aber zum Glück aufgefangen. »Hoppla«, sagte eine Stimme, und als sie sich wieder aufrappelte, erkannte Karmen den Studentenjobber, der sie beim Event so nett mit GinTos versorgt hatte. Sie erkannte ihn an seinen roten Haaren und dem ebenfalls roten Schnauzer. Wie lange war das her? Es mochten ein paar Stunden sein, Karmen kam es vor wie Tage. Die Veranstaltung im Kongresszentrum war offenbar zu Ende und der junge Mann, der sie gerade im Arm hielt, beging seinen Feierabend mit ein paar Kollegen. »Nachschub«, sagte er und zog aus seiner Umhängetasche eine blaue Flasche mit Gin, die er offenbar bei dem Event hatte mitgehen lassen. »Bombay Sapphire. Hab ich uns organisiert. Jetzt brauchen wir nur noch Tonic.«

»Ich muss nach Hause«, sagte Karmen und hakte sich bei ihm unter. »Wohin gehen wir?«

Er zog sie von seinen Kolleginnen und Kollegen weg. »Ich weiß eine Party. Wir stehen auf der Gästeliste.«

Wenig später befanden sie sich im Bauch eines leer stehenden Kaufhauses. Abgesehen von ein paar Glühbirnen und unregelmäßig grell flackerndem Stroboskoplicht war es ziemlich finster. Aus den Boxen wummerten die Bässe, Karmen glaubte, dass es sich um Techno handelte. Zumindest klang es in ihren Ohren wie Techno aus den Neunzigern. Die Leute tanzten für sich allein und sie wartete etwas abseits der Tanzfläche, seine geklaute Ginflasche in der Hand, auf ihren

Begleiter, der nur schnell Tonic »organisieren« wollte. Sie hatte nicht das Gefühl, dazuzugehören. Hierher zu gehören. Unter all diese jungen, schönen Partymenschen. Gerade als sie überlegte, ob es vielleicht auch nur irgendwie gelernt war, dass sie sich hier fehl am Platze fühlte, so ein blödes Gesellschaftsding, was man mit Anfang fünfzig zu tun und zu lassen hatte, lehnte sich ein blasses Mädchen zu ihr an die Wand, lächelte sie mit verdrehten Augen an – und kotzte. Direkt vor ihre Füße. Ihre ohnehin schon ramponierten Stoffpumps bekamen ein paar Spritzer ab, und in Karmen regte sich ganz kurz eine Wut über die blöde Tussi. Erstaunlicherweise blieb sie dann aber gelassen und versuchte, mit einer lässigen Bewegung eine Nudel von der Schuhspitze zu schütteln. Sie merkte aber auch, dass sie auf einem Bein ganz schlecht stehen konnte.

»Hoppla«, sagte der Student schon wieder, als er mit einer PET-Flasche Tonic und zwei Plastikbechern zurückkam und sie von der Kotzerin wegzog.

Sie lachte. »Ihr jungen Leute vertragt auch immer weniger.«

»Drink?«, fragte er und öffnete die Tonic-Flasche.

Sie überlegte kurz und küsste ihn dann direkt auf den Mund. Oder sie versuchte es, und ihr Versuch misslang. Dann machte sie den Gin auf und gemeinsam füllten sie ihre Plastikbecher.

»Halt ohne Eiswürfel.«

»Wurscht.«

»Ist aber lauwarm.«

»Egal.«

»Prost.«

»Prost.«

Eine Weile schwiegen sie. Sie tranken, schauten auf die Tanzenden, wippten ein bisschen mit.

»Wie heißen Sie eigentlich?«, fragte Karmen schließlich. Sie musste sehr laut sprechen wegen der Musik.

»Paul.«

»Schön. Wie mein Großvater«, sagte sie und dachte, verdammt, jetzt sind die Kinder mit den altmodischen Opanamen auch schon wieder Erwachsene. Normalerweise hätte sie jetzt auch ihren Namen gesagt. Hatte sie immer bei Vorstellungsrunden gemacht, obwohl sie davon ausgegangen war, dass jeder wusste, wer sie war. Sich mit Namen vorstellen, machte sie irgendwie menschlicher. Aber sie vergaß es einfach.

»Bin gleich wieder da«, sagte Paul schließlich und verschwand in einer Wolke aus Diskonebel.

Die nächsten zwei Stunden verbrachte Karmen damit, ein bisschen im Stehen zur Musik zu wippen. Von einem Bein trat sie aufs andere, Mantel und Handtasche über einem Arm, den Plastikbecher mit zimmerwarmem GinTo in der anderen. Die Luft war stickig, was auch daran lag, dass sich hier niemand ans Rauchverbot hielt. War der Club überhaupt legal? Als man sie noch regelmäßig um Interviews bat, als sie noch Journalistin und Markenbotschafterin mit Verantwortung war, hatte sie immer erzählt, sie wäre keine von denen, die eines Tages die Treppe runterfallen würden. Nein, ihr würde das ganz bestimmt nicht passieren, hatte sie dann gesagt, sie habe schließlich eine große Disziplin und lege Wert auf ein gesundes Leben. Wie war sie überhaupt in dieses Kellerloch gekommen, das ihr mit der Zeit immer schäbiger vorkam.

Die Menschen um sie herum waren deutlich jünger und die meisten nahmen mehr als nur Drinks zu sich, schmissen irgendwelche Drogen ein. Mit glasigem Blick tanzten sie sich die Seele aus dem Leib, rempelten einander maximal an. Paul sorgte regelmäßig für Getränkenachschub, sie hielt ihren leeren Becher hin. Sonst war er aber immer irgendwo im Club unterwegs, tanzte oder verschwand hinter einem schwarzen Vorhang links von der Bar in einem Bereich, der offenbar nur für männliche Gäste vorgesehen war. Zunächst dachte Karmen, es handele sich um die Männerklos, aber irgendwann entdeckte sie die schmutzigen Gemeinschaftstoiletten mit zerschlagenen Spiegeln über zerbrochenen Waschbecken ein Stockwerk tiefer. Schließlich wurde sie neugierig, wollte wissen, was sich hinter diesem schwarzen Vorhang verbarg.

Nachdem Paul schon wieder dahin abgehauen war, folgte sie ihm. Unschlüssig stand sie ein paar Minuten vor dem Eingang herum. Ein Typ mit nacktem Oberkörper drängte sich an ihr vorbei und verschwand hinter dem Vorhang. Niemand nahm von ihr Notiz, als sie schließlich das Stück grindige Wolldecke zur Seite schob und ihren Kopf in den Raum steckte wie ein Fotograf bei einer altmodischen Plattenkamera. Sie versuchte, im Dunkeln etwas zu erkennen, sah aber nichts außer Schwärze, in der ab und zu die Glut von Zigaretten aufglühte. Sie hatte keine Ahnung, wie groß der Raum war, wie viele Männer sich hier versammelt hatten. Wie überall im Club roch es nach Moder, Qualm, Bierdunst und dreckigem Klo.

Eindeutig hatte Karmen zu viel getrunken. Sie sollte endlich nach Hause gehen, schlafen. Aber ihre Neugier, was sich in diesem Dunkel verbarg, war größer als ihre Müdigkeit. Sie machte einen Schritt in die dunkle Leere. Sie trat ins Schwarz – erst verschwand mit einem Rauschen die Musik, dann wurde ihr schwarz vor Augen.

Karmen wurde davon wach, dass jemand an ihrem linken Arm zog. Genauer zog die Gestalt, die sie bloß schemenhaft wahrnahm, an ihrer Louis Vuitton, deren Henkel sie fest in der Hand hielt. Sie lag in den Resten ihres Abendkleides in einem Haufen Altpapier oder Kartons vor einem 1-Euro-Shop. Was sie für Regenrauschen hielt, war ein Einsatzfahrzeug der Stadtwerke. Wasser aus Sprühdüsen sollte die Reste der Nacht von der Straße waschen, Karmen lag im Feuchten. Es war noch dunkel, lange konnte sie nicht hier gelegen haben. Aber bald würde die Stadt erwachen. Wieder zog jemand an ihrer Handtasche und sie musste ihre ganze Kraft aufbringen, die LV festzuhalten.

»Loslassen«, wollte Karmen brüllen, doch ihre Stimme versagte und es klang wie das Krähen eines müden Vogels. Sie schaffte es, ihren Kopf zu drehen und endlich erkannte sie, wer sich da an ihrem Eigentum zu schaffen machte: Eine zierliche ältere Frau mit kurzem, gelbblond gefärbtem Haar und entschieden zu viel Make-up im Gesicht schaute sie erschrocken an. Mit der einen Hand zerrte sie an Karmens Tasche, mit der anderen hielt sie einen Supermarkt-Einkaufswagen fest, in dem lauter Tüten von Luxuslabels lagen, Chanel, Saint Laurent, Dolce und so weiter. Die Frau war eindeutig eine Verrückte. Was Karmen irritierte: Die Alte sah aus wie eine Pennerin, aber irgendwie auch sehr elegant. Zu Balenciaga-Luxus-Sneaker trug sie einen beigen Trenchcoat, darunter ein kariertes Kleid.

Karmen hätte schwören können, dass das Kleid von Marc Jacobs war. Der Mantel sah aus wie Burberry. Moment mal, das war ja ihr Mantel. Sie wollte wieder etwas sagen, doch ihre Stimme war noch immer weg und diese bizarr chic gekleidete Obdachlose trug ihren Burberry und zerrte weiter an ihrer Tasche herum. Und wo waren eigentlich ihre Schuhe? Sie versuchte sich umzudrehen, spürte aber, dass ihr schlecht würde. In der Tasche war ihr Leben, also musste sie drum kämpfen. Mit aller Kraft zog sie daran, sodass der eine Henkel, den die Frau festhielt, riss. Blöde Kuh, dachte Karmen und rappelte sich auf. Ihr war schlecht, barfuß stand sie in einer Pfütze Dreckwasser, sie wollte sich festhalten, fiel jedoch mit aller Wucht über den mit Luxuslabeltüten vollgeräumten Einkaufswagen der Alten. Die schien endlich den Ernst der Lage zu bemerken.

»Schaust schlecht aus, Mädel.« Die Stimme der Bettlerin war ungewöhnlich tief, vielleicht kam es Karmen aber auch bloß so vor. Sie passte jedenfalls gar nicht zu ihrer zierlichen Gestalt. Mit einem erstaunlichen Hebelgriff hievte sie Karmen komplett in den Einkaufswagen.

Sie ließ es mit sich geschehen, hielt sich an ihrer Tasche fest. »Was machen Sie mit mir?« Sprechen, oder besser: flüstern, ging offenbar schon wieder. »Wo bringen Sie mich hin?«

»Du bist verletzt.« Die Alte schob den Wagen an, Karmen rüttelte und schüttelte es, als die kleinen Rädchen übers Pflaster rollten. »Du bist verletzt. Aber zum Glück hast du mich, ich bin dein Krankenwagen und bring dich in den Emergency Room zum George Clooney.«

Sie ist wirklich verrückt, dachte Karmen. Sie war zu schwach, um abzuspringen. Ihre Unterarme waren voll blauer Flecken, ihr war schlecht, sie hatte Durst und brauchte einen Moment, um zu realisieren, dass das Sirenengeräusch von der Alten stammte, die sie durch die Gegend schob. Mit ihrer tiefen Stimme machte die Frau tatsächlich »Tatuu Tataa« wie ein spielendes Kind. Gut, dass noch keine Passanten auf der Straße unterwegs waren, wenn man sie jetzt so sehen würde! In ihrer Tasche spürte sie ihr Handy vibrieren. Karmen war zu müde zum Rangehen. Alles tat ihr weh, sie fühlte sich hundeelend und schloss die Augen. Wie ein Riesenbaby ließ sie sich durch die Stadt schieben, die langsam erwachte. Eine ihr unbekannte Obdachlose in Luxusklamotten sang mit tiefer Stimme im Dauerloop ein Martinshorn, das sie an Walgesang erinnerte, und sie hoffte, dass dieser menschliche Krankenwagen sie tatsächlich in einer Notaufnahme abliefern würde. Noch mehr hoffte sie allerdings, dass sie dort niemand erkannte.

Die Alte kannte sich zumindest aus in der Gegend. Längst war sie mit ihrer Fracht vom Trottoir auf die Fahrbahn gewechselt, was die Fahrt für Karmen immerhin weniger holprig machte. Zielsicher steuerte sie den Einkaufswagen mit ihrer Patientin Richtung städtisches Krankenhaus, und als sie vor dem Gebäude ankam, nahm sie die Auffahrt, die für Notfälle vorgesehen war. Karmen verzichtete darauf zu protestieren. Womöglich war es sogar unauffälliger, über die Blaulicht-Rampe angeliefert zu werden, als in der Lobby des Spitals aufzuschlagen. Bis auf zwei rauchende Krankenpfleger waren vor dem Tor zur Notaufnahme keine Leute. »Tatüü Tataa«, machte die Alte noch einmal extra laut, damit die beiden Pfleger von ihr und ihrem Transporter Notiz nahmen. Offenbar lieferte sie nicht zum ersten Mal eine Verletzte ab.

»Na, Olga, was bringst du uns diesmal«, sagte schließlich einer der beiden Männer, während der andere Karmen neugierig anstarrte.

Statt ihres Martinshorngesangs stellte sie nun die Diagnose: »Hat wohl zu viel gesoffen, die Kleine.«

Einer der beiden Pfleger leuchtete Karmen mit einer Lampe in die Augen, sie musste blinzeln. »Haste heute 'nen großen Fisch an der Angel, Glückwunsch.«

Jetzt schien auch der andere die angelieferte Patientin zu erkennen. »Das ist doch die aus dem Fernsehen.«

Plötzlich fühlte sich Karmen hellwach. »Bitte, lassen Sie mich einfach gehen. Es ist alles okay, nur ein paar Schrammen. Diese Verrückte da hat mich ungefragt mitgenommen.«

Olga schaute sie verächtlich an. »Kindchen, ich hab dir gerade das Leben gerettet.«

»Sie haben meinen Mantel gestohlen!«

»Spinnst du? Das ist meiner. Ich hab ihn zuerst gesehen.«

Karmen seufzte. »Helfen Sie mir bitte hier runter und lassen Sie mich einfach nach Hause gehen, ja?«

Einer der beiden Pfleger half ihr tatsächlich, aus dem Wagen zu klettern. »Leider ist das nicht vorgesehen.«

Sie wollte sich von ihm losmachen, merkte aber, dass ihr schon wieder schwindelig wurde und klammerte sich an ihm fest.

»Wir sind dazu verpflichtet, Sie jetzt aufzunehmen. Wir müssen Sie sogar hierbehalten.«

Der andere hatte einen Rollstuhl geholt, in den sie Karmen nun hineinsetzten. Von zwei grinsenden Männern in Weiß wurde sie in die Notaufnahme gerollt.

Sie schaute sich nach Olga um, die wie in Zeitlupe ihren Einkaufswagen Richtung Auffahrt steuerte. »Mein Mantel!« Ohne sich umzudrehen, entfernte sich die Alte mit ihrem Burberry.

Die Pfleger stellten Karmen in ihrem Rollstuhl mitten im Wartebereich der Ambulanz ab. Hier war die Hölle los. Alkoholleichen, blutende Verletzte und gestürzte Senioren. Leute schrien, jammerten oder weinten, dazwischen rannte hektisch medizinisches Personal umher – es war ein riesiges Tohuwabohu. Fast kam ihr das Durcheinander vor wie im Krieg; damals, als sie für den Sender im Irak war und sie eine Reportage aus einem Lazarett gemacht hatte. Der Lärmpegel ging Karmen auf die Nerven, sie wollte weg, aber sie war nicht in der Lage aufzustehen. Auf ihrem Schoß lag die LV und in der Tasche vibrierte schon wieder das Handy. »Wochenendbetrieb«, meinte eine junge, indisch aussehende

Frau. Sie stellte sich als leitende Ärztin vor. »Am Wochenende kommt die meiste Kundschaft. Und was haben wir heute Nacht alles eingeworfen?«

Wir. Dass sie im Spital immer noch so reden. Keine Ahnung, was du heute eingeworfen hast, dachte Karmen. »Ich hatte ein paar Gin Tonics«, sagte sie.

»War da kein weißes Pulver?«

»Was soll denn das heißen? Zwei, drei GinTos.«

»GinTo, was ist denn das? Wieder was Neues auf dem Markt?«

»Gin Tonic, Gin mit Tonic. Kommt aus Indien, wie Sie.« In jeder anderen Situation wäre ihr der Satz peinlich gewesen. Hatte sie ihn auch noch extra langsam und deutlich gesagt?

»Okay, dann machen wir jetzt mal ein Drogenscreening«. Die Ärztin bedeutete einer Kollegin, ihr einen Plastikbecher zu reichen. »Brauchen Sie Hilfe?«

»Hilfe wobei?«

»Für kleine Mädchen …«

Karmen verstand. »Ich muss jetzt nicht. Wieso Drogen?«

»Sie sind desorientiert, halluzinieren und sind renitent. Wie Sie reagieren, müssen wir das machen.«

»Wir müssen …« Karmen versuchte aufzustehen, ihr war schlecht.

Die Ärztin wurde langsam ungeduldig. »Wir sind verpflichtet. Und ich werde jetzt sicher nicht mit Ihnen diskutieren. Wir haben hier den ganzen Laden voll, wir haben noch mehr Patienten heute.« Und zu einem Pfleger sagte sie: »Tröpfchen und Töpfchen für die Dame, bitte.«

Jemand setzte Karmen eine Nadel mit einer Infusion, jemand nahm ihr Blut ab, jemand hob sie hoch, jemand zog ihr die Unterhose runter und schob ihr eine Bettpfanne unter den nackten Hintern. Jemand sagte: »Nun lassen Sie mal

Wasser!« Sie hing am Tropf, saß in einer lärmenden Menge Mittel- bis Schwerverletzter, zwischen stöhnenden Besoffenen auf einem Pisspott aus Plastik, ergab sich der Situation und hoffte, dass sie niemand sehen konnte. Obwohl es ihr so vorkam, als würden die beiden Typen, die sie vorher in Empfang genommen hatten, sie Kollegen und Kolleginnen vorführen. Wenn sie doch nur endlich für kleine Mädchen. Dann würde man sie sicher gleich gehen lassen. Eine klare Flüssigkeit aus einer Flasche, die an einem Gestell neben ihr hing, floss langsam in ihren Unterarm. Ihr Handy vibrierte. Inzwischen war sie in der Lage, es aus der Handtasche zu fischen. Haiko. Sie ging dran.

»Endlich. Wo bist du? Seit Stunden versuche ich dich zu erreichen. Du hast mir mitten in der Nacht eine Nachricht geschrieben, ich soll dich abholen.«

»Ja, Haiko, hol mich«, wimmerte sie kaum hörbar.

»Wo bist du? Du klingst schrecklich.«

»Geht doch«, sagte eine Pflegerin, die gerade nachgesehen hatte, ob mittlerweile was im Töpfchen war.

»Wo bin ich?«

»Notaufnahme, städtisches Spital«, sagte die Pflegerin, entfernte die Bettpfanne und zog ihr den Slip wieder hoch. »Ich bring das gleich mal ins Labor.«

»Notaufnahme, Stadtkrankenhaus. Hol mich ab. Schnell.«

»Mein Gott, was ist passiert? Ich beeile mich. Mit dem Auto brauche ich maximal eine halbe Stunde.«

»Und bring mir was zum Anziehen. Schuhe brauch ich auch.«

Haiko war ihr bester Freund. Da sie keine weiteren Freundschaften pflegte, war er auch ihr einziger. Immerhin verdankte sie dem Sender, dass sie sich vor ein paar Jahren kennengelernt hatten. Sie bräuchte einen neuen Stil, hatte es damals geheißen. Typisch, die Ärsche in der Intendanz, die Unterhaltungschefs und Redakteursidioten, die brauchten keinen neuen Stil, mussten nicht an sich arbeiten; sie aber schon. Haiko wurde ihr als Sprechtrainer und Coach zugeteilt. Er war damals Anfang dreißig, Schauspieler und lebte davon, Fernsehgesichtern zu zeigen, was sie tun müssten, um von der Kamera so richtig geliebt zu werden; in Folge dann natürlich auch vom Publikum und vor allem vom Senderchef. Sie hatte schwer gebockt, fand, dass ausgerechnet sie ja wohl kein Kameratraining nötig hatte, sie war hier Profi. Und dann auch noch bei einem Mann: Sprechtraining my ass! Dabei war Haiko ebenfalls Profi. Er hatte Geduld mit ihr und nach dem dritten Termin schnallte sie, dass sie tatsächlich noch etwas lernen konnte. Die Konkurrenz war groß, sie hatte den Fernsehjob zwar lange und ziemlich erfolgreich gemacht. Aber. So mit Anfang-Ende vierzig wurde es beim Fernsehen eng für Frauen. Wenigstens konnten Männer mittlerweile auch nicht mehr so einfach bis ins hohe Alter vor der Kamera bleiben. Alle ließen sie was machen. Hier ein bisschen Botox, da Kollagen oder Haartransplantationen. Sie hatte nie etwas machen lassen. Sagte sie zumindest. Jedenfalls waren da eine Menge junger Damen und Herren, die auf ihre Position so was von scharf waren. Intuitiv spürte sie, dass sie sich mit einer neuen, frischen Art, Interviews zu führen oder Talks zu moderieren, vielleicht noch ein paar Jahre an der Spitze der Unterhaltungsbranche halten würde.

»Schenk mir ein Lächeln«, hatte Haiko sie begrüßt, als sie zum ersten Mal sein Büro betrat. Dieses Bürschchen, hatte sie damals gedacht, dieser präpotente Trottel hockt da auf einem gelben Sitzball, wippt ein bisschen hin und her und will von ihr ein Lächeln. Sie hatte gleich noch eine Spur muffiger geschaut und beschlossen, dass sie bestimmt keine zehn Termine mit diesem chauvinistischen Coachpotatoe – immerhin hatte sie sich über das Wortspiel gefreut, das ihr gerade eingefallen war – zubringen würde. »Fernsehen ist Oberfläche«, hatte Haiko gesagt. »Es geht nicht um Inhalte, sondern darum, wie du dich verkaufst. Maximal acht Prozent von dem, was du sagst, bleibt beim Publikum hängen. Der Rest ist Showbusiness, Stimme, Frisur und Bewegung.« Zunächst hatte sie widersprochen. Fernsehen, Journalismus, jahrzehntelang war das ihre Welt gewesen. Für sie die einzig mögliche aller Welten. Und da kam dieses Kind – so ein scheiß Schauspieler! – und wollte ihr erklären, wie Fernsehen geht.

Doch irgendwann in den nächsten Wochen mit Haiko hatte sie plötzlich verstanden, worauf er hinauswollte. Sie hatte sich sogar gefreut auf die regelmäßigen Trainingseinheiten in seinem Büro, einem ehemaligen Ladenlokal in einem hübschen Viertel weit weg vom Sender. »Coachella« hatte sie diese Auszeiten für sich genannt. Die Termine mit ihm öffneten ihr die Augen über das, was sie ihr ganzes Leben schon intuitiv und möglicherweise immer falsch gemacht hatte. Längst ging es weniger um Kameraarbeit, Körpersprache oder Verkaufstechnik, Anker setzen, Anker lösen. Sie sprachen über alles andere. Er eröffnete ihr einen neuen Blick auf sich selbst; fast war es Therapie für sie. Ausgerechnet, denn sie hasste Therapien jeder Art. Karmen fand sich untherapierbar.

Als die zehn geplanten Coaching-Einheiten vorüber waren, trafen sie einander weiterhin. Zunächst nur zufällig, dann geplant und regelmäßig. Aus der Arbeitsbeziehung wurde schließlich Freundschaft. Er hatte sie von Anfang an durchschaut, kannte sie so gut wie sonst niemand. Sie wiederum ließ sich durchschauen. Bei ihm konnte sie sie selbst sein: verletzlich, launisch, sogar auch mal ein Arschloch, die Frau hinter der sauberen Oberfläche. Sie besprachen alles zwischen frühester Kindheit und Wechsel, zwischen Upgrading und Downdating. Dabei verloren sie selbst bei heiklen Themen – Menopause, Downdating, Ageing – nicht ihren Humor. Er war der einzige Mensch auf der Welt, für den sie Interesse nicht nur heuchelte. Sie war ernsthaft an seinem Leben interessiert, wusste von seinen Affären mit irgendwelchen Kerlen, ihr war klar, wo er herkam, wo er hinwollte, wie und was er dachte. Und umgekehrt. So unterschiedlich Karmen und Haiko waren, so viel hatten sie gemeinsam. Es war ihr vollkommen egal, dass Bekannte den zwanzig Jahre jüngeren Mann an ihrer Seite erst für ihren Walker, dann für ihren Lover hielten. Ein Senderkollege bezeichnete Karmen einmal besonders perfide als »Sugar Daddy«, fragte, wer bei ihnen daheim »der Mann und wer die Frau« sei. Sie zeigte ihm den Mittelfinger und brachte ihm später einen Starbucks-Kaffee mit, in den sie heimlich Abführmittel gemischt hatte. Für diese Idioten war ihre Beziehung unvorstellbar. Sie waren weder Harold und Maude noch waren sie ein Liebespaar. Aber irgendwie gehörten sie zusammen.

»Schenk mir ein Lächeln«, sagte Haiko, als er jetzt auf diesem Krankenhausflur vor ihr stand. Nach all der Zeit war der Satz zwischen ihnen zum Begrüßungs-Running-Gag geworden.

Sie verzog den Mund, rieb sich die Augen und verteilte dabei, ohne es zu bemerken, Wimperntusche in ihrem Gesicht.

»Du schaust fürchterlich aus. Wie eine etwas überwutzelte Dragqueen, die im Darkroom übernachtet hat.«

»Ich fürchte, das habe ich.« Erst jetzt fiel ihr ein, dass sie ja immer noch das Make-up von der Moderation gestern

Abend im Gesicht hatte; also wahrscheinlich eher die Reste davon. Ihr Kleid, also das, was von Escada übrig war, hing verdreckt und schlaff an ihr wie ein beiger Sack. Sie trug keine Schuhe. Wann hatte sie eigentlich das letzte Mal in einen Spiegel geschaut?

Er stellte eine Sporttasche vor ihrem Rollstuhl auf den Linoleumboden. »Ich hab dir was zum Anziehen mitgebracht.«

»Hoffentlich keines deiner Dragqueen-Kostüme.« In Haikos Gegenwart fühlte sie sich gleich viel fitter und konnte schon wieder Witze machen. »Oder dein Leder-Outfit.«

»Meine Gym-Sachen, die waren noch im Auto. Soll ich dir beim Umziehen helfen oder mach ich mir dabei die Finger dreckig?« Vorsichtig zupfte er an ihrem Kleid herum.

»Doch nicht hier, hilf mir.«

Er zog sie aus dem Rollstuhl, aus dem sie ohnehin endlich raus wollte, und die beiden verschwanden hinter einem Paravent. Als sie nach wenigen Minuten wieder hervorkamen, trug Karmen einen adidasgrünen Trainingsanzug und Sportschuhe; beides war ihr eine Spur zu groß.

»Lass mal, das schlägt sich mit dem Grün«, wehrte sie schließlich Haikos Versuch ab, ihr noch seine blaue Basecap auf den Kopf zu setzen.

»Du hast aber einen ziemlichen Bad-Hair-Day.«

»Ich habe einen Bad-Day-Day. Da hilft auch keine Kappe.«

»Dass Sie überhaupt schon wieder stehen können!« Die Ärztin von vorhin war zurückgekommen, einen Computerausdruck mit Laborergebnissen in der Hand, von dem sie mit säuerlichem Gesichtsausdruck ablas. »Amphetamine, wahrscheinlich Speed oder Crystal, MDMA, Morphin. Da müssen Sie heute Nacht aber sehr viele Mohnschnecken gegessen haben. Als Promi sollten Sie ja eigentlich so was wie ein Vorbild sein.«

»Pizza«, stammelte Karmen, die sich plötzlich zumindest an den Beginn ihrer Nacht wieder erinnern konnte. »Aber ich hab die Salamischeiben runtergenommen.« Haiko starrte sie mit offenem Mund an.

»Alkohol steht da übrigens auch. Um genaue Werte zu bekommen, müssten wir noch einen Bluttest machen«, fuhr die Ärztin unbeirrt fort. »Aber das ersparen wir uns und Ihnen. Es sollte Ihnen schon bald besser gehen. Viel Schlaf, Vitamine, Tee, eher kein Gin Tonic die nächsten Tage!« Dann wandte sie sich an Haiko. »Bringen Sie Ihre Mutter schleunigst nach Hause, damit sie ihren Rausch ausschläft.«

»Sie ist nicht meine Mutter.«

»Dann halt Ihre«, sie machte eine Pause und überlegte, »Freundin. Und passen Sie künftig besser auf sie auf.« Der Pager in ihrem Kittel machte ein Geräusch, sie schaute auf das Display und verschwand grußlos.

Karmen wirkte wie ein Kind, das etwas angestellt hat. Haiko sah sie immer noch fassungslos an. Noch nie hatte er seine Freundin so erlebt; sie war richtig kleinlaut. »Was hast du gemacht?«

Und sie schenkte ihm ein Lächeln. Kein falsches Fernsehlächeln, es war echt.

Fast forward

»Wie lange war ich weg?«, fragte Karmen. Verschwommen konnte sie Haiko erkennen, der neben ihr auf dem Boden saß und sie ansah.

»Den ganzen Samstag. Schön, dass du jetzt wieder da bist. Ich hab mich schon gelangweilt.«

Sie setzte die Brille auf. In der Öffentlichkeit trug sie immer Linsen, die ihr das Lesen schwermachten und sie juckten. Aber sie war der Ansicht, sie habe kein Brillengesicht. Aus diesem Grund hatte sie sogar einmal ein gutes Angebot abgelehnt, Testimonial für einen Brillenhersteller zu sein. Jetzt trug Karmen einen grünen Adidas-Trainingsanzug, saß aufrecht im Bett und hatte fürchterliches Schädelweh. Und Hunger. Oder Schädelweh wegen des Hungers, das musste sie wohl erst noch überprüfen.

»Wie spät ist es?«

»Halb zehn.«

»Abends?«

»Es ist Sonntagmorgen und du warst echt ganz schön neben der Spur.«

Langsam kam die Erinnerung zurück. Die Gala, die Nacht, der Club mit dem Darkroom, die Fahrt mit der verrückten Alten auf den Luxuslabeltüten ins Spital. Haiko hatte sie abgeholt und in ihr Apartment gebracht. Sie musste unbedingt die News checken; das Internet war wahrscheinlich voll mit Berichten, wie sie sich aufgeführt hatte. Sie stand auf, tapste noch ein wenig unsicher durchs Zimmer. Schließlich fand sie das verdammte Handy. Es war tot. Also der Akku war leer. Sie ging ins Wohnzimmer, um das Ladegerät zu holen.

»Was schreiben die Aasgeier?«

Haiko war ihr gefolgt. »Wer?«

»Die Arschkolleginnen. Über mich.«

»Keine Ahnung.«

»Du hast doch sicher geschaut.«

Er schüttelte den Kopf. Natürlich hatte er online nachgesehen, ob die Eskapaden seiner Freundin irgendwo erwähnt wurden, hatte aber wirklich keine Meldung gefunden.

Sie nahm die Fernbedienung, schaltete den Flachbildfernseher an, der auf dem Boden stand, und zappte sich hektisch durchs Sonntagvormittagsprogramm. Tierdokus, Schlagershows, Kindersendungen. Sie öffnete das Fenster und sah auf die Straße runter. Immerhin keine Journalistenmeute vorm Haus. Schließlich klappte sie ihr MacBook auf, das auf dem Couchtisch lag, und ging auf die Nachrichtenseite des Senders. Ihres ehemaligen Senders. Keine Schlagzeile über sie. Sie schaute im Boulevard nach, »Bild«, »Bunte«, »Gala«, klickte Promiportale an und googelte schließlich ihren Namen. Schlägereien, Exzesse, Babybäuchlein, Koma und Scheidungen. Doch Karmen kam nicht vor. Sie war wie ausgelöscht.

Haiko beobachtete sie interessiert. »Was machst du da eigentlich?«

»Ich will wissen, was passiert ist.« Vielleicht hatte sie ja alles nur geträumt? Dumpf konnte sie sich schon erinnern: Sie, der einstige A-Promi, mittlerweile vielleicht schon B, wer weiß, und demnächst dann im Dschungelcamp, hatte sich aufgeführt wie Sau. In der Öffentlichkeit gesoffen, Drogen eingeschmissen, einflussreiche Leute angegangen, wer weiß was noch. Und die Welt nahm keinerlei Notiz davon? Echt jetzt? Kein Boulevardschweinchen schrieb über sie, selbst die Leserreporter hatten keine unschönen Meuchelfotos von ihr gemacht oder dokumentiert, wie sie mit Ecstasy hantierte? Es gab keinerlei Interesse an ihrem Absturz. Es war unfassbar. Fast war sie ein bisschen beleidigt.

»Wenn nichts in den Medien ist, Schatz, dann ist es auch nicht passiert.« Er wollte ihr einen Kuss geben, stoppte aber kurz vor ihrem Gesicht. »Geh vielleicht erst mal ins Bad, Zähneputzen und so. Ich besorg derweil Frühstück.«

»Nein. Lass uns frühstücken gehen.«

»Du hasst es, frühstücken zu gehen.«

»Aber heute mag ich. Mit Sonntagszeitungen, Croissants wie in Frankreich, Milchkaffee und Pipapo.«

Sonntagszeitungen. Es war so offensichtlich, dass sie bloß raus wollte, um zu überprüfen, ob sie noch eine öffentliche Person war. Ob ihr die kleinen Ausrutscher von vorgestern Nacht geschadet hatten.

»Und hinterher ein Spaziergang. Lass uns in den Botanischen Garten gehen.«

»Du bist ja voller Tatendrang. Hast du vergessen, dass dir Natur am Arsch vorbeigeht, Liebes?«

»Ich habe vor allem Hunger«, rief sie bereits auf dem Weg ins Badezimmer. Als Haiko ihren lauten Aufschrei hörte, wusste er, dass sie in den Spiegel geschaut hatte. Ihre gute Laune war sofort wieder futsch. »Alter, du hättest mich ruhig abschminken können«, rief sie aus dem Bad.

»Das ist hier dein Zuhause und kein Studio. Im Übrigen bin ich auch kein Maskenbildner.« Gestern war er froh gewesen, sie in ihrem Zustand überhaupt ins Bett bekommen zu haben. Er folgte ihr ins Bad. »Das machen sicher die Drogen.«

Karmen stand vor dem Spiegel. Die Person, die sie dort sah, war ihr ganz fremd. Ganz langsam näherte sie sich ihrem Spiegelbild, fokussierte ihr rechtes Auge, sah die azurblaue Iris immer größer werden, fühlte das Unbehagen, sich selbst nah, aber gleichzeitig sehr fremd zu sein. Sie erschrak fast zu Tode, als Haiko sie in die Hüften zwickte. Und dann kicherte sie, wie sie außer ihrem besten Freund niemand je hätte kichern hören dürfen, und drehte das Wasser in der Dusche auf. Langsam kam die alte Karmen zurück in ihren Körper.

»Beeil dich mal«, sagte Haiko beim Verlassen des Badezimmers, »oder wir kriegen kein Frühstück mehr. Du schaffst das, Karmen, Tschacka!«

Sie stieg in die Dusche. »Bitte keine Coachingkacke jetzt. Gib mir zehn Minuten für mein Powerdressing.«

Haiko war klar, was sie unter Powerdressing verstand: Klamotten, die ihren sozialen Status der taffen Medienfrau unterstrichen – Businesstaugliches von Marc Jacobs und Hugo Boss. Karmen wollte zurück zu dem, was sie immer war. Und sie musste überprüfen, ob es diese Karmen nach all dem überhaupt noch gab.

Eine Stunde später saßen sie in einem neuen Frühstückslokal, das überall gute Kritiken bekommen hatte, zwischen lauter gut gelaunten Menschen, die sich leise unterhielten an einem Zweiertisch. Vor ihnen stapelten sich Teller mit dem typischen Szenebrunch-Sortiment, regionaler Schinken und Käse, weniger regionaler Lachs, Eier, tatsächlich so gute Croissants wie in Frankreich und Brot vom besten Bäcker der Stadt, frisch gepresster Orangensaft, Milchkaffee und Pipapo. Also alles genau so, wie Karmen es sich gewünscht hatte. Die Sonntagszeitungen hatte sie unaufgeschlagen gelassen. Haiko wollte, dass sie erst etwas aßen, ein wenig Kaffee und erst dann dürfte sie nachsehen, ob vielleicht doch irgendwo eine klitzekleine

Meldung über sie zu finden wäre. Ungeduldig zupfte sie an der Titelseite des obersten Exemplars auf dem Stapel herum, auf der irgendein doofes US-Starlet abgebildet war.

Haiko schob sich eine Scheibe Prosciutto cotto in den Mund. »Du bist ja richtig besessen davon, schlechte Presse zu haben.«

»Besser schlechte Presse als überhaupt keine mehr.«

»Glaub mir, es ist wirklich besser, dass kein Fotograf in der Notaufnahme gewesen ist. So wie du dich da aufgeführt hast. Und lass doch bitte mal dein Handy in der Tasche.«

Mit Butterfingern wischte sie auf ihrem iPhone herum. »Wenigstens die von der Veranstaltung hätten sich melden können. Keine einzige WhatsApp-Nachricht, keine SMS. Frechheit.«

»Die sind dort Profis. Die lassen sich von deinem Ausraster doch keine rauschende Gala kaputtmachen. Die werden sich schon noch beschweren, dein Honorar kürzen und dich das nächste Mal wieder buchen, wirst sehen.«

Karmen fiel ein, dass sie den CEO des Unternehmens erstens Doktor Arsch genannt und zweitens vor allen Leuten desavouiert hatte. »Sie werden mich ganz sicher nie wieder buchen.«

»Wieso?«

»Egal. Aber später auf diesem Rave? Da hat mich wohl auch niemand gesehen.« Offenbar schlossen sich bei ihr gerade wieder ein paar Erinnerungslücken.

»Du warst auf einem Rave? Wann war das? 1992?«

Sie lachte. »Ich und Rave. Kannst du dir das vorstellen? Mit, Moment, mit Paul.«

»In den Neunzigern warst du doch auch schon zu karriereversessen für die Love Parade. Paul? Ist das der, mit dem du die Drogen eingeworfen hast? Details bitte!«

»Keine Ahnung, ein Typ.«

»War er wenigstens hübsch?«

»Sicher war der hübsch«, brummte sie, ohne es genau zu wissen. »Rothaarig, Schnauzbart, keine Ahnung.« Womöglich war der Typ ja auch hässlich wie die Nacht gewesen und sie hatte ihn sich schön gesoffen. Sie starrte das Stückchen Fett auf ihrem Teller an, das sie vorher von einer Scheibe Schinken entfernt hatte, spielte mit der Gabel ein bisschen damit herum und schob es sich in den Mund. »Omegadreifettsäuren«, sagte sie fast entschuldigend, als sie Haikos erstaunten Blick bemerkte. Schließlich schlug sie doch eine der Zeitungen auf und hielt sie sich schützend vors Gesicht. Das war ja fast schon wie ein Verhör. Fürs Erste hatte sie genug Fragen beantwortet. Immerhin war sie eben erst aus einem Vierundzwanzig-Stunden-Koma erwacht. Da musste man sich schließlich ganz dringend erholen.

Allerdings blieb ihr Begleiter hartnäckig. »Huhu«, machte Haiko und drückte das bunt bedruckte Zeitungspapier nach unten. »Ich bin auch noch da. Und ich sitze jetzt sicher nicht mit dir im angesagtesten Frühstücksrestaurant der Stadt wie ein altes Ehepaar, das sich anschweigt.«

»Okay«, brummte sie und legte die Zeitung wieder zur Seite. Es würde ohnehin auch in diesem Blatt keine Meldung über sie drin sein. Wenn online niemand was geschrieben hatte, dann war erst recht nichts auf Papier erschienen. »Was willst du?«

»Bestandsaufnahme.« Noch so ein Running Gag zwischen ihnen. Oft, wenn sie einander trafen, gab es eine Art Rapport, jeder musste sagen, was bei ihm gerade Thema war.

»Okay, Coach«, sagte Karmen, nahm einen Schluck Orangensaft und versuchte, sich möglichst aufrecht hinzusetzen. »Ich bin alt, verkatert, habe keine Jobs mehr, keinen Mann, keine Kinder, keine Frisur, aber dafür sicherlich irgendeine Mangelerscheinung nach übermäßigem Genuss synthetischer Drogen. Apropos Genuss: Ich habe wieder zu rauchen angefangen. Außerdem muss ich innerhalb der nächsten vier Wochen das Haus meines Vaters räumen, es gibt offenbar endlich einen Kaufinteressenten.« Sie griff zu ihrem iPhone und zeigte Haiko die Nachricht einer Rechtsanwaltskanzlei, die darum bat, auf ihr schriftliches Kaufangebot endlich zu reagieren.

»Das coole Sixties-Haus auf dem Land, das du seit ein paar Jahren verfallen lässt?«

»Seventies. Und ja, in dem Kaff, in dem ich aufgewachsen bin. Total uncool.«

»Hurra, wir fahren in die Provinz.«

»Ich fahre. Du bleibst bitte hier und hältst die Stellung.«

»Du hast kein Auto.«

»Du hast einen Job. Es gibt öffentliche Verkehrsmittel, schon vergessen?«

Den Rest des Frühstücks verbrachten sie damit, Karmens Reise in ihr Heimatdorf zu planen. Sie hatte ja sonst auch keine Aufgabe. Und ein paar Tage raus aus der Stadt würden ihr sicher gut bekommen, fand Haiko. Karmen war sich da weniger sicher. Über ihre Kindheit hatte sie ihm noch nie viel erzählt. Er wusste, dass ihr vor ein paar Jahren verstorbener Vater Landarzt gewesen war, ihre Mutter die Familie verlassen hatte, als Karmen zwölf oder dreizehn war. Die dörfliche Herkunft, so kam es Haiko zumindest vor, war ihr immer ein bisschen unangenehm gewesen. Sie war Urbanistin, der Inbegriff eines Stadtmenschen, dazu passte keine Vergangenheit als Provinzmädel – vor allem entsprach es nicht ihrem öffentlichen Bild. Und nun müsste sie zurück zu diesen Landeiern, vor denen sie damals abgehauen war. Aber es würden ja nur ein paar Tage sein, maximal zwei Wochen, dann wäre das Landleben wirklich Geschichte. Soziales Detox, beschlossen sie, wäre die beste Kur gegen das, was Karmen gerade alles widerfuhr.

»Vielleicht triffst du ja deine Jugendliebe.« Haiko, die alte Dramaqueen, war plötzlich in seinem Element. »Und es gibt ein ganz wundervolles Wiedersehen.«

»Es gab keine Jugendliebe.«

»Er ist Landwirt und sieht immer noch aus wie damals: stark, kernig und irrsinnig hot.«

»Dort gibt es keine richtigen Bauern mehr. Nur noch Nebenerwerbslandwirtschaft. Und hot ist da auch niemand, glaube mir.«

»Ich stelle ihn mir vor wie Heath Ledger in ›Brokeback Mountain‹, so auf alt. Er hat eine Familie, eine Frau und viele kleine Kinder, die er dann für dich verlässt.«

»Sag mal, spinnst du?«

»Okay, dann hat er halt nie eine Frau gefunden, obwohl er sogar bei ›Bauer sucht Frau‹ mitgemacht hat.«

»Genau, er hat sich dreißig Jahre aufgespart für mich.«

»Ja! Und jetzt muss alles raus. Rammeln ohne Ende!«

Eine Familie mit Kindern am Nachbartisch sah zu ihnen herüber. Karmen bedeutete ihrem Freund, leiser zu sein.

»Oder er ist schwul. So wie Heath Ledger in ›Brokeback Mountain‹. Du wirst seine Schwulenmutti und ich komme euch besuchen.«

Karmen wurden die Fantasien ihres Freundes langsam zu blöd. »Okay, ich weiß, dass du auf Heath Ledger stehst. Aber das ist eine strukturschwache, hässliche Gegend dort. Dort gibt es nichts. Keinen Brokeback und keinen Heath. Wer ein bisschen was im Kopf gehabt hat, ist weg von da. Nur die Alten und die Deppen sind übrig geblieben. Außerdem, wie gesagt, es hat keine Jugendliebe gegeben.« Ungeduldig winkte sie den Kellner zu ihrem Tisch. »Der junge Jake Gyllenhaal hier übernimmt die Rechnung.«

Auf die Idee, das Landleben so zu glorifizieren, konnte auch nur ein Stadtmensch wie Haiko kommen, dachte sich Karmen, als sie noch wie geplant einen kleinen Entgiftungs-Spaziergang im Botanischen Garten machten. Er konnte einfach nicht mit dem Thema aufhören. Offenbar hätte er sie wirklich gern aufs Land begleitet. Der Bau im Stil der Siebzigerjahre war sicher mit ein Grund für seine Euphorie. Haiko war ein Designfan, liebte Vintagekram und er kannte sich gut aus.

»Etwas baufällig, aber mit Stil, so wie du«, sagte er und hielt ihr die Tür zum großen Tropenhaus auf. »Ich komme dich auf jeden Fall dort besuchen. Allein schon wegen Heath Ledger.« Sie seufzte. Ein Regenschauer hatte die beiden überrascht und jetzt setzten sie ihren Spaziergang eben im feuchtwarmen Tropenklima fort. Exotische Vögel pfiffen und Schmetterlinge flogen um sie herum und gingen Karmen ziemlich auf die Nerven. Der modrige Geruch von Erde war ihr ein Graus, und was konnte man mit Tieren schon groß anfangen. Blöderweise hatte sie aber selbst den Botanischen Garten vorgeschlagen, auch weil er in der Nähe des Frühstückrestaurants lag. Haiko hingegen entpuppte sich grade als großer Naturfreund und -experte. Vor der Schauspielschule und dem Coaching hatte er sogar mal ein paar Semester Biologie studiert, das Fach dann – ausgerechnet! – als hübsch, aber leider brotlos erachtet. Jetzt stoppte er bei jedem Pflänzchen, las Informationstafeln und hielt ihr anschließend kleine Fachvorträge, während sie theatralisch die Augen verdrehte. Die feuchtwarme Luft ließ sie ins Schwitzen kommen.

Karmen kannte diesen Ort besser, als ihr lieb war. Als Kind hatte sie hier regelmäßig Zeit verbracht. Ihr Großvater war Direktor des Botanischen Gartens gewesen, und wenn sie ihn in der Stadt besuchten, durfte, oder eher: musste, sie sich die weitläufige Anlage anschauen. Schon damals hasste sie es, fand Bäume, Büsche und Blumen präsentiert wie in einem Museum samt ellenlangen Ausführungen unendlich langweilig. Einmal wollte ihr der Großvater eine Freude machen. In dicken Nachschlagewerken suchte er nach Pflanzen, die ihren Namen trugen. Doch nur eine bestimmte Zwiebelsorte hieß Karmen und sie fand das dann wenig schmeichelhaft.

Haiko lachte und wischte sich den Schweiß aus dem Gesicht. »Zwiebel. Wie du, passt doch. Wegen dir müssen immer alle heulen.«

Karmen setzte sich auf eine Bank unter einer Palme, deren oberste Blätter schon am Glasdach des historischen Gebäudes abknickten. »Ich schwitze wie ein Schwein«, sagte sie. »Ich glaube, bis ich ganz wiederhergestellt bin, dauert es noch.«

»Ich schätze, ein paar Wochen. Wenigstens bleiben wir hier trocken.« Für die Tropen waren sie beide definitiv falsch angezogen. Den Boss-Cardigan hatte Karmen schon abgelegt, nun zog sie an der Halsschleife ihrer roten Marc-Jacobs-Bluse und verscheuchte mit einer hektischen Handbewegung einen blau schimmernden Schmetterling, der sich gerade auf ihrem Kopf niederlassen wollte. Sie musste hier raus, aber immer noch schlug Regen gegen die Scheiben. »Ich bin schon klatschnass, da hätten wir gleich draußen bleiben können.«

Haiko zerrte an ihrem Blusenärmel. »Lass uns weitergehen«.

»Gib mir einen Grund, jetzt aufzustehen. Ich sitz grad so schön.« Ihr Drogen-Hangover meldete sich gerade zurück.

»Die Riesen-Seerosen blühen angeblich. Das kommt nur alle paar Jahre vor.«

»Okay, das muss man wohl gesehen haben.« Gespielt schwerfällig stand sie auf, schnappte sich Strickweste und Handtasche. Schwitzend und schlecht gelaunt trottete sie ihrem Freund hinterher, der sie auch jetzt mit seiner Euphorie nicht anstecken konnte. Endlich gelangten sie zu einem künstlichen Teich, in dem wagenradgroße, braungrüne Blätter mit schmalen Rändern schwammen. Sie hatten bestimmt einen Durchmesser von einem Meter und sahen aus wie Boote. Zwischen den Riesenblättern leuchteten tatsächlich ein paar rosarote Blüten, die Karmen allerdings nicht sonderlich beeindruckten. »Riesenseerose«, stand auf einer Hinweistafel und der lateinische Name »Victoria amazonica«. Neben dem Erklärtext, den Haiko natürlich laut vorlas, obwohl sie direkt neben ihm stand, befand sich ein Foto, auf dem ein lachendes Mädchen zu sehen war. Es hatte blonde Zöpfe, trug zur roten Bluse eine gelbe Latzhose und saß in so einem Riesenseerosenblatt. Das Foto musste in den frühen Siebzigerjahren aufgenommen worden sein. Und da fiel es Karmen wieder ein: Das Kind mit den blonden Zöpfen, das da so vergnügt im Seerosenboot saß, das war ja sie! Ihr Großvater hatte es aufgenommen, da musste sie fünf oder sechs gewesen sein. Dass das Foto von der Enkelin des damaligen Direktors fast fünf Jahrzehnte später immer noch hier hing, um die Tragfähigkeit dieser depperten Blätter zu demonstrieren!

Haiko kriegte sich kaum mehr ein, als sie ihm das Bild zeigte, fand die Zöpfe und die Klamotten total irre und vor allem die Tatsache, dass sie zufällig heute sogar ähnliche Sachen trug: rote Bluse, halblanger gelber Rock. »Nur das mit den Zöpfen ist leider anders, sonst hast du dich kaum verändert, Schatz.«

»Pfff«, machte Karmen. Dann hatte sie eine Idee und ihre Laune wurde schlagartig besser. »Wir stellen das Foto jetzt nach. Steht da irgendwo, wie viel Gewicht so ein Blatt aushält? Egal, so schwer bin ich nicht, hol dein Handy raus!« Sie stellte die Handtasche auf dem Boden ab, schlüpfte aus ihren Slippern und stellte sie daneben. Dann watete sie im knietiefen Wasser zum nächstbesten Seerosenblatt und warf sich laut kreischend hinein. Der Lärm, den sie verursachte, erschreckte die Tropenwaldvögel so sehr, dass sie prompt mit ihrem Geschrei aufhörten.

Natürlich ging Karmen mit dem Blatt sofort unter. Sie lachte, jubelte und machte einen Riesenwirbel. Schon waren ein paar Gewächshaus-Besucher auf das Spektakel aufmerksam geworden. Ein Aufseher griff zum Hörer eines altmodischen Telefons, das an einer gusseisernen Säule befestigt war, und meldete den Vorfall der Verwaltung. Währenddessen riss sich Karmen die nassen Kleider vom Körper und schleuderte sie herum, dass es nur so spritzte, und warf sie schließlich weg. In Unterwäsche strampelte sie im bräunlich-brackigem Wasser zwischen rosa Blüten und Monsterblättern herum und versuchte, Haiko nass zu machen, der etwas unbeholfen am Ufer stand und keine Ahnung hatte, wie er reagieren sollte. »Komm auch rein«, rief sie ihm zu, als wären sie irgendwo an einem Urlaubsstrand, »das Wasser ist schön warm!« Sie rupfte eine Blüte ab, was übrigens gar nicht so einfach war wegen der kräftigen Stängel, und hielt sie sich an den Kopf. Haiko, immer noch verunsichert, sah das Rosa der Seerose und fand den Kontrast zur braunen Brühe interessant, die ihr übers Gesicht lief. Normalerweise hätte er jetzt eine ironische Bemerkung gemacht, aber die Situation lief eindeutig in die falsche Richtung.

Wegen des Regens war im Tropenhaus an diesem Sonntagmittag ungewöhnlich viel Betrieb. Längst waren die blühenden Monsterseerosen nicht mehr die Hauptattraktion. Die Leute zückten ihre Smartphones, machten Fotos oder Videos von dem bizarren Auftritt des Fernsehmonsters in Unterwäsche und fast wirkte es so, als ob Karmen das Ganze nur veranstalten würde, damit es endlich Bilder gäbe. Mit einem Mal war Haiko klar, dass seine Freundin keinen Flashback von den Drogen hatte. Sie war gar nicht komplett durchgeknallt, wie er zunächst befürchtet hatte. Sie war ganz klar und inszenierte dieses Schauspiel bewusst. Sie wollte, dass das hier in die Öffentlichkeit gelangte. Dass es für sie kein Zurück mehr gäbe, sie demontierte sich vor aller Augen selbst. Und da begann Haiko, sie anzufeuern.

Immer mehr Schaulustige kamen, sahen, wer da spärlich bekleidet im Wasser planschte, wie eine Verrückte lachte und kicherte. Karmen watete zu den Leuten am Teichufer, machte kecke Posen, als wäre sie bei einem Fotoshooting. Sie wuchtete eines der Blätter hoch und versteckte sich dahinter, dann warf sie sich wieder zurück ins braune Brackwasser.

»Jetzt komm raus, bevor die Polizei da ist«, rief Haiko vom Ufer. Sie wollte sich gerade das Unterhemd vom Leib reißen, überlegte es sich dann doch anders und stieg aus dem Wasser. Drei Parkaufseher in grünen Uniformen kamen wild gestikulierend angerannt. Sie hatten Seile, einen Rettungsring und ein großes Fangnetz für Schmetterlinge dabei – ob sie Karmen nun das Leben retten oder sie einfach nur fesseln und verhaften wollten, war schwer auszumachen. Jedenfalls lief sie in Haikos Arme, der hatte schon ihre Tasche in der Hand und so schnell sie konnten, verließen sie das Tropenhaus durch die nächste Tür.

Es hatte aufgehört zu regnen, seltsamerweise war ihnen niemand gefolgt. Karmen sah Haiko auffordernd an. Er seufzte, zog seinen rosa Sweater aus und reichte ihn ihr.

»Die Hose auch?«

»Schon okay. Dein Pulli ist ja fast wie ein Kleid für mich. In letzter Zeit verliere ich eindeutig zu viele Markenklamotten.«

»Und du trägst eindeutig zu oft meine Sachen. Soll ich noch mal rein, zumindest die Schuhe holen?«

»Die spießigen Tod's? Nein, lass. Die habe ich eh nie gemocht.«

Vom Haupteingang des Botanischen Gartens her war schon eine Polizeisirene zu hören.

»Bitte noch ein Erinnerungsfoto«, bat Haiko. Obwohl es keine Frage war, nickte sie und wischte sich eine nasse Haarsträhne aus dem Gesicht. »Schenk mir ein Lächeln«, sagte er und machte ein Selfie von ihnen beiden. »Und jetzt nichts wie weg.«

Endlich hatte sich der viele Sport ausgezahlt. Und die Tatsache, dass Karmen als Kind so oft in der Anlage gewesen war. Sofort fand sie den Weg zum Ausgang.

Eine Frau mittleren Alters, nass und nackt bis auf einen viel zu großen rosa Pullover, rannte Hand in Hand mit einem etwas dicklichen jüngeren Mann mit entblößtem Oberkörper und einer Handtasche unterm Arm Richtung Notausgang des Botanischen Gartens. Sie drehte sich nicht um. Sie spürte die nassen Steinchen an ihren nackten Fußsohlen, hörte das Geräusch, den knirschenden Kies. Zum zweiten Mal an diesem Wochenende lief Karmen vor etwas davon. Nur hatte sie diesmal eine Ahnung, wohin.

Am nächsten Tag um die Mittagszeit brachte Haiko sie zum Zug. Er beobachtete das Gesicht seiner Freundin ganz genau, als sie beim Zeitschriftenkiosk vorbeikamen mit den Titelseiten mit ihrem Foto von gestern. Er glaubte, den Anflug eines Lächelns zu erahnen, kommentierte die deftigen Schlagzeilen, die sich die Boulevardzeitungen zum gestrigen Vorfall im Botanischen Garten zusammenreimten, jedoch ebenso wenig wie sie. Den schwarzen Rollkoffer ratternd hinter sich herziehend, schritt Karmen durch die Bahnhofshalle. Sie spürte die Blicke der Leute, ja sie musste sogar ein paar Autogramme geben. Ihr Zug hatte natürlich Verspätung, ein anderer war ausgefallen und die Massen drängten in völlig überfüllte Abteile. Doch sie hatte Glück, saß schließlich zweiter Klasse Großraum ohne Reservierung entgegen der Fahrtrichtung neben einem schnaufenden Mann. Als sich der Zug in Bewegung setzte, winkte sie durch die getönte Scheibe ihrem Freund auf Bahnsteig drei Goodbye.

Während der nächsten Minuten glitt die Stadt an ihr vorbei. Sie erkannte ein paar Gebäude, die berühmte Kirche, das neue Hochhaus, den Sender mit dem Logo oben drauf, die Brücke, den Fluss. Die Wohnhäuser wurden niedriger, dann kamen die Industriebrachen und Fabrikgebäude aus Backstein, der Rangierbahnhof. Der Zug fuhr schneller und die Stadt franste aus. Nach dem Waldabschnitt fuhren sie endlich durch grüne, hügelige Landschaft, vorbei an sommerlichen Feldern, Dörfern und immer wieder Windkraftanlagen. Ihr Ziel im Rücken verließ Karmen den Ort, an dem sie die letzten Jahre verbracht hatte. Karmen hatte den Blick auf die Unterseite des grauen Kunststofftisches geheftet, während die Silhouette der Stadt immer kleiner und kleiner wurde, bis sie nur noch ein winziger Punkt war.

Der schnaufende Typ neben ihr hatte sein Notebook aufgeklappt. Karmen beobachtete heimlich, wie er auf einer

Nachrichtenseite herumscrollte. Das Foto von ihr im Botanischen Garten poppte auf, der Mann schob es beiseite und schien sie zu ignorieren. Kurz überlegte sie, ebenfalls den Laptop aus ihrer Tasche zu holen. Aber sie würde ohnehin bald wieder umsteigen müssen, der Aufwand wäre zu groß. Außerdem hatte sie keine Arbeit, weder musste sie eine Moderation vorbereiten, noch wollte sie Mails beantworten. Sie hatte sich fest vorgenommen, nach den Vorkommnissen der letzten Tage ihr Mailprogramm zumindest eine Zeit lang zuzulassen. Also starrte sie abwechselnd vor sich hin, aus dem Fenster in die vorbeirasende Landschaft oder neugierig auf den Monitor ihres Nachbarn. Der löschte inzwischen private Fotos, die ihn mit einer jüngeren Frau zeigten.

Sonst, wenn sie schon den Zug nehmen musste (eigentlich flog sie lieber, Flugreisen passten aber nicht zu ihrem Image), ließ sie die Agentur immer in der ersten Klasse reservieren. Dort glichen die Abteile eher Großraumbüros. Die meisten Fahrgäste reisten alleine, arbeiteten, gesprochen wurde kaum, höchstens ins Handy. Nun fiel ihr die Reiseaufgeregtheit der Menschen um sie herum auf. Viele Familien waren unterwegs, Kleinkinder plärrten, Leute plauderten, jemand hatte seine Boombox an und hörte Musik, weiter vorne wurde Gitarre gespielt. Einer, der stehen musste, las laut die aktuelle Geschwindigkeit von einem der Monitore an der Wand ab und kommentierte sie. Als die Bahn-Mitarbeiterin kam und ihre Fahrkarte sehen wollte, überlegte Karmen einen Moment, wegen des Lärmpegels etwas zu sagen. Stattdessen schloss sie den Kopfhörer an ihr iPhone an, den ihr Haiko am Bahnsteig noch zugesteckt hatte. Sie setzte ihn auf die Ohren, wählte ein Zufallsprogramm auf iTunes, schloss die Augen und koppelte sich aus.

Wie lange sie schon keine Musik mehr gehört hatte. Also bewusst gehört, nicht als Hintergrundrauschen im Gym oder beim Friseur. Musik hatte Karmen aber auch noch nie sonderlich interessiert. Keine Popmusik und Klassik noch weniger. Radiohören war keine Option, sie war schließlich Fernsehmensch und hatte einfach nicht die Nerven dazu. Es war reine Zeitverschwendung. Die Musik ihrer Jugend war Neue Deutsche Welle gewesen, Madonna, Bowie die Eurythmics. Haiko zog sie oft damit auf, dass sie die frühe Madonna, ausgerechnet!, gut gefunden hatte. Als gut informierter Schwuler hatte er ihr immer seine Lieblingsalben aufs iPhone überspielt. Gehört hatte sie die ganze Haikomusik bisher nie.

Wenn sie jetzt einen Song hörte, den sie mochte, schaute sie aufs Display. Namen wie Miley Cyrus, Rihanna oder Beyoncé kamen ihr bekannt vor. Ariana Grande war doch die mit dem Terroranschlag beim Konzert? Wenn ihr Freund von diesen Sängerinnen erzählte, kam sie sich manchmal richtig blöd vor. Blöd und ignorant. Andererseits: Sie war eine Frau mittleren Alters, TV-Journalistin und keine Formatradioidiotin, sie musste nicht beim Chart-Pop Bescheid wissen. Gab es etwas Schlimmeres als Seniorendisco? Wie damals, in den zwei Wochen Cluburlaub mit Haiko – natürlich ein Luxus-Fünf-Sterne-Ressort auf Ibiza. Wo die alten Säcke und ihre Weiber sich in der Open-Air-Disco unters Jungvolk mischten und sich auf der Tanzfläche zum Affen machten. Zum Fremdschämen. Nun saß sie in diesem Zug, hatte genau dieselbe Musik auf den Ohren und ertappte sich sogar dabei, wie ihre Füße die Beats mitmachten.

Fast hätte sie das Umsteigen verpasst, weil sie die Ansage der Zugbegleiterin überhörte. Ihr Anschlusszug war natürlich schon weg wegen der Verspätung. Sie schrieb Petra, dass sie eine Stunde später ankommen würde. Sie hatte den Kontakt zu der Jugendfreundin sofort abgebrochen, als sie fürs Studium in die Stadt ging. Petra war im Dorf geblieben. Oder war sie weg gewesen und jetzt wieder dort? Ihre Leben waren damals schon so verschieden, wieso hätten sie in Kontakt bleiben sollen? Erst, als es ihrem Vater schlechter ging, hatten sie plötzlich wieder miteinander zu tun. Petra arbeitete inzwischen im Dorf als mobile Krankenpflegerin und hatte ihn bis zum Schluss versorgt. Sie hatten ein paarmal telefoniert und sich beim Begräbnis gesehen. Jedenfalls hatte Petra sofort zugesagt: Sie könnte sie vom Bahnhof abholen. Auch jetzt kam rasch die Antwort per SMS: »Ich bin da.« Ja, klar. Petra war ja auch dageblieben.

Karmen stand auf dem Bahnsteig des Bahnhofs der Kreisstadt, die für sie als Teenager immer schon »die Stadt« gewesen war. Mit all ihren Versprechungen und Enttäuschungen. Hier hatte sie ihren Schulabschluss gemacht, im Kino mit einem pickligen Idioten geknutscht, die Fahrprüfung bestanden und anschließend nie wieder am Steuer gesessen. Das Kaff war ihr erster Schritt in Richtung weite Welt. Ohne es genau zu wissen, ahnte sie als Achtzehnjährige, dass die weite Welt nur auf sie wartete. Und jetzt, nach mehr als dreißig Jahren, war sie auf dem Weg in die Vergangenheit. Auf dem anderen Gleis fuhr der Intercity in die Richtung ein, aus der sie gerade kam. Was, wenn sie einfach wieder einstieg und zurückfuhr? Mit etwas Krisenmanagement könnte ihre Agentur ihre kleinen Eskapaden vom letzten Wochenende sicher wieder reparieren. Sie würde neue Jobs finden, Moderationen, vielleicht ja wieder eine eigene Talkshow. Alles wieder auf normal.

Der Intercity fuhr ohne sie ab. Karmen wartete. Jeden verdammten Tag ihrer Gymnasialzeit hatte sie hier gestanden. Pendeln nach Hause, lernen für Prüfungen im Zug, bescheuerte Mitschülerinnen, kindisches Getue der Jungs, während sie sich schon erwachsen fühlte.

Aus ihrer ledernen Schultasche holt Karmen die ZEIT. Seit ein paar Wochen kauft sie die immer donnerstags in der Bahnhofsbuchhandlung. Tagelang kann sie sich auf der Zugfahrt von der Schule nach Hause damit beschäftigen. Die ZEIT ist ihr Tor zur Welt, das Gegenteil von Dorf. Der Geruch von Druckerfarbe und Papier schlägt den Mief der Provinz. Auf den leeren Platz neben sich legt sie die vielen Teile dieser Riesenzeitung ab, sortiert vor, trifft eine erste Auswahl. Noch versteht sie nicht alles, was sie liest. Aber vieles. Sie liest alles, was da steht, und kommt sich überlegen vor. »Streberin«, ruft jetzt das picklige Milchgesicht eine Klasse über ihr mit seiner ekelhaften Stimmbruchstimme, öffnet das Fenster, rafft die Zeitungsteile zusammen und schmeißt sie aus dem Fenster. Die anderen lachen bescheuert. »Elende Streberin«, rufen sie, schnappen sich ihre Schultasche und kippen den Inhalt aus dem offenen Fenster. Federmäppchen, Hefte, Bücher landen auf der Böschung. »Streberin, Streberin«, rufen sie und lachen sich kaputt, als sie Karmen ihre leere Schultasche auf den Kopf hauen. »Hey, das ist Umweltverschmutzung«, sagt jetzt das Milchgesicht, als hätte Karmen das Zeug selbst aus dem Fenster geschmissen. »Du bist doch so eine Ökotante, du kannst doch hier nicht die ganze schöne Umwelt verschmutzen mit deinem Zeugs.« »Ökotante vom anderen Ufer«, sagt ein anderer. Und Karmen sagt nichts. Sie überlegt sich eine Ausrede, mit der sie zu Hause erklären wird, wieso sie schon wieder neue Schulsachen braucht. Wieso lassen die Scheißtypen, diese Provinz-Vollkoffer, sie nicht einfach in Ruhe?

Endlich kam ihr Zug und sie stieg in den vorderen Wagen ein. Platz für Gepäck war in Nahverkehrszügen offenbar nicht mehr vorgesehen. Sie nahm den nächstbesten Platz und stellte den Rollkoffer neben sich. Es waren ohnehin kaum Passagiere im Abteil. Obwohl der Waggon neu war, roch es immer noch wie früher. Ungelüftet, abgestanden, nach Kunststoff, Staub und Leberkässemmel. Dieses Mal saß sie in Fahrtrichtung. Gemächlich fuhr der Zug durch eine sommerliche Landschaft, vorbei an Feldern mit gelb blühendem Raps. Karmen ertappte sich dabei, sogar ein wenig Gefallen an der Natur zu finden, am Sommer, der da draußen gerade begann. Am liebsten hätte sie ihren Kopf aus einem offenen Fenster gereckt, sich vom Fahrtwind die Frisur zerstrubbeln lassen. Natürlich ließen sich in diesen neuen Zügen die Fenster nicht öffnen. So sehr wie sie damals aus der dämlichen Provinz wegwollte, weg von diesen kleingeistigen Deppen, so sehr freute sie sich plötzlich aufs Dorf. Endlich würde sie zur Ruhe kommen. Niemand würde sie dort suchen. Sie war dann mal weg.

Petra stand schon winkend am Bahnsteig, als sie ausstieg. Wieso freut die sich so, dachte Karmen, und dann, wieso hat die sich kaum verändert, die ist genauso alt wie ich und sieht immer noch so aus wie damals, älter halt. Schon als Teenager hatte Petra immer ein wenig verheult ausgesehen. Was allein deshalb seltsam war, weil sie so ein einnehmendes, fröhliches Wesen besaß. So wie Christine Kaufmann, diese Schauspielerin im »Monaco Franze«, die da ja auch immer irgendwie verheult aussah. Das Alter hatte Petra gutgetan, der tragische Zug war einer Art Güte gewichen.

Mit ihrem automatisierten Studiolächeln im Gesicht reichte Karmen der Jugendfreundin die Hand. Die wiederum wollte sie zur Begrüßung küssen oder umarmen, und so kam es zu einem seltsamen Handgemenge zweier sehr unterschiedlicher Frauen. Die ist ja noch dünner als im Fernsehen, dachte Petra, wahrscheinlich der ganze Stress. Aber sie ist immer noch verdammt schön. Im Gegensatz zu Karmen sprach sie ihre Gedanken auch aus. »Schön bist du, schöner als im Fernsehen«, sagte sie und wollte ihr den Koffer abnehmen.

Karmen schüttelte den Kopf. »Das schaff ich schon noch alleine. Super, dass du mich abholst. Die letzten Kilometer bis nach Hause wäre ich ungern zu Fuß gegangen.«

»Mein rollendes Schwesternzimmer steht gleich da drüben.« Sie lachte, als sie die Heckklappe ihres verdreckten Golf Kombi öffnete. Offenbar war der Skandal mit den Seerosen vom Wochenende noch nicht in diesem Loch angekommen. Oder Petra tat aus Höflichkeit so, als hätte sie keine Ahnung. Mit Mühe fand Karmen zwischen Kisten, Kartons, Taschen, einem grünen, offensichtlich leeren Benzinkanister und Winterreifen Platz für ihr Gepäck. Petras Auto war auch innen erstaunlich dreckig. Vorsichtig schob Karmen mit den Füßen Getränkeflaschen, Fast-Food-Packungen und Papiermüll, der vor dem Beifahrersitz lag, zur Seite. Die Rückbank war ebenfalls mit Kartons und Taschen vollgeräumt. Kaum vorstellbar, dass eine Pflegerin einen derart versifften Wagen fuhr.

»Ist kaputt«, erklärte Petra, als Karmen nach dem Gurt suchte. »Und hier gibt es eh keine Polizeikontrollen.«

»Aber enge Straßen und Kurven.«

Petra startete den Motor. »Ich fahre vorsichtig, versprochen. Brauchst du noch was vom Supermarkt? Ich hab das

Nötigste besorgt und schon zu euch ins Haus gebracht. Ich weiß ja, wo der Schlüssel ist. Die Fenster hab ich auch aufgemacht. Mal durchlüften lassen.«

»Du hast für mich eingekauft? Äh, danke!« Karmen wusste nicht recht, wie sie diese Art Bevormundung finden sollte. Früher war Petra nicht so bestimmend. Damals war sie es, die wusste und ansagte, was zu tun war. »Ich hätte mir ja auch im Dorf beim Bäcker ...«

»Der ist doch längst geschlossen.«

»Oder im Lebensmittelgeschäft ...«

»Zugesperrt. Vor Jahren schon. Aus Altersgründen.«

»Wie hieß die nochmal?«

»Preißler. Kaufhaus Preißler. Kolonial- und Kurzwaren.«

Karmen erinnerte sich. »Genau, Preißler. So ein böses Weib. Die wollte uns keine Unterhosengummis fürs Gummitwist verkaufen, weißt noch?«

»Uns schon, aber den Buben nicht.«

»Stimmt. Weil Buben nicht Gummihüpfen sollen. Ein böses Weib, die Preißler. Ist denn noch die Volksbank im Ort?« Karmen brauchte endlich ein wenig Bargeld, man wusste schließlich nie.

»Die Bank gibt es auch nicht mehr. Aber einen Automaten.«

»Wie absurd, wenn man im Dorf doch eh kein Geld ausgeben kann.«

»Du kannst im Hofladen bei der Kommune einkaufen.«

»Kommune, Popune«, machte Karmen und verzog ihr Gesicht. »Typisch, alles ist weg, aber die Hippies sind immer noch da.«

»Wieder.« Petra lachte. »Die sind jetzt wieder da. Die haben plötzlich Geld wie Heu und kaufen einen Hof nach dem anderen.«

»Ist nicht wahr!«

»Gemeinschaftsdorf nennen die sich. Früher hieß das noch Dorfgemeinschaft.«

»Das war aber nie eine Gemeinschaft in unserem Dorf. Das war immer jeder gegen jeden.«

Jetzt wirklich, dachte Karmen, wahrscheinlich hatten es also die Hippies auf ihr Elternhaus abgesehen. Sie redeten noch eine Zeit lang über ihre Familien, Petras Eltern, ihre Tochter, die – mein Gott! – ja auch schon erwachsen war, die kleine Landwirtschaft, die kaum was abwarf, und ihren Pflegerinnen-Job. Fast war es wie bei diesen Warm-up-Gesprächen, die sie vor der Sendung mit ihren Gästen geführt hatte, oberflächliches Geplauder, bevor es dann on air um die echten Inhalte ging. Schließlich hatte sie den Eindruck, genug Smalltalkfragen gestellt zu haben, und die beiden Frauen schwiegen. Als sie an der Tankstelle vorbeikamen, fiel Karmen etwas ein. »Magst du vielleicht da kurz anhalten und darf ich mir den leeren Kanister ausborgen, der hinten im Kofferraum rumliegt?«

»Das alte Teil? Sicher, aber dazu gibt es keinen Deckel mehr.«

Wenig später hatte Karmen einen vollen Benzinkanister auf dem Schoß. Petra hatte zwar gefragt, wozu, aber sie hatte so getan, als würde sie die Frage überhören. Schweigend fuhren sie die enge Straße ins Dorf hinauf und Karmen musste aufpassen, dass in den Kurven kein Benzin aus dem offenen Kanister auf ihren Schoß kippte. Denn natürlich fuhr Petra weder langsam noch vorsichtig. Sie raste, so wie alle hier in der Gegend. Endlich, nach der letzten Kehre tauchte der Kirchturm mit dem Zwiebeldach hinter Obstbäumen auf, das Ortsschild mit dem Namen des Dorfes drauf, das Karmen so gar nichts mehr bedeutete. Sie hatte einen Kloß im Hals. Beim Friedhof bog Petra links in eine noch engere Straße ab, fuhr noch ein paar hundert Meter und hielt schließlich vor einem recht großen Siebzigerjahre-Gebäude. Der Vorgarten war verwildert. Karmen stieg mit ihrem Kanister aus, holte ihr Gepäck aus dem Kofferraum und blieb ein wenig ratlos stehen.

»Ich würde dich ja gerne auf einen Kaffee reinbitten, äh, aber ich glaub, ich muss erstmal ankommen. Ich glaub, ich hab auch keinen Kaffee da.«

»Hast du. Milch auch, eine Kanne vom Hofladen, bisschen Brot und Aufstrich. Melde dich einfach, wenn du noch was brauchst. Oder schau vorbei.«

»Mach ich. Ich fühl mich aber etwas kränklich«, log Karmen. Wobei: Das Wochenende, der Kater, die Fahrt auf der kurvigen Straße – sie fühlte sich wirklich ein bisschen fiebrig.

»Wenn was ist, sag einfach Bescheid. Du weißt ja, wo ich wohne, ich bin da.« Petra winkte und fuhr davon.

Karmen sah dem Auto hinterher. Ich bin da, dachte sie. Ausgerechnet. Sie wusste, wo Petra wohnte. Immer noch auf dem Hof ihrer Eltern. Keine zehn Minuten zu Fuß entfernt. Das Dorf war nicht besonders kompakt, lediglich um die Kirche standen ein paar alte Wohngebäude und die Schule mit der Turnhalle eng beieinander – zwischen den Bauernhäusern erstreckten sich kleinere Felder, Weiden oder Obstwiesen. Die Straßen hatten keine Namen, die Häuser lediglich Nummern als Adresse, damit die Post ankam. Aber man kannte sich eh. In den Sechzigern hatte ihr Vater eine kleine Landarztpraxis in einem uralten, windschiefen Haus neben der Bäckerei übernommen. Karmen kannte das Haus aus Erzählungen und vom Vorbeigehen, war aber wohl selbst noch zu klein gewesen, um echte Erinnerungen zu haben. Denn schon bald hatte ihr Vater etwas außerhalb des Ortskerns direkt am Hang zum Wald hin einen modernen Neubau errichten lassen. Mit Ordination im Erdgeschoß und Wohnung im ersten Stock.

Geplant hatte das Haus ein Architektenfreund der Familie. Es passte weder in die ländliche Gegend noch war es in irgendeiner Form angemessen von der Größe her. Ein frei stehender, protziger Palast im typischen Stil der Siebziger. Mit orangem Verputz, gelb gerahmten Panoramafenstern, bunten Glasbausteinen im Stiegenhaus, einer Freitreppe aus Waschbeton davor, mehreren Balkonen und einer Terrasse nach hinten raus zum Garten. Wobei Garten untertrieben war, das Gelände war fast schon ein Park. Oben am Waldrand gab es einen viel zu großen Swimmingpool, akkurat gestutzten Rasen, ein paar Zierbäume und eine Hecke drumherum, die mit den Jahren immer höher und dichter wurde. Mit diesem Haus waren sie endgültig Teil des Landadels geworden. Die Besseren, die Reichen, die Zugezogenen. Glücklicherweise war ihr Vater ein herzensguter Mann gewesen und wohl auch ein ganz passabler Mediziner, der noch bis ins hohe Alter in seiner Praxis arbeitete. Die Menschen aus der Gegend – auch aus den umliegenden Ortschaften kamen die Patienten – rechneten ihnen das an. Sie würde nie vergessen, wie die Leute kurz vor Weihnachten immer Geschenke brachten. Auf der Freitreppe standen sie Schlange, um Torten, Schinken, Kisten mit Obst oder Selbstgebranntem abzugeben.

Jetzt sah man dem Haus sein Alter an. Es wirkte beinah baufällig. Der Putz war bröckelig, die Fenster kaputt und auch der Garten war schon seit Jahren nicht mehr gepflegt worden. Wild wucherten Wiese und Gebüsch. Trotzdem konnte man noch die alte Pracht spüren, den Geist der

Siebzigerjahre, die Moderne, den Aufbruch in die neue Zeit. Als man versucht hatte, sich mit wilden Farb- und Musterkombinationen vom Muff der Nachkriegsjahre zu befreien.

Zwar war Karmen manchmal hier gewesen, hatte ihren Vater besucht, war aber nicht ein Mal über Nacht geblieben. Zuletzt war sie vor etwa zwei Jahren da gewesen, zu seiner Beerdigung. Damals war es Herbst, feucht und neblig, wie der Herbst in der Gegend nun einmal war. Das Begräbnis hatte im Nachbarort stattgefunden, der Friedhof bei der Kirche sei nicht mehr in Betrieb, hatte es geheißen. So wie die Kirche nicht mehr in Betrieb war. Ja, das ganze Dorf war irgendwie nicht mehr in Betrieb, hatte Karmen gedacht, als sie die Beileidsbekundungen von ein paar Übriggebliebenen aus dem Dorf entgegennahm.

Ursprünglich hatte sie es als Ferienhaus behalten wollen, weiter die Stromrechnungen und die Müllabfuhr bezahlt. Letztlich hatte sie aber überhaupt kein Interesse gehabt, in dem lächerlichen Dorf Ferien zu machen, obwohl Haiko sie immer wieder angebettelt hatte. Sie machte ohnehin nie Ferien und erst recht nicht im Dorf ihrer Kindheit. Unbewohnt, besenrein, nicht renoviert hieß es in dem Vertragsentwurf, der ihr geschickt worden war. Der Preis, der ihr geboten wurde, war zu niedrig. Viel zu niedrig auch dafür, dass es ihr Haus war, das Vaterhaus, das Haus, in dem sie aufgewachsen war. Plötzlich hatte sie das merkwürdige Gefühl, dass ihr Vater oben im Wohnzimmer auf sie wartete. In seinem Sessel saß und auf sie wartete, wie bei ihren seltenen Besuchen früher. Ihr wurde heiß.

Auf der Treppe standen drei größere Blumentöpfe mit blühenden Geranien. Jemand, Karmen tippte auf Petra, musste sie gebracht und regelmäßig gegossen haben. Automatisch hob sie den mittleren Topf an und nahm den Hausschlüssel, der darunter lag. Koffer und Kanister ließ sie auf dem Vorplatz stehen. Sie ging die paar Stufen zur Eingangstür hinauf, steckte den Schlüssel ins Schloss der wuchtigen Holztür, an der immer noch das Praxisschild hing. Sie sperrte auf, öffnete die Tür und erwartete den typischen Geruch von damals, ein Mix aus Putz- und Desinfektionsmitteln. Aber Petra hatte ja gelüftet und es gab auch nicht mehr Frau Weber, die Haushälterin, die täglich kam und den Eingangsbereich zwischen Wohnung und Wartezimmer von Bakterien befreite. Alle Türen standen offen, Karmen stand in der sommerlich warmen Zugluft.

Das Haus wirkte nicht unbewohnt. Sie stellte sich das Wartezimmer voller Patienten vor, hörte die tiefe Stimme ihres Vaters, wie er »der Nächste, bitte« aus dem Behandlungszimmer rief. Sie glaubte, Frau Weber oben in der Wohnung hantieren zu hören, sie fühlte sich wie am letzten Tag vor den großen Ferien, gerade von der Schule heimgekommen. Sie hasste ihre Mitschüler, die sie im Zug geärgert hatten, wegen ihrer Einser im Zeugnis, du Streberin! Sie hasste den Busfahrer, der sie immer so blöd angaffte. Sie hasste ihre Freundin Petra, die sicher nur mit ihr befreundet war, weil sie den Pool hatten. Sie hasste sogar die Patienten im Wartezimmer mit ihren Problemchen. Sie wollte nur noch auf ihr Zimmer rauf. Sie war verdammt noch mal fünfzehn und hatte ihre eigenen Probleme.

Karmen holte ihr Gepäck ins Haus. Sie schob den Koffer im Flur an die Wand und würde ihn später raufbringen. Den grünen Benzinkanister brachte sie sicherheitshalber erstmal ins Wartezimmer. Sie stellte ihn auf den Beistelltisch, auf dem eine zehn Jahre alte Illustrierte mit ihrem Foto auf der Titelseite lag. Ein wenig Benzin schwappte auf das Bild. Sie fand im Behandlungszimmer, in dem es ebenfalls unverändert aussah, ein Papiertuch und versuchte, das Benzin von der Titelseite zu wischen, wobei sich die Druckerfarbe löste und ihr Foto verwischte. Das Benzin stank. Auch egal, dachte Karmen und warf das Heft mit dem Papiertuch in den Kübel neben der Garderobe.

Dann ging sie in den Flur, die Stiegen hinauf. Als Kind hatte sie es geliebt, wenn die Nachmittagssonne durch die Glasbausteine blaue, gelbe und rote Lichtflecken malte. Das Spiel ging dann so: Auf die rot beleuchteten Stellen zu treten war verboten. Die Schwierigkeit nämlich war, dass je nach Sonnenstand die roten Flecken immer woanders waren. Jedes Mal war es eine neue Herausforderung, die Stufen mit großen Schritten ohne Regelverstoß nach oben in den Wohnbereich zu gelangen. Heute setzte sie ihre Füße extra nur auf bunt beleuchtete Stellen.

Der Wohnbereich war nicht durch eine extra Tür abgetrennt. Weil immer wieder Patienten die Stiegen hinaufgegangen waren und neugierig in der Wohnung standen, hatte Karmens Mutter eines Tages unten wie im Museum eine rote Samtkordel angebracht – wovon sich übrigens die wenigsten beeindrucken ließen. Das Einzige, was Karmen mit ihrer Mutter verbunden hatte, war der Hass auf die Patienten. Gemeinsam hatten sie auf die dummen Dörfler geschimpft, die depperte Kundschaft. Vornherum waren sie aber stets scheißfreundlich gewesen. Schnell hatte Karmen begriffen, dass man mit dieser Strategie gut fuhr.

Auch oben in der Wohnung roch es frisch geputzt. Als eine der ersten Familien hatten sie eine Einbauküche gehabt, mit spinatgrünen Oberflächen und Durchreiche zum Essbereich. Wo sie als Achtjährige »Fernsehen« gespielt hatte – ihre

Eltern saßen im Wohnzimmer, sie war hinter der Durchreiche und verlas die »Nachrichten« –, stand nun ein Korb mit frischen Früchten. Karmen nahm einen rotbackigen Apfel. Dann entdeckte sie eine faule Stelle, verzog das Gesicht und legte ihn zurück. Im Kühlschrank gab es neben Butter, einer kleinen roten Emaillekanne mit Rohmilch und einer Packung Philadelphia eine gläserne Auflaufform. Petra hatte Lasagne für sie gemacht. Auf der Frischhaltefolie klebte ein Post-it mit der Aufforderung »Nur noch aufwärmen«. Was macht die Spinnerin da, dachte Karmen. Essen auf Rädern? Die Frau betreute definitiv zu viele alte Menschen. Sie nahm die Auflaufform und kippte das Gericht in den Mülleimer unter der Spüle. Dann ging sie rüber ins Wohnzimmer mit den großen Fensterflächen zur Terrasse. Dort stand immer noch die mit orangem Stoff überzogene »Wetten-dass«-Couch, ein hässliches rundes Gebilde mit Metallverstrebungen, auf dem eine Großfamilie Platz gefunden hätte. Immer noch gab es die getischlerten Furnierholz-Bücherregale aus der Ära vor Ikea, den Sofatisch mit der eingebauten Hausbar. Karmen fiel der Hebel an der Seite des Tisches ein und sie betätigte ihn. Wie von Zauberhand öffnete sich die Tischplatte und gab den Blick frei auf eine Batterie klimpernder Schnapsflaschen. Kurz überlegte sie, sich einen Schluck zu genehmigen, drückte dann aber erneut den Hebel und die Tischplatte schloss sich wieder. »Unser James-Bond-Wohnzimmer«, hatte ihr Vater immer gesagt. Wie gut das passte: Für sie war ihr Vater damals tatsächlich eine Art James Bond, ein Alleskönner, der Menschen gesund machte, als leidenschaftlicher Jäger mit Waffen umgehen konnte und gleichzeitig so modern war. Nur das mit den Frauen hatte sie damals nicht verstanden. Bondgirls gab es nicht im Dorf. Als Kind hatte Karmen Sean Connery geliebt. Genauso wie sie als Kind Western liebte, vor allen jene, in denen Frauen die Hauptrolle spielten. Vielleicht doch einen Martini, gerührt, nicht geschüttelt? Karmen kam sich verwegen vor, überlegte kurz, den Zaubertisch vor sich noch einmal zu öffnen, ließ es dann aber doch lieber sein.

Ihr Vater war technikverliebt gewesen, hatte stets die neuesten Geräte angeschafft: den ersten Farbfernseher, die Hi-Fi-Anlage von Bang & Olufsen. In den frühen Achtzigern besaßen sie bereits einen Videorekorder und sogar eine Videokamera. Der VHS-Videorekorder stand immer noch neben dem Fernseher, einem neueren Flachbild-Modell, das der Vater erst kurz vor seinem Tod gekauft hatte. »So kann ich dich wenigstens im Fernsehen lebensgroß sehen«, hatte er damals am Telefon gesagt und, ohne dass es wie ein Vorwurf geklungen hätte, hinzugefügt: »Wenn du doch so selten da bist.«

Irgendwo beim Bücherregal musste auch noch das Geheimfach sein; sie würde es später suchen. Die Einrichtung war jedenfalls fast ein halbes Jahrhundert alt, aber alles wirkte wie neu und funktionierte auch, nichts sah abgewohnt aus. Einzig der bequeme Ledersessel, in dem ihr Vater seine letzten Jahre verbracht hatte, wirkte ein wenig speckig. So schäbig das Haus mittlerweile von außen aussah, so überraschend gut instand war es innen.

Im Arbeitszimmer ihres Vaters hatte jemand damit begonnen, die Regale leer zu räumen und den Inhalt in Kartons zu packen. Ihr Vater hatte das Zimmer selten benutzt, hielt sich ohnehin lieber unten in der Ordination auf. Wahrscheinlich war es ursprünglich als zweites Kinderzimmer geplant gewesen, doch Karmen war Einzelkind geblieben und so wurde das »Herrenzimmer« daraus. Für einen Moment setzte sie sich auf den Drehstuhl hinter dem Schreibtisch. Durch die geöffneten Fenster drang das Geräusch von Kuhglocken herein. Ihr Blick fiel auf die Wand, wo der Waffenschrank mit der Panzerglasscheibe stand. Ihr Vater besaß ein paar Jagdgewehre und hatte Karmen immer mal wieder mitgenommen. Er hatte ihr gezeigt, wie man die Waffe entsicherte, lud und ihr auch Schießen beigebracht. Als Kind fand sie es aufregend, stundenlang mit ihm auf dem Hochsitz zu warten, bis sich ein Reh oder sogar ein Hirsch zeigte, war selbst eine ganz passable Schützin. Aber als Kind hatte sie auch die Natur geliebt, ganze Nachmittage im Wald hinterm Haus verbracht. Als sie älter wurde, war die Jagd plötzlich uninteressant und sie weigerte sich, ihren Vater ins Revier zu begleiten. Natur war langweilig, basta. Umweltthemen bewegten sie, das schon. Aber die Natur ums Eck? Tiere totschießen als Vergnügen? Später wurde sie ja dann auch Vegetarierin und engagierte sich – mehr aus Selbst-PR – im Tierschutz. Als Stadtmensch war ihr die Natur egal. Den Wald hinterm Haus empfand sie nur noch als unheimlich wie jeden Wald. Von wegen Sehnsuchtsort: Sie war nicht mehr dort gewesen, seit sie von zu Hause ausgezogen war.

Karmen öffnete die Schreibtischschublade vor sich. Zwischen Stiften und Bürokram fand sie einen kleinen Sicherheitsschlüssel, ging damit zum Waffenschrank, schloss auf und nahm eine der Büchsen heraus, eine Steyr Mannlicher, die, wie sie sich erinnerte, gut in der Hand lag. In einer Schachtel unten im Schrank fand sie Munition, lud die Waffe, zog durch. Sie trat ans Fenster, legte an und beobachtete durch das Zielfernrohr eine Person, die ein paar Hundert Meter entfernt mit einer Art Fernsteuerung spielte und immer wieder zum Himmel hinauf sah. Schließlich stellte Karmen die Büchse wieder in den Schrank zurück, ohne die verglaste Tür zu versperren.

Im Schlafzimmer waren die Betten frisch gemacht. Petra. Karmen roch am Kopfkissen, hatte sofort den beißenden Lenorgeruch in der Nase, den sie seit jeher schlecht aushielt. Petra hatte die scheußlich bunt gemusterte Bettwäsche, wie man sie in den Siebzigern hatte, offenbar extra gewaschen und die schwere Daunendecke neu bezogen. Als ob sie im Ehebett schlafen würde, wo ihr Vater gestorben war.

Sie öffnete die Kleiderschränke aus dunkelbraunem Holz. Der Schrank ihrer Mutter war leer, seit sie gegangen war. Als Teenager hatte sich Karmen hier oft versteckt, wenn sie ihre Ruhe wollte. Darin hatte sie eine Taschenlampe deponiert, Chips und Fanta-Dosen. Stundenlang konnte sie im leeren Kleiderschrank ihrer Mutter sitzen und lesen. Die Klamotten ihres Vaters im anderen Schrank waren noch da. Wie an der Bettwäsche schnupperte Karmen vorsichtig an den grauen Anzügen, die in einer Reihe hingen, an Stapeln von dunklen Wollpullis. Keine Ahnung, was sie erwartet hatte, sie bekam lediglich den beißenden Geruch von Mottenkugeln in die Nase. Karmen fühlte sich wie eine Protagonistin in so einer beschissenen »Tausche Familie«-Folge, eine Assi-Frau, die auf Entdeckungsreise durch eine fremde Wohnung geht. Fernsehen, das sie noch mehr verachtete als Nachmittagstalkshows und den ganzen Mist.

Ihr altes Kinder- und späteres Jugendzimmer hatte sie sich als Höhepunkt ihres kleinen Rundgangs aufgehoben. Sie betrat also die letzte Zeitkapsel. Auch der Raum mit der Dachschräge war unverändert geblieben, seit sie dort Ende der Achtzigerjahre ausgezogen war. Schrank, Schreibtisch, Bett, weißes Furnier. Brauner Filzteppichboden. Damals hatte man offenbar nicht zwischen rosa Prinzessinnen und blauen Rittern unterschieden, Mädchen wohnten wie

Buben. Höchstens anhand der Poster an den Wänden war zu erkennen, wer hier gelebt hatte. In ihrem altem Zimmer hingen »Bravo«-Poster: Von seltsam frisierten Neue-Deutsche-Welle-Stars, deren Namen sie längst vergessen hatte, von Soft Cell, Wham, Madonna, Boy George und David Bowie. »Als ob hier ein Schwuler gewohnt hätte«, würde Haiko jetzt wahrscheinlich sagen, sie wegen der »Bravo« aufziehen. Ja, bevor sie ZEIT-Leserin wurde, hatte sie auch schon mal die »Bravo« gekauft, so what?

Von dem kleinen Balkon aus, den sie nie genutzt hatte, konnte man den Wald sehen. Sie musste unbedingt in den nächsten Tagen in den Wald gehen. Plötzlich reizte sie das dunkle Grün gleich hinterm Haus. Es dämmerte bereits. Sie legte sich auf ihr altes Bett und starrte an die Dachschräge – direkt in die Augen von Drafi Deutscher. Drafi fucking Deutscher, sie konnte nicht fassen, dass über ihr ein Poster von diesem Typen mit Vollbart und Hamsterbacken hing. Moment mal, hatte der in den Achtzigern ein Comeback gehabt? Sie riss das Poster von der Wand. Darunter kam ein Stück ockergelbe Rauhfasertapete zum Vorschein, darauf in roter kindlicher Wachsmalstiftschrift »Ich hasse euch alle«. Offenbar hatte sie das dort hingeschrieben. Sie konnte sich daran aber ebensowenig erinnern, wie daran, jemals Fan von Drafi Deutscher gewesen zu sein. Aber ihre Einstellung von damals war nachvollziehbar. Sie zerknüllte das Poster, warf es aus der offenen Balkontür in den Garten und beschloss, später das Bettzeug aus dem Schlafzimmer hierher zu bringen. Nachdem sie Drafi Deutscher rausgeworfen hatte, war ihr altes Zimmer ja sozusagen auch energetisch gereinigt. Sie musste laut lachen, als sie merkte, dass sie bereits nach ein paar Stunden im Dorf in seltsamen Eso-Kategorien dachte. Energetisch gereinigt, so was Blödes.

Sie hatte Haiko versprochen sich zu melden und überlegte, wo sie ihre Handtasche mit dem iPhone gelassen hatte. Sie fand sie unten in der Praxis im Behandlungszimmer, und weil sie sich tatsächlich ein bissen grippig fühlte, suchte sie noch schnell im Medikamentenschrank nach Paracetamol. Der weiß lackierte Metallschrank war unversperrt. »Giftschrank«, hatte ihr Vater immer gesagt. Natürlich war es streng verboten, an den Giftschrank zu gehen. Es gab aber auch kein Schloss, keine Kindersicherung. Betäubungsmittel, Schmerzmittel, Schlafmittel: Schon damals fand sie es aufregend, dass bei ihnen im Haus Zeug gelagert wurde, mit dem man das ganze Dorf hätte umbringen können. Erstaunlich, dass der Schrank, Jahre nachdem die Praxis geschlossen hatte, noch mit allerlei Verschreibungspflichtigem vollgeräumt war. Paracetamol war in ihrer Familie so was wie ein Allheilmittel gewesen, das bei jeder Gelegenheit und gerne in großen Mengen eingenommen wurde. Sie fand eine bereits geöffnete Anstaltspackung, setzte sicherheitshalber ihre Lesebrille auf und warf einen Blick auf das Haltbarkeitsdatum. Obwohl das Zeug schon vor mehr als zehn Jahren abgelaufen war, drückte sie ein Dragée aus dem Blister, wunderte sich kurz über die Größe und schluckte es ohne Wasser runter. Dann schaute sie auf den Beipackzettel, entdeckte, dass es sich um keine Tabletten, sondern um Zäpfchen handelte, hochdosiert.

»Ich spar mir den Kommentar«, sagte Haiko, als sie ihm später am Telefon von der Verwechslung erzählte.

»Danke auch.«

»Wie geht's dir sonst so bei deinem Sechzigerjahre-Trip?«

»Siebziger. Eigentlich Achtziger. Wir haben eine ›Wetten-dass‹-Couch im Wohnzimmer und gleich kommt Thomas Gottschalk vorbei.«

»In den Achtzigern hat Frank Elstner ›Wetten, dass..?‹ moderiert.«

»Das kannst du doch gar nicht wissen, da warst du noch gar nicht auf der Welt.«

»Alles gut? Soll ich zu dir kommen?«

»Ich schaff das schon. Ich geh gleich mal ins Bett und fang morgen mit Ausmisten an.«

»Eh nach der Marie-Kondo-Methode?«

»Geh scheißen, Haiko!«

»Schlafen Sie gut.«

»Du mich auch.« Sie grinste müde und drückte den Freund weg. Zum Verabschieden benutzte er immer ihre saudumme Schlussfloskel aus ihrer »Sonntalknacht«. »Schlafen Sie gut!«: Karmen hatte sogar vor ein paar Jahren ein Ratgeberbuch »für erholsame Nächte« mit diesem Titel geschrieben. Ausgerechnet sie mit ihren Schlafstörungen.

In dieser Nacht schlief Karmen gar nicht gut. Eigentlich lag sie wach. Sie hatte noch in der Küche ein Knäcke mit Frischkäse gegessen, dazu ein Glas rahmige Bauernhofmilch getrunken, sich davor wie früher geekelt und es bereut, erstens, hergekommen zu sein und, zweitens, Petras Lasagne weggeschmissen zu haben. Nachdem sie die Knäckekrümel aufgekehrt, das Milchglas ausgespült und das schwere Bettzeug vom Schlaf- in ihr altes Kinderzimmer gebracht hatte, war sie ohne Waschen und Zähneputzen schlafen gegangen. Ihr Waschzeug war ja noch unten im Koffer. Ach ja, sie bereute natürlich auch, dass sie Drafi Deutscher aus ihrem Zimmer geworfen hatte. Nun lag sie mit offenen Augen unter viel zu schwerem Bettzeug und starrte an den Schriftzug »Ich hasse euch alle« über sich, der vom Mondlicht beleuchtet wurde. Sie grübelte, wann und weshalb sie das damals geschrieben hatte. Vom Wald her war Musik zu hören. Aber es war viel zu warm, um bei geschlossenen Fenstern zu schlafen. Außerdem waren die Fenster hin, sie hätte den Lärm, der immer lauter wurde, sich mit Stimmen und Lachen mischte, eh auch so gehört. Sie fühlte sich fiebrig, das Zäpfchen in ihrem Magen müsste sich doch längst aufgelöst haben. Sie starrte also an die Kinderschrift und versuchte sich an die Situation zu erinnern, als sie mit rotem Wachsmalstift diese zornigen Worte an die Schräge im Kinderzimmer geschrieben hatte.

Rewind

Karmen fühlte sich elend. Sie hatte kaum geschlafen, erst die Typen im Wald mit ihrer Musik verflucht, dann die Vögel, die pünktlich mit der Morgendämmerung ihr fürchterliches Geschrei begonnen hatten. Als Krönung haute sie sich beim Aufstehen dann auch noch den Schädel an der Schräge über dem Bett an, weil sie vergessen hatte, wo sie sich befand: in ihrem alten Jugendzimmer. Das Haus hatte der Architekt damals recht großzügig geplant, ihr aber den kleinsten Raum verpasst, was sie schon immer als ungerecht empfand. Zumal ihr Vater sein viel größeres Arbeitszimmer im oberen Stockwerk ohnehin fast nie genutzt hatte. Im Kleiderschrank entdeckte Karmen ihren alten Frottee-Bademantel. Er war ausgewaschen rosa, im Gegensatz zur Bettwäsche roch er auch nicht weichgespült plus er war ihr eine Spur zu kurz an den Armen. Aber sie fühlte sich noch nicht bereit fürs Badezimmer, zu schwach, um Kleider anzuziehen. Vor allem müsste sie dazu auch erst hinuntergehen, den Koffer in die Wohnung raufholen. Heute hatte sie ja ohnehin nichts vor. Sie hatte ja Ferien; sozusagen. Jedenfalls musste sie nichts machen. Kein Moderationsjob, kein Interview, keine Deadline, keine Gala, eine recht ungewohnte Situation. Voraussichtlich würde das auch erst einmal so bleiben. Das Leben sah momentan keine Aufgabe für sie vor. Keine Meetings, Briefings oder Shootings, kein Get-together, Smalltalk oder Meet-and-greet, keine Studioarbeit. Es gab nichts zu tun. Okay, vielleicht davon abgesehen, dass sie ihr Elternhaus auflösen musste, weil es demnächst verkauft werden sollte.

In der Küche setzte sie nach etwas Herumprobieren sogar die altmodische Krups-Kaffeemaschine auf der Anrichte in Gang. Petra hatte gemahlenen Kaffee und passende Filtertüten besorgt und nun hörte sie dem Zischen und Röcheln der Maschine zu – ein Geräusch, das schon lange aus ihrem Leben verschwunden war. Schließlich trat sie mit einem großen Becher, auf dem ihr Name stand, auf die Terrasse hinaus. Wie lange hatte sie keinen normalen Filterkaffee mehr getrunken. Und dann auch noch selbst gebrühten. Verwöhnaroma, kam ihr in den Sinn, nur die Krönung hat das Verwöhnaroma. Dieser hier schmeckte wirklich gar nicht so übel, sie war zufrieden mit ihrem Werk. Der Tag versprach auch, schön zu werden. Wolkenloser Himmel, leichter Wind, von irgendwoher hörte sie Kuhglocken und aus dem Wald eine Motorsäge. An der frischen Luft ging es ihr gleich besser. Ganz fit war sie zwar nicht, sie tippte auf eine leichte Sommergrippe, aber auf keinen Fall würde sie sich heute bei Petra melden. Diese Verrückte litt eindeutig unter dem Helfersyndrom und würde sie bestimmt wie eine ihrer Patientinnen behandeln.

Nach dem Kaffee würde sie sich einfach unten in der Praxis noch einmal ein Paracetamol holen – diesmal fand sie hoffentlich auch die Tabletten – und anschließend ihre Bestandsaufnahme von gestern im Keller und unterm Dach fortsetzen. Und die Garage gab es ja auch noch.

In der Nacht hatte Haiko eine SMS geschickt, irgendein albernes Smiley, was wohl aufmunternd gemeint war. Nein, sie würde das hier alleine schaffen. Morgen oder übermorgen einen großen Müllcontainer bestellen, Petra fragen, ob vielleicht ihre Tochter ein bisschen mit anpacken könne – die hatte doch eine Tochter, hatte sie doch erzählt, oder? Zu zweit würden sie das Haus schon leer kriegen. Ein paar Tage

Arbeit und das Dorf wäre Geschichte, sie wieder in der Stadt. Sie würde sich bei ihrer Agentur melden, falls sie noch eine Agentur hatte. Vielleicht sollte sie es mit Politik versuchen. Als prominente Quereinsteigerin Europaabgeordnete in Brüssel werden für irgendeine Partei. Wobei: So verzweifelt war sie auch wieder nicht. Sie könnte vielleicht sogar Schmidt anrufen, die Diddlmaus, ob in der Redaktion ein Plätzchen für sie wäre. Allerdings müsste sie da schon über ihren Schatten springen. Egal. Irgendwie ginge es jedenfalls weiter. Es musste weitergehen, hallo Zukunft.

Doch zunächst musste sie sich noch ein wenig mit ihrer Vergangenheit beschäftigen. Das Haus, die vielen Zimmer, der ganze gesammelte Kram hier überforderten sie. Ihr Erwachsenenleben lang hatte sie nur möbliert gewohnt. Stand ein Orts- und Senderwechsel an, was in ihrem Job schon alle paar Jahre vorgekommen war, suchte sie sich ein fix und fertig eingerichtetes Apartment. Dann reiste sie mit ein paar Koffern an, als ob sie nur für ein paar Tage bleiben würde, stellte zwei, drei Fotos auf, mehr nicht. Sie hatte selbst genug Personality, sie brauchte keine vier Wände, um ihre Individualität auszudrücken.

Wenn es um Persönlichkeit ging, hatte sie viel davon. Plus Intelligenz und eine Menge Designerkleider. Powerdressing war wichtig, Schöner Wohnen war es nicht; sie lebte ohnehin mehr oder weniger im Sender. Sie brauchte auch keine Küche, weil sie diese ganze hysterische Kocherei ohnehin nicht interessierte. Köchin war sie nie gewesen, hatte nie eingesehen, warum Kochen lernen ausgerechnet Frauensache sein sollte. Essen bedeutete für sie Nahrungsaufnahme, Punkt. Auch wenn sie einmal dieses Kochbuch herausgegeben hatte, »Die schnelle Wellnessküche«. Dafür hatte ihr der Verlag eine Ghostwriterin organisiert. »Die schnelle Wellnessküche«

war ebenso Fake wie die Homestories mit ihr in der »Gala«. Die Agentur hatte für den Dreh dieselbe Filmset-Wohnung besorgt wie damals für »Das perfekte Promi Dinner«. Wenn jemand von »Nest« sprach, in dem man es sich »so richtig gemütlich« machte, konnte sie das überhaupt nicht nachvollziehen. »Du lebst wie im Frauenknast«, hatte Haiko gesagt, als er sie das erste Mal zu Hause besuchte. Abgesehen von ihrer Putzfrau war er der einzige Mensch, den sie in ihr Apartment ließ. Beziehungen fanden nicht bei ihr zu Hause statt. Den jeweiligen Lebensabschnittspartner traf sie bei ihm daheim – und im Hotel die One-Night-Stands. Sie bestimmte, das war das Wichtigste.

Sie wollte sich einfach nicht abhängig machen. Weder von irgendwelchen Männern noch von Kindern und Familie und eben schon gar nicht von Apartments oder Immobilien, dem ganzen Hausrat, den Möbeln, Geschirr, Kunst an den Wänden, den wertvollen Teppichen oder dem Nippes in Regalen, lauter unnützes Zeug, das bloß verstaubte. Lange Zeit hatte sie richtig gut verdient. Sie wurde gut bezahlt. Weniger gut als viele ihrer männlichen Kollegen, die denselben Job viel schlechter machten. Aber sie war zufrieden gewesen.

Jetzt ihr Elternhaus, das Haus ihres Vaters, räumen zu müssen, schien ihr eine fast unlösbare Aufgabe. Am liebsten hätte sie alles einfach so gelassen: Eine Zeitkapsel, die erst in hundert, zweihundert Jahren wieder geöffnet würde. Den Siebzigerjahrebau, in dem sie ihre Kindheit und Jugend verbracht hatte, einfach mit Beton übergießen wie den Reaktor in Tschernobyl.

Als Karmen die leere Tasse in die Küche zurückbrachte, sah sie einen jungen Mann mit einem Rucksack, der aus dem Wald kam und ein Mountainbike schob. Wo war eigentlich ihr altes Fahrrad? Sie würde später in der Garage nachsehen. Es war ungewohnt, einfach so in den Tag hineinzuleben. Nach den vielen Jahren der Disziplin, in denen sie schon ungeduldig wurde, wenn die zwanzig Tropfen Vitamin-D-Präparat, die ihr Vater ihr immer mitgegeben hatte und die sie einmal die Woche nahm, zu langsam auf den Löffel tröpfelten. Was konnte sie wütend werden, wenn Sitzungen verspätet begannen oder sie den Flieger verpasste. Alle außer ihr waren dann Kollegenschweine und unprofessionell.

Nun war Karmen unprofessionell. Sie schlurfte ins Badezimmer. Vielleicht sollte sie sich mal die Zähne putzen. Im Spiegelschrank fand sie eine noch verpackte Zahnbürste und eine angebrochene Tube Elmex. Sie ekelte sich ein bisschen vor der Zahnpasta, hatte sich schon werweißwielange nicht mehr von Hand die Zähne geputzt und stocherte ratlos mit der Bürste in ihrer Mundhöhle herum. Aber sie erinnerte sich an den flauen Siebzigerjahre-Elmex-Geschmack, typischer Arzt-Haushalt, medizinische Zahnpflegeprodukte ohne Frischekick, ohne »Mutti, Mutti, er hat überhaupt nicht gebohrt.« Karmen spuckte aus, spülte nach, trank Wasser aus der Leitung, viel Wasser.

Es war zwar erst später Vormittag, aber auf dem Dachboden, den sie über eine wacklige Ausziehleiter erklommen hatte, war es bereits heiß und stickig. Über allem lag eine dicke Staubschicht. Hier oben gab es überraschend wenig zum Ausmisten – was sicher auch mit der schwierigen Erreichbarkeit dieses Raumes zu tun hatte. Lustlos öffnete sie ein paar Kisten mit uninteressantem Papierkram, die direkt im Müll landen würden. Schließlich entdeckte sie einen Karton mit der Aufschrift »Weihnachten«. Sie wühlte sich durch gläsernen Christbaumschmuck, sorgsam in Papier gewickelt, seit Generationen in Familienbesitz. Sie erinnerte sich an die roten Kugeln, die Vögel mit Federn, an die silberne Christbaumspitze, an »Stille Nacht heilige Nacht«, Streit und Türenknallen gleich nach der Bescherung.

In einem weiteren Karton fand sie die alte Weihnachtskrippe, die ihr Vater immer am Nachmittag des 24. Dezember stundenlang aufbaute. Die Familie war nie besonders katholisch gewesen, aber Weihnachten wurde trotzdem immer groß gefeiert, selbst wenn das Fest jedes Jahr mit Schreierei endete. Auch, nachdem ihre Mutter gegangen war. Jetzt wunderte sie sich, wie provisorisch und fragil die Krippe aussah. Eine moosverzierte hölzerne Box mit Giebeldach, die auf einem kleinen Pappmaché-Hügel stand. Über Jahre hinweg hatte ihr Vater eine Fantasielandschaft um dieses Häuschen herum gebastelt. Sein privates Bethlehem mit Büschen, Bäumen und einem Horizont samt Abendhimmel und Sternen. Karmen packte die in Zeitungspapier verpackte Maria, Josef, das Jesulein in der Krippe, Ochs und Esel, Hirten, Hunde und ein Dutzend Schafe aus. Erst jetzt fiel ihr auf, wie geschmacklos die Figuren waren, Massenproduktion, Plastikteile im Handschnitzlook. Sie drehte eine der Figuren um. »Made in China« stand da.

Als Kind konnte sie stundenlang vor dieser Krippe sitzen, sich in die missliche Lage des Hochheiligenpaares versetzen, dabei das Licht im Stall an- und ausknipsen. Sie dachte sich in diese Krippe hinein, in die Situation der Leute auf Herbergssuche. »Wer klopfet an« war ihr allerliebstes Weihnachtslied gewesen. Wahrscheinlich hatte sie damals, mit sieben oder acht Jahren, zum letzten Mal so etwas wie Empathie empfunden. Auch wenn sie Jahrzehnte später stets als die mitfühlende Moderatorin in all den »Sonntalknacht«-Ausgaben zu sehen war. Ihr Mitgefühl war lediglich gespielt.

Die Probleme der Menschen um sie herum gingen Karmen am Arsch vorbei.

Die Sonne heizte den stickigen Dachboden weiter auf, und obwohl der Staub sie fürchterlich in der Nase kitzelte, baute sie in aller Ruhe die weihnachtlichen Figuren auf. Bei einer ungeschickten Bewegung fiel ihr allerdings das Jesuskind aus der Krippe – sie hätte schwören können, dass es mit dem Futtertrog verleimt gewesen war – und kullerte hinter einen Dachbalken. Nachdem sie erfolglos versucht hatte, es wieder hervorzuziehen und sich dabei auch noch einen Fingernagel einriss, legte sie kurzerhand den Hirtenhund in die Krippe und musste schmunzeln, als ein Sonnenstrahl durch eine Dachluke direkt auf das Tier fiel.

Immerhin gefiel ihr der Gedanke, dass nach dem Hausverkauf lediglich das fromme Krippenkindlein made in China hinter einem Dachbalken übrig bleiben würde. Sie packte alles wieder zurück in die Kiste und kletterte die Leiter hinunter. Der Dachboden jedenfalls würde ihr keine Probleme bereiten, sie würde einfach alles wegschmeißen.

Auch der Keller war erstaunlich aufgeräumt. Bis auf einige Gartengeräte, den Rasenmäher, die Waschmaschine und eine Tiefkühltruhe gab es hier unten eigentlich nichts. Das Vorratsregal war leer geräumt. Jemand schien erst kürzlich die Waschmaschine benutzt zu haben, denn es roch auffällig nach Ariel. Sicher hatte Petra, Frau Fürsorglich, Bettwäsche und Handtücher hier unten für sie durchgewaschen. Karmen öffnete die Tiefkühltruhe. Es war immer noch das alte Teil aus den Siebzigern. Damals war ihr untersagt gewesen, den Deckel alleine zu öffnen. Man hatte ihr Schauergeschichten erzählt von Kindern, die sich beim Spielen in Tiefkühltruhen versteckt hatten und darin eingeschlossen wurden, weil die Verriegelung zufiel, und dann jämmerlich erfroren. Sicher hatte es ein paar solche Fälle gegeben. Allein deshalb hatte sie die Tiefkühltruhe im Keller immer ein bisschen gruselig gefunden und sogar jetzt erwartete sie beinahe, eine Art Ötzi zu finden, eine Eisleiche. Es lagen aber nur ein paar Pizzaschachteln drin und einige vereiste Gefrierbeutel mit undefinierbarem Inhalt. Stromfresser. Das Teil musste dringend abgetaut werden. Karmen zog den Stecker aus der Steckdose, beugte sich in die Truhe hinein, griff nach den Schachteln und Beuteln und musste dabei an all die vereisten Kinder denken.

Von oben aus der Praxis hörte sie ein Geräusch. Als sie die Kellertreppe hinaufkam, stand eine alte Frau mit einem Korb in der einen Hand im Vorzimmer.

»Heute ist keine Sprechstunde.« Karmen kränkelte, war ungewaschen, unfrisiert und trug immer noch ihren alten, etwas zu kleinen Mädchenbademantel. Sie hielt sich die Pizzaschachteln und Gefrierbeutel vor den Oberkörper. Hatte sie wirklich vergessen, die Haustür abzusperren? Wobei: In dieser Gegend wurden Türen eh nur versperrt, wenn man länger verreiste. Und darum stand da jetzt auch diese Alte mit dem Korb. »Es ist überhaupt keine Sprechstunde mehr. Gehen Sie!«

»Das weiß ich doch, Karmen. Kennst du mich gar nimmer? Wie lange warst du fort?«

Sie überlegte kurz. Die Frau wirkte erstaunlich rüstig. Ach, genau – Petras Mutter. Sie sah ihr sogar ähnlich, das gleiche verheulte Gesicht mit dem gütigen Lächeln. Diese Leute sollten endlich aufhören, sich in mein Leben einzumischen, dachte sie und grüßte eine Spur zu freundlich.

»Ich habe dir ein Schnitzel zum Mittagessen gebracht.« Als wäre sie hier daheim, machte Petras Mutter Anstalten, die Treppe zur Wohnung hinaufzusteigen. »Ich wärm es dir schnell auf, Kind. Du bist doch hoffentlich keine Vegetarierin geworden.«

Karmen stellte sich vor sie und packte das Tuppergeschirr mit dem Schnitzel auf ihren Stapel Tiefgefrorenes. »Doch, äh. Ich bin gerade erst aufgestanden. Aber vielen Dank.«

»Du bist so dünn. Du musst was essen.«

»Ich mache gerade eine Diät«, log Karmen.

»Als ob das nötig wäre. Magst du Tiefkühlpizza?«

»Die sind wahrscheinlich noch aus dem vorigen Jahrhundert.«

»Dann würde ich sie nicht mehr essen.«

»Das, äh, hatte ich auch nicht vor.«

»Komm, ich mach dir das Schnitzel warm.«

»Das ist wirklich nicht notwendig, danke!«

»Dein Vater hat es gemocht«

»Was gemocht?«

»Mein Schnitzel. Ich habe ihm oft Essen gebracht.«

»Schön.«

»Und ich soll es wirklich nicht aufwärmen?«

»Danke, ich ess das später.«

Petras Mutter verabschiedete sich schließlich, kam aber noch einmal zurück, als Karmen bereits oben auf der Treppe stand. »Riecht es hier nach Benzin?«, fragte sie besorgt. Der offene grüne Benzinkanister stand immer noch im Wartezimmer. Ach, und der Rollkoffer stand ja auch noch unten im Flur.

»Ich rieche nichts«, rief Karmen von oben hinunter und die alte Frau ging endlich. Sie sollte wirklich die Haustür absperren.

Brachte die Alte ihr totes Tier ins Haus. Zurück in der Küche warf Karmen angeekelt das Schnitzel zu Petras Auflauf in den Mülleimer. Als sie den Deckel öffnete, schwirrten ein paar Fliegen aus dem Kübel. Und als sie das Ablaufdatum auf den Pizzaschachteln las – September 1998 – warf sie die gleich dazu. Den Müllbeutel müsste sie vielleicht demnächst mal entsorgen, es war Sommer, da kommt schnell Ungeziefer, Ratten, die ganze RTL-Dschungelprüfungsscheiße, wer weiß. Aber wo waren überhaupt die Mülltonnen und was kam in welche? Karmen erinnerte sich, dass irgendwann in den Neunzigern das Thema Mülltrennung auch im Dorf ein Riesenthema geworden war, ihr Vater hatte echt Probleme gehabt sich zurechtzufinden. Blaue Tonne, schwarze Tonne, gelber Sack und grüner Punkt: In der Stadt hatte sie sich nie mit so was beschäftigen müssen; sie war so selten zu Hause, dass sie davon überzeugt war, so gut wie keinen Müll zu produzieren, und einfach immer alles in den Restmüll schmiss. Sie würde doch Petra fragen müssen. Die Mülltonnen waren wahrscheinlich in der Garage, neben der Badehütte oben beim Pool der letzte Raum hier, den sie noch nicht inspiziert hatte.

Nachdem sie zwei Scheiben Knäcke mit Philadelphia gegessen, die Brösel wieder fein säuberlich aufgefegt und sich unten aus dem Giftschrank eine Hunderterpackung Paracetamol geholt und eine davon genommen hatte, beschloss Karmen, für heute genug gearbeitet zu haben. Morgen, wenn es ihr besser ginge, würde sie beginnen auszuräumen.

Am frühen Abend rannte Karmen immer noch im Bademantel herum. Sie hatte sich heute weder gewaschen noch angezogen, schließlich war sie krank. Jedenfalls ein bisschen. Jetzt noch duschen wäre Verschwendung. Normalerweise hasste sie Nachlässigkeit, bei sich selbst wie bei anderen. Für Menschen in Freizeitkleidung hatte sie nur Verachtung übrig, den ganzen Tag in Jogginghose und T-Shirt oder – noch schlimmer! – Bademantel rumzugammeln, kam für sie überhaupt nicht in Frage. Ja, sie besaß überhaupt keinen eigenen Bademantel, jetzt mal abgesehen von diesem hier. Aber im Dorf waren ihre strengen Gesetze seltsamerweise außer Kraft gesetzt. Wenn Haiko sie so sehen könnte, er würde sie auslachen.

Karmen betrachtete ihre Hände. Der Lack war abgesplittert und ihre Finger waren vom Herumräumen schmutzig. Ihre Nägel waren immer top; allein schon wegen der Großaufnahmen. Als sie noch beim Sender war, sorgte eine Stylistin, ein Friseur und eine Maskenbildnerin für ihr Äußeres. Auch bei den Moderationsjobs auf der Bühne war das üblich, bei den Werbegeschichten sowieso. Sie selbst musste eigentlich immer nur frisch geduscht antanzen. Jemand hatte dann schon Kleider für sie rausgelegt, Schuhe ausgesucht, sich über ihre Frisur Gedanken gemacht. So war das. Womöglich hatte sie ja mit der Zeit verlernt, auf sich selbst zu schauen: War sie das überhaupt noch selbst? Vielleicht war sie ja tatsächlich viel eher die Ungewaschene im zu kleinen Bademantel mit der unmöglichen Out-of-bed-Frisur.

Plötzlich bekam sie Lust auf eine Zigarette, hatte aber keine da. Sie war schließlich Nichtraucherin. Vielleicht einen Schluck aus Vaters Hausbar? Im Wohnzimmer öffnete Karmen James Bonds Schnapstisch, drückte aber gleich nochmal auf den Hebel, um die Tischplatte über den leise klirrenden Flaschen wieder zu schließen. Lieber später noch mal ein Paracetamol. Sie hatte zwar Haiko versprochen, keine Geschichten und Klatschberichte über sich zu lesen, hatte aber trotzdem versucht, ihr MacBook mit dem Internet zu verbinden. Doch im Haus gab es offenbar kein WLAN oder kein WLAN mehr und auch mit dem iPhone hatte sie kein Netz. Sie hatte zwar Empfang aber kein Internet, weil das Haus in einem Funkloch lag. Telefon und SMS waren ihre einzigen Verbindungen nach draußen. Scheiß Provinz.

Also suchte sie jetzt nach der Fernbedienung für den Flachbildfernseher, um wenigstens eine dieser depperten Society-Sendungen im Vorabendprogramm zu erwischen. Vielleicht wäre ihre kleine Eskapade vom Wochenende ja immer noch Thema. Sie wünschte es sich so. Sie fand eine Fernbedienung, drückte auf ein paar Tasten und der Fernseher ging tatsächlich an – allerdings war nur Bildrauschen zu sehen. Rauschen ist das beste Programm, dachte sie und musste lachen. Vielleicht war sie ja einfach zu blöd, den Sat-Empfänger zu bedienen? Womöglich war auch irgendwas mit der Satellitenschüssel, die man aus irgendwelchen Gründen oben an der Grundstücksgrenze am Waldrand aufgebaut hatte. Ihr Vater hatte mal etwas von einem Baum erzählt, der den Empfang stören würde. Karmen öffnete die Terrassentür und ging barfuß über das ungemähte Gras hinauf zum Waldrand, wo der Pool war. Die Sonne ging gerade unter und es war zum Glück ein bisschen kühler geworden.

Beim Pool erkannte Karmen das Problem: Neben ein paar Gartenmöbeln und einem verwitterten Sonnenschirm lag die Satellitenschüssel im kniehohen grünlich-brackigen Wasser. Der blaue Anstrich war abgeblättert und sie hatte das rechteckige Becken auch viel größer in Erinnerung, größer und tiefer.

»Verdammter Kackmist«, entfuhr es ihr. Lustlos zog sie am Kabel, das an der Sat-Schüssel hing. Den Pool würde sie auch ausräumen müssen, wenn die potenziellen Käufer kämen. Oder jemanden darum bitten, ihr zu helfen. Plötzlich hörte sie ein leises Surren über sich. Sie schaute zum Himmel, wo die Abendsonne ein paar kleinere Wolken rosa und orange beleuchtete. Sie ignorierte ihre Freude über den Kitsch da oben und versuchte zu erkennen, woher das Surren kam, das lauter wurde und fast schon wie ein Bienenschwarm klang. Dann entdeckte sie direkt über sich eine Art Flugzeug, das statisch zehn, zwanzig Meter über ihrem Kopf schwebte. Einen kurzen Moment fragte sie sich, ob das am Fieber lag. Das Sirren wurde bedrohlicher und das Ding flog Richtung Dorf davon. Haiko berichtete sie lieber nicht von ihrer Beobachtung. Eine Ufo-Sichtung. Außerirdische, die sie entführen wollten. Der würde sie wahrscheinlich endgültig für verrückt erklären.

Sie holte sich in der Küche ein Glas Wasser. Zurück im Wohnzimmer beschloss sie, dass es für alles sicher eine Erklärung gäbe. Das hier war schließlich nicht »Akte X«, das war ihr Dorf. Und wenn sie schon kein Fernsehprogramm hätte, würde sie heute Abend wenigstens Musik hören. Dann fingerte sie so lange wahllos auf der Fernbedienung herum, bis Leonard Cohens »Hallelujah« aus den Boxen klang. Ihr Vater hatte den kanadischen Sänger sehr gemocht. Sie legte sich aufs Sofa, deckte sich mit der grünen Wolldecke zu, die am Fußende lag, schloss die Augen, hörte die Musik – und schlief ein.

Karmen schreckte auf von einem Geräusch, das klang wie der Echolot-Sound eines U-Boots. Sie war desorientiert, musste erst kurz überlegen, wo sie sich befand. In einem U-Boot? 280 Meter unter dem Meeresspiegel? Okay, sie lag unter einer grünen Decke. Karmen fegte sich die Decke vom Gesicht. Woher zur Hölle kam das U-Boot-Geräusch. Sie lag etwas schief auf dem geschwungenen orangefarbenen Sofa im Wohnzimmer ihres Elternhauses und im Fernseher lief »Wetten, dass..?«. Und gerade war eine dieser dummen Wetten im Gange, bei der die Kandidaten irgendwas total Spektakuläres machten: Mit einem

Gabelstabler einen Faden in eine Nadel einfädeln oder so. Sie setzte sich auf.

Es ist der 15. Dezember 1984. Karmen ist vierzehn, lümmelt frisch gebadet, das feuchte Haar in ein Frotteetuch eingewickelt, im Bademantel auf dem Siebzigerjahresofa in dem Siebzigerjahrewohnzimmer ihres Siebzigerjahreelternhauses und beobachtet gemeinsam mit ihren Eltern deutsche Achtzigerjahre-Fernsehunterhaltung. Moderator ist Frank Elstner, eine Mischung aus bemüht lässigem Geschichtslehrer und fies-übervorsichtigem Bankangestellten, der einem knallhart jeden Kredit verweigert. Frank Elstner trägt einen dunklen italienischen Anzug, der ihm trotz der ganzen Piefigkeit der Helmut-Kohl-ist-Bundeskanzler-Jahre ein wenig modische Eleganz verleiht. Das dunkelblonde Haar ist an den Schläfen bereits grau, im Nacken ein bisschen zu frech lang und eine gelb getönte Pilotenbrille soll das kameragerecht geschminkte, glatt rasierte Gesicht seriös wirken lassen. Obwohl: Tragen sonst nicht eher gealterte Schlagersänger und schlägernde Halbwelttypen so getönte Brillen?

Wenn die Kamera nicht gerade eine andere Kamera zeigt, den Pief-Moderator oder die prominenten Gäste, dann filmt sie das Publikum, das in einer zum Fernsehstudio umfunktionierten, schmucklosen Mehrzweckhalle auf einer Tribüne hockt und ganz aus dem Häuschen ist, weil man es ja nun im Fernsehen sehen kann. Winkewinke machen die Zuschauer von unbequemen Bänken nach Zuhause, Winkewinke, ich bin im Fernsehen. Als prominente Wettpaten sitzen wie in einer Behörde auf weißen Bürodrehstühlen hinter klobigen Fernsehquizschaltern der österreichische Bundeskanzler Fred Sinowatz, die ARD-Fernsehmoderatorin Sabine Sauer, der ZDF-Sportmoderator Dieter Kürten und die Schauspielerin

Uschi Glas. Das Schätzchen der Nation feiert gerade ein großes Fernsehcomeback mit irgendeiner Deppenserie im Vorabendprogramm, deshalb hat sie wohl vorbeischauen dürfen.

Ganz rechts hockt dann noch eine namenlose Frau aus dem Publikum, die sich mit einer idiotischen Saalwette verdient gemacht hat: Wetten, dass Sie es nicht schaffen, hundert Nonnen mit »Atomkraft nein danke«-Buttons aufzutreiben, die »Ein bisschen Frieden« von Nicole singen, so was in der Art. Hinter dem Quiz-Panel befindet sich eine schwarze Infotafel, auf der mit pixeligen Buchstaben noch mal die Namen der mehr oder weniger prominenten Büroangestellten auf ihren weißen Drehstühlen stehen. Wobei aus Platzgründen die Vornamen abgekürzt werden müssen und Umlaute unmöglich sind: F. Sinowatz, S. Sauer, D. Kuerten, U. Glas und – der Einfachheit halber – bloß Gast für die mit der Saalwette. Auf der Tafel erscheint auch manchmal ein Strichmännchen, das F. Elstner mit »lieber TED« anspricht und das offenbar Vox populi personifiziert, die Stimme des Volkes. Der Moderator plaudert, moderiert bescheuerte Wetten an und ab, erklärt, es ist schließlich erst die 25. Ausgabe der von ihm erfundenen Show, die möglicherweise unkapierbaren Spielregeln.

Im Saal wie auf der Showbühne haben sich alle für den großen Abend chic gemacht, die Männer im Anzug, die Frauen im Abendkleid. Schulterpolster und riesige Frisuren lassen die Gesichter der Personen grotesk winzig wirken. Die Wetten sind bundesrepublikanisch-kleingeistig, trotzdem werden sie am Montag in Büros, Klassenzimmern oder Werkskantinen alle wieder darüber reden, dass sich eine nerdige Hausfrau aus Iserlohn die Lottozahlen der vergangenen zehn Jahre gemerkt, dass einer mit einem Bagger weich gekochte Eier geschält oder jemand am Mundgeruch die Mitglieder seines Volleyballvereins erkannt hat. Und irgendwas war doch immer auch mit Tennisbällen und Sportlern. Wegen Boris Bumm Bumm Becker.

Der extrem transpirierende – das wäre auch mal so eine Wette, zu schätzen, wie viel Liter Schweiß in einer Runde »Wetten, dass..?« bei dem so anfällt –, der extrem transpirierende Herr Elstner also reißt Spießerwitze, macht den Damen schmierige Komplimente, schleimt Obrigkeiten an und wundert sich, dass die Saalkandidatin, eine deutsche OP-Schwester aus der Schweiz, überhaupt nicht nervös ist. »Sie wirken so unglaublich sicher«, lobt er sie paternalistisch. »Haben Sie in diesem Beruf schon mal gearbeitet?« Die Krankenschwester sagt nein, aber ja, sie würde gerne, und der Showmaster blickt sie an, als hätte sie fix demnächst einen Job auf dem Lerchenberg beim ZDF. Da kann man so patente Krankenschwestern aus der Schweiz nämlich sicher gut brauchen. Sämtliche Wetten sind aus einer »Bierlaune« heraus entstanden, die »Wetten, dass..?«-Buchstaben hüpfen vor lauter Freude nur so durch die Gegend. Das Rondò Veneziano, eine unüberschaubare Menge angestrengt dreinblickender Orchesterfrauen und -männer in Rokokokostümen mit Rokokoperücken, spielt Fahrstuhlmusik mit nervigen Beats. Wilde Mischung, weil vorher hat ja schon in derselben Venedig-Kulisse Leonard Cohen mit einem Hobbychor aus Iserlohn sein »Hallelujah« geplaybackt.

Schließlich singt auch noch der österreichische Superstar Falco, erstaunlich leger im Schlabberpulli und mit windmaschinenfreundlichem Haar, ein Duett mit dem luxemburgischen Jungstar Désirée Nosbusch, von der bei den Leuten wahrscheinlich vor allem das Gebiss hängen bleiben wird. Sehr viel Zahnfleisch, sehr viele Zähne, penetrantes

Dauerlächeln. »Dann und wann kann, kann es auch mal Liebe sein« schmachten die beiden einander an und sitzen dabei als Kinobesucher in einer Kinokulisse zusammen mit einer Handvoll genervt guckender Komparsen. Das ist dann die erste Metaebene – die Zuschauer zu Hause und im Studio sehen Zuschauer, die Zuschauern zuschauen. In dem Film, der auf der Leinwand in diesem popeligen Studiokino läuft, spaziert Désirée Nosbusch »dann und wann« im rosa Polyesterkleid in genau jener Venedig-Dekoration herum, in der vorher bereits die Leute vom Rondò Veneziano und Leonard Cohen abgehangen haben, meta, meta, meta. Oder einfach nur ökonomisch.

»Wetten, dass..?«, die größte ZDF-Show der Welt plätschert also dahin, zwanzig Millionen Menschen sitzen an diesem 15. Dezember 1984 in ihren Wohnzimmern, knabbern Weihnachtskekse und sehen gequirlte Unterhaltungsscheiße, als es plötzlich zu einer winzigen Irritation kommt: Zwei Umweltaktivisten stürmen die Bühne und halten ein Transparent vor die Kamera auf dem für einen Bruchteil von Sekunden der Spruch »Nicht wetten, Auen retten« zu lesen ist, bevor Sicherheitsleute einschreiten. »Moment«, mischt sich der Moderator ein, spricht einen Udo an, wahrscheinlich den Regisseur der Show und nicht Lindenberg oder Jürgens. »Udo«, sagt er also, »ich möchte hierzu Folgendes sagen: In meinem Studio wird keiner rausgeschmissen.« Das Publikum auf der Tribüne pfeift wütend, der Mob tobt, vereinzelt sind Buhrufe zu hören. Die Leute sind nicht wegen des kleinen Grammatikfehlers – aus meinem Studio, nicht in! – aufgebracht, sondern weil da gerade die ganze schöne Samstagabendunterhaltung in Gefahr ist.

Immerhin, die Panel-Gäste, sogar der Ösi-Bundeskanzler, applaudieren, immerhin geht es wohl um Auen in seinem

Land, Österreich, dem Auenland. U. Glas allerdings bleibt regungslos auf ihrem weißen Bürostuhl sitzen. Womöglich ist es das, was einmal von Frank Elstner in Erinnerung bleiben wird wie von Désirée Nosbusch die perfekten Zähne: Aus seinem Studio wird keiner rausgeschmissen. Die Umweltaktivisten verlassen die Mehrzweckhalle dann freiwillig und die dröge Entertainment-Soße tröpfelt weiter vor sich hin. Zwanzig Millionen sind froh, dass der Abend weitergeht. Zwanzig Millionen und Karmen, vierzehn, im Bademantel vor dem Fernseher. Die beschließt an diesem Abend, dass sie ganz genau dorthin will. Zum Fernsehen, ins Studio, zu S. Sauer, D. Kuerten, F. Elstner, zu Gast und zu all den anderen. Dorthin, wo man Millionen Menschen sagen kann, was Sache ist. Désirée Nosbusch ist schließlich auch nur ein paar Jahre älter als sie und darf schon eine Pop-Show moderieren. Genau da will sie hin. Sie würde mit diesen Umwelt-Hippies aus dem Auenland reden, sie zu Wort kommen lassen, genau nachfragen. Am Ende würde sie so die Welt verändern, wenn man – zwanzig Millionen! – in die Wohnzimmer der Menschen käme. Direkt in die Herzen der Menschen. Einfach mal nachfragen, Reportagen machen, so was. Sollen andere sie doch Ökotante schimpfen, für blauäugig halten. Ihr Idealismus wird sie noch weit bringen, ganz nach oben bringen. »Ihr habt von uns Kindern die Erde nur geborgt«, ruft Karmen kämpferisch. Aber die Eltern auf dem Sofa sind schon eingeschlafen.

Regungslos starrte Karmen auf den Flachbildfernseher. Offenbar hatte sie vorhin mit ihrem planlosen Herumgedrücke auf der Fernbedienung den alten Videorekorder in Gang gebracht, in dem eine VHS-Kassette mit einer Folge »Wetten, dass..?« steckte. Wer auch immer das aufgezeichnet hatte. Und wozu. Die Bildqualität war mies. Aber sie wunderte sich vor allem darüber, wie unbeholfen Fernsehen damals war, wie jämmerlich das Studio aussah, wie inhaltslos die Gespräche, wie wenig prominent die Gäste waren. Und diese schreckliche väterliche Schleimerei. Jede Gala, die sie in den vergangenen Jahren moderiert hatte, war aufwändiger, jede Studiodekoration fürs Nachmittagsfernsehen teurer.

Dabei wurde Fernsehen damals doch so irre wichtig genommen. Nämlich auch vom Publikum, nicht nur von den Fernsehleuten im Sender wie heute, die sich immer noch wer weiß was auf ihre superwichtige Tätigkeit einbilden. Erst wenn was im Fernsehen war, dann existierte es. Damals wussten weder die Zuschauer noch die Macher, dass im Fernsehen alles nur Oberfläche ist. Wie diese ganzen total verunsichert wirkenden Wettkandidaten aus ihren blöden Bierlaunen heraus Stammtischkunststücke anboten. Da bestand kein Interesse, reich und berühmt zu werden. Die wollten einfach nur zeigen, was sie konnten. Eierschälen mit dem Bagger, Lottozahlen auswendig lernen oder irgendwas Ekliges riechen.

Die Leute damals hatten offenbar echt keine Probleme. Bundesrepublik Deutschland, Österreich und die Schweiz der Achtzigerjahre in einer Nussschale. Bierlaune, wann hatte Karmen das Wort zuletzt gehört? Waldsterben, Umweltzerstörung, Atomkraft ließ sich damals noch einfach wegpfeifen und wegbuhen, Aktivismus war eine Sache von Sekunden, schnell wieder ein bisschen Musik von Rondò Veneziano drüberschmieren, Tschernobyl kann warten. Rondò Veneziano, Leonard Cohen, Falco – was für eine bizarre Kombination. Zuerst hatte Karmen gerätselt, wer diese Désiree überhaupt war, die da familiennamenlos mit

Falco das schreckliche Duett sang. Weder konnte sie sich an diese Ausgabe der Show erinnern noch daran, dass die Gäste auf weißen Bürostühlen hockten. Das »Wetten, dass..?«-Sofa wurde offenbar erst viel später erfunden. Aber der Auftritt der österreichischen Umweltaktivisten mit dem Transparent war ihr in Erinnerung geblieben. Hier, im rosa Bademantel auf dem Sofa im Wohnzimmer ihres Elternhauses, wusste Karmen plötzlich wieder, wie alles begonnen hatte.

»Ich sitze auf dem Wetten-dass-Sofa und schaue ›Wetten dass..?‹«, textete sie Haiko, der wissen wollte, was sie gerade machte.

»Schatz, ›Wetten, dass..?‹ wurde 2014 eingestellt«, lautete seine mit Emojis geschmückte Antwort. »Außerdem kam das samstags und nicht am Dienstag. Du spinnst.«

Karmen hasste Emojis. Wer unfähig war, sich mit Worten auszudrücken, sollte vielleicht besser die Klappe halten. »Ich bin grad 1984«, schrieb sie.

»Like in Orwell?«

»Like in meine Jugend.«

Nach einer kleinen Pause meldete sich Haiko noch einmal. »Habe gegoogelt«, schrieb er. »Die Wettendassmelodie in den Achtzigern war von Harold Faltermeyer. Kennst du?«

Keine Ahnung, dachte Karmen und reagierte nicht mehr auf seine SMS. Sie glotzte sich ins Jahr 1984 zurück, glotzte bis zum letzten Buchstaben im Abspann, wobei sie sich erinnerte, damals das Doppel-S bei »dass« sehr seltsam gefunden zu haben. Das war vor der Rechtschreibreform, aber scharfes S war bei den Buchstaben vielleicht nicht vorgesehen und wahrscheinlich hatten die Grafiker lange herumprobiert, es ja nicht nach SS aussehen zu lassen. Sie sang leise die Signation mit – Dadadahhh-da-dadadahhh… – und trommelte dazu mit beiden Händen auf den Couchtisch. Die Nummer wäre besser aufgehoben als Titelmelodie einer kalifornischen Cop-Serie oder bei irgendwelchen Meisterschaften in lateinamerikanischen Tänzen. Es irritierte sie, dass der heiße Samba-Rhythmus, Percussion und Trompeten im totalen Gegensatz zu den zwei Stunden drögen Spießbürgerfernsehens aus der Mehrzweckhalle irgendeiner unbedeutenden Stadt standen. ZDF. Ziemlich deutsche Fadesse. Mit Sicherheit hatte dieser Faltermeyer-Typ für seine Komposition eine Menge Geld bekommen. Endlich wurde der Monitor schwarz, die Aufzeichnung war vorbei und Karmen total erschöpft. Sie versuchte, den VHS-Rekorder auszuschalten, fand aber nicht die richtigen Tasten auf der Fernbedienung. Der bizarre Flashback zurück zu ihrem vierzehnjährigen Ich hatte ohnehin noch eine Fortsetzung. Nach einer kleinen Schwarzpause ging das Video weiter. Und diesmal war sie sogar selbst im Bild.

Karmen, vierzehn, steht mit einem Mikrofon in der Hand vor dem Ortsschild ihres Dorfes. Sie trägt eine Brille mit sehr dicken Gläsern, dicke blonde Zöpfe und einen dicken weißen Wollpullover, der ein bisschen selbstgestrickt wirkt. Süß. Ein etwas pummeliger, pickliger Teenager, der Fernsehen spielt. »Sehr geehrte Damen und Herren an den Geräten zu Hause«, adressiert sie die Zuschauer direkt. Sie befinde sich hier am Ortseingang eines Dorfes in der Provinz. Seit einiger Zeit hätte sich die Gegend verändert, junge Menschen seien hergekommen, Alternative – und obwohl die jugendliche Moderatorin hochdeutsch spricht, verhaspelt sie sich bei diesem Wort, rutscht einen Moment lang in die warme Melodie ihres Dialekts – würden neue Formen des Zusammenwohnens ausprobieren. »Ich werde mit Ihnen diese Alternativen besuchen und auch nachfragen, was die

Leute im Dorf davon halten.« Dann schwenkt die Kamera und zeigt den idyllisch gelegenen Ort mit Bauernhöfen und Zwiebelturmkirchlein zwischen Hügeln und Streuobstwiesen. Erstaunlich, wie professionell da eine Vierzehnjährige klingen kann und fast schon ein wenig überheblich von »jungen Menschen« spricht. Aus dem Off ist Karmens junge Stimme zu hören und was nun kommt, ist weniger professionell. »Noch nicht jetzt, du Trampel«, offenbar ist die Person hinter der Kamera gemeint. »Ich habe noch einen Satz und erst dann schwenkst du weg.« Das Bild mit der Idylle wackelt ratlos, dann findet die Kamera etwas unsicher wieder zu der Moderatorin zurück, die eindeutig falsch lächelnd ihre Zuschauer auffordert, ihr doch, bitteschön, zu folgen. Die Möglichkeiten, Videomaterial zu schneiden, waren damals offenbar noch recht begrenzt.

In der nächsten Einstellung steht Karmen mit einem jungen Typen im Garten, den sie als »Anführer der Rasselbande« anspricht. Der Mann hat wilde blonde Locken, trägt eine schwarze Zimmermannshose und Hemd, an seiner Wollweste steckt ein »Atomkraft nein danke«-Button. Er stellt sich als Reiner vor, erzählt, wie man im Kleinen die Gesellschaft verändern könne. »Es ist nur eine Frage der Zeit, dass irgendwo ein AKW in die Luft fliegt oder dass uns der saure Regen die Wälder kaputt macht«, sagt Reiner. Die Gesellschaft müsse sich grundlegend verändern. Karmen lächelt wissend. Zwischendurch geht sie aus dem Bild und gibt flüsternd der Person hinter der Kamera Anweisungen. Dann schwenkt die Kamera auf zwei Frauen in bunten Ökokleidern, die Wäsche aufhängen, während der »Anführer der Rasselbande« weiter monologisiert. Karmen bewegt sich nun auf die Frauen bei der Wäscheleine zu, wobei ihr die Kamera zögerlich folgt, und hält ihnen das Mikrofon hin: »Und wie wollen Sie die Welt verändern?« Die beiden lachen, eine sagt: »Indem wir kein Waschpulver benutzen. Wir waschen mit Kastanien.«

Im dritten Teil entpuppt sich dann die Person hinter der Kamera als Kamerafrau. Karmen interviewt nämlich Petras Mutter als Stimme des Volkes in der Küche ihres Bauernhauses. Die Mutter sitzt in einer hellblauen Kittelschürze am Küchentisch, spricht immer genau in die Kamera und ihre eigene Tochter an, sagt sogar einmal deren Namen.

»Man darf im Fernsehen nie in die Kamera schauen«, belehrt Karmen sie schließlich.

»Du machst das doch auch die ganze Zeit«, ist Petras Stimme im Off zu hören.

»Ich bin ja auch die Moderatorin. Du hast wirklich keine Ahnung, Mensch.«

Das Bild wird wackelig. Die Kamera wird irgendwo abgestellt. »Weißt du was, mach deinen Scheiß halt alleine«, ist wieder Petras Stimme zu hören. Das von Natur aus verheulte Gesicht der Mutter ist nur zur Hälfte zu sehen. Sie lächelt irritiert. Eine Tür wird zugeknallt.

»Mache ich auch«, sagt Karmen ebenfalls im Off. Das Bild wackelt ein bisschen, rückt schließlich wieder die Interviewpartnerin in den Fokus. »Und Sie sind also der Ansicht, dass es besser wäre, wenn die Alternativen wieder aus dem Dorf verschwinden würden?«

»Nein«, sagt Petras Mutter. »Warum sagst du denn Sie zu mir, Kind?«

So endet dieses frühe Zeitzeugnis, Karmens erste journalistische Arbeit.

»Das bin nicht ich«, dachte Karmen, als sie sich selbst als Teenager auf dem Bildschirm betrachtete. Die bebrillte, leicht dickliche Pubertierende mit Zöpfen, Akne und Akzent, die da so neunmalklug Erwachsenen Fragen stellte und ihre Freundin hinter der Kamera rumkommandierte, kam ihr vor wie eine Fremde.

Ihr Vater hatte in den Achtzigern diesen JVC-Camcorder angeschafft, eigentlich, um Familientreffen oder Urlaube zu dokumentieren. Doch gemeinsame Urlaube waren ohnehin selten und für Karmen wurde das Gerät zu einem wunderbaren Spielzeug, um sich auszuprobieren. Das technische Zeug ihres Vaters war für sie tabu gewesen, wie die Tiefkühltruhe im Keller oder der Waffenschrank. Die Kamera bewahrte er in einer braunen Kunstledertasche auf, die in einem Fach unter seinem Schreibtisch lag. Karmen holte sich immer wieder heimlich das Equipment. Holte irgendeine VHS-Kassette aus dem Wohnzimmer. Sie drückte die Taste mit der Aufschrift »Eject« und das Kassettenfach öffnete sich. Sie schob die Kassette in die Kamera, schloss das Fach wieder und ganz intuitiv drehte sie ihre Videos – ohne je eine Bedienungsanleitung studiert zu haben. Auch beim Umgang mit Bild und Ton verließ sie sich auf ihr Gefühl. Sie machte alles aus dem Bauch heraus, imitierte Nachrichtenbeiträge, sah ganz genau hin, wenn im Fernsehen die »Tagesschau« oder Magazine liefen und lernte so, dass man mit der Kamera Geschichten erzählen kann. Das Medium Video war damals noch ganz neu und Karmen beherrschte es auf Anhieb richtig gut. Sie schnitt das Material ohne Schneideplatz, sozusagen live in der Kamera und war selbst erstaunt über das Ergebnis, wenn sie ihr Werk heimlich im Wohnzimmer betrachtete, während der Vater unten in der Praxis war.

»Schau mal«, sagt Karmen. Ihr Vater sitzt auf seinem Stammplatz im Wohnzimmer und wundert sich, dass die

Tochter so souverän die Videokamera mit dem Fernseher verkabeln kann. »Schau mal, gleich geht's los«, sagt sie, drückt auf eine Taste an der Kamera und dann sind die Hippies aus dem Dorf im Fernsehen. Sie sitzen in einem VW-Bus und erzählen, dass sie alles tun würden, dass die Wiederaufbereitungsanlage Wackersdorf niemals in Betrieb gehen wird. Karmen will wissen, wo denn dann der Strom herkommt, weil aus der Steckdose sicher nicht, und die Hippies erzählen was von alternativen Energieformen. »Alternativen was?«, fragt Karmen und lässt sich das Ganze erklären. Am Ende sieht man sehr viele Demonstranten, Frauen, Männer, Kinder, mit Transparenten und »Atomkraft nein danke«-Buttons.

»Das hast du gemacht?«, fragt der Vater und sie nickt ganz stolz. »Mit meiner Ausrüstung? Ohne zu fragen? Das ist ja wie echtes Fernsehen«, sagt er und sie ist froh, das es keinen Anschiss gibt. Im Gegenteil: Karmens Vater ist schwer beeindruckt von den ersten Versuchen seiner Tochter als aufstrebende Fernsehreporterin.

Falls es nicht jemand mit irgendwelchen Samstagabendshows überspielt hatte, mussten die alten Kassetten noch irgendwo im Haus sein. Vielleicht im Geheimfach im Regal. Oder in einer der Kisten im Arbeitszimmer. Dort waren sicher auch noch die Super-8-Familienfilme und die alten Projektoren, die Diamagazine und Fotoalben. Hunderte, ja Tausende Images of young Karmen, die sie ganz bestimmt nicht alle sichten, sondern einfach wegschmeißen würde.

Fotografiert, gefilmt, aufgezeichnet werden: Karmen schien es, als hätte ihr Vater sie schon früh zum Kamerakind gemacht, zur Person vor der Kamera. Mit vierzehn endlich hatte sie die Perspektive gewechselt, sich ihres eigenen Bildes ermächtigt.

Mit dem Abstand von fast vier Jahrzehnten fand sie die journalistischen Gehversuche ihrer Jugend erstaunlich. Erstaunlich, wie zielorientiert sie damals schon gewesen war, wie sie sich in den Vordergrund drängte und die Freundin an der Kamera ankeifte. In den paar Minuten Karmen, vierzehn, war bereits ganz klar ihr zukünftiges Ich zu erkennen. Sie war gerührt, gleichzeitig hasste sie es. Weil alles so gekommen war, wie es kommen musste.

Etwas kitzelte sie auf ihrer rechten Wange. Sicher wieder irgend so ein blödes Viech. Erst als sie es mit der Hand wegwischen wollte, merkte Karmen, dass es eine Träne war.

Record

»Harold Faltermeyer hatte keine Ahnung. Ich beame mich jetzt in die Gegenwart zurück.«

Ohne auf eine Antwort-SMS von Haiko zu warten, stand sie auf, ging zum Regal, in dem der Videorekorder stand, legte ihren Zeigefinger zuerst auf die Stop- und anschließend auf die Rewind-Taste. Mit einem aufgeregten Surren begann das Gerät, die Kassette zurückzuspulen, erst langsam und dann immer schneller werdend. Die Ziffern des Counters neben der Reset-Taste drehten sich immer rasanter, erreichten vier Nullen, zählten weiter herunter.

Karmen brachte ihr Glas zurück in die Küche, sah die Hunderterpackung Paracetamol auf der Anrichte, nahm eines. Sie öffnete das Fenster, weil sich die Wohnung den Tag über aufgeheizt hatte. Draußen war es bereits finster, vom Wald her war leise Musik zu hören. Bitte nicht schon wieder, dachte sie und schloss das Fenster wieder. Als sie ins Wohnzimmer zurückkam, hatte der Videorekorder die Kassette zurückgespult. Karmen drückte die Eject Taste und mit einem Krachen flog ihr aus einem Schlitz an der Vorderseite des Gerätes die schwarze VHS-Kassette entgegen und landete auf dem Boden. Beim Aufheben sah sie auf dem Etikettaufkleber die Handschrift ihres Vaters, die Schrift, die sie von den Briefen kannte, die er ihr regelmäßig schrieb – auch als er längst E-Mail hatte, schrieb er ihr immer noch Briefe, erzählte von seinem Leben im Dorf, von der Jagd, dem Wald, der Natur. »K's Erstlingswerk« stand da mit dem typischen Vater-Schnörkel beim großen K. Ganz schnörkellos ging sie mit dem Band in die Küche, öffnete den

Abfalleimer – sie musste den Müllbeutel mit dem vergammelten Essen endlich mal entsorgen –, überlegte es sich dann aber anders. Zurück im Wohnzimmer schob sie die Kassette wieder zurück in den Videorekorder, der das buchgroße schwarze Stück Plastik gierig schluckte. Ohne nachzudenken, legte sie Zeige- und Mittelfinger ihrer rechten Hand auf die Tasten mit den Symbolen für Record und Play, zögerte kurz und verlagerte ihr Gewicht ein paar Millimeter nach vorne. Aus dem Gerät tönte ein nervöses Klackern, das Band setzte sich in Bewegung und langsam, ganz langsam wurden hundertachtzig Minuten Achtzigerjahre überspielt – mit nichts.

Dort, wo fast vier Jahrzehnte lang eine dröge Folge »Wetten, dass..?« verborgen gewesen war und ein etwas dickliches Mädchen mit blonden Zöpfen und Brille lockigen Hippies freche Fragen gestellt und ihre Kinderfreundin angeschnauzt hatte, würde in drei Stunden nur noch weißes Rauschen sein.

Zufrieden warf Karmen noch einen Blick auf den Videorekorder, der leise schnurrte. Dann schaltete sie den Flachbildfernseher aus, löschte die Lichter im Wohnzimmer und nach einer Katzenwäsche im Bad lag sie wieder im Bett in ihrem alten Kinderzimmer unter der Dachschräge. Sie hatte sich den ganzen Tag keine frischen Klamotten angezogen, war in einem etwas zu kleinen Bademantel rumgerannt, drunter die Unterwäsche, die sie auch zum Schlafen getragen hatte, und es war ihr egal gewesen. Sah sie ja niemand. Das Fenster zum Balkon hatte sie offen gelassen, obwohl vom Wald her Musik zu hören war. Heute wäre sie müde genug, sich davon nicht den Schlaf rauben zu lassen, hatte sie beschlossen und die schwere Decke über die Ohren gezogen. Wenige Minuten später schnurrte Karmen ebenso wie der Videorekorder im Zimmer nebenan.

Und dann das! Karmen ist Saalkandidatin bei Frank Elstner, der ihr väterlich-freundlich einen Job beim Fernsehen anbietet. Allerdings findet die Show in keiner Mehrzweckhalle statt, sondern in einem dreckigen Hinterhof zwischen Mülltonnen. Sie feiert mit Falco, Désirée Nosbusch und Leonard Cohen eine Party, wobei die Musik irgendwie rückwärts zu laufen scheint. Als sie einen der Müllcontainer öffnet, ist darin ein Gospelchor, winzige Sängerinnen und Sänger, die in einer Studiodekoration stehen, die aussieht wie eine Auflaufform mit Lasagne. Von einem weißhaarigen Hippie-Taxifahrer, der sich ihr lispelnd als »Gott« vorstellt, bekommt sie den Ratschlag, nicht vor allem wegzurennen, und landet schließlich bei einer Obdachlosen, die in diesem Traum von einer alten, runzeligen Uschi Glas gespielt wird und die ihr wertvolle Tipps für die reifere Haut gibt. Alle tragen die schlimmsten Achtzigerjahrefrisuren und -klamotten mit Schulterpolstern wie im »Denver-Clan«. Auch Karmen selbst hat eine entsetzliche hochtoupierte L'Oréal-Stu-Stu-Studioline-Frisur, mit der sie ständig in den Studioscheinwerfern hängen bleibt, die ganz dicht über den Köpfen von allen unter der Decke hängen. Plötzlich befindet sie sich im alten »Sonntalknacht«-Studio, aber es gibt nur ausrangierte Bürostühle mit defekter Hydraulik, sodass die Gäste dauernd nach unten sinken. Petra sitzt neben ihrer Tochter, die Karmen verliebt anstrahlt und versucht, sie zu küssen. Karmen wehrt sich nicht, ist aber abgelenkt. Der Boden ist übersät mit Knäckebrotkrümeln, die krachen und knirschen und sie unter den nackten Füßen kitzeln. Ein »Udo« meldet sich über die Studiolautsprecher und sagt, sie solle bitte keine Nebengeräusche machen, das störe. Gerade als Uschi Glas ihr das Gesicht mit Elmex einreiben will, taucht Karmens ehemaliger Senderchef auf und eröffnet ihr, dass sie gekündigt ist. Plötzlich ist ein wahnsinnig lautes Krachen zu hören. Sie blickt zur Studiodecke hinauf, die nun ein Sternenhimmel ist. Statt der Scheinwerfer sind da ganz viele Sterne am sonst schwarzen Himmel. Von oben schauen ein paar Aktivisten mit Transparenten zu ihr hinunter, auf denen »Raus aus den Betten, Karmen retten!« steht. Sie beißen in überdimensionale Knäckebrotscheiben, daher das Krachen und Knirschen, und wie Kometen fallen die Brösel. Gerade als ein riesiger Knäckebrotbrocken auf Karmen zurast und schließlich knapp vor ihrem Gesicht stehen bleibt. Dann ist da nur noch ein Weiß, ein Surren, das Weiß wird zum Punkt und macht alles schwarz wie bei einem alten Röhrenfernseher, der seinen Geist aufgibt.

Karmen wachte auf. Die Haare klebten ihr schwitzig an der Stirn, ihr Mund war trocken und wieder musste sie sich erst orientieren. Ah ja, genau, Elternhaus, Kinderzimmer, Vorsicht, Dachschräge. Von draußen war noch immer Musik zu hören. Lauter als vorher, zumindest kam es ihr so vor. Sie fingerte nach ihrem iPhone auf dem Nachtkasten. Kurz vor eins, lange hatte sie ja nicht geschlafen. Was für einen Blödsinn sie da zusammengeträumt hatte. Sie machte den Partylärm dafür verantwortlich und spürte, wie sie wütend wurde. Sie war unendlich sauer auf die da draußen, die ihre Nachtruhe störten. Früher hatte man hier auf dem Land wenigstens ungestört schlafen können. Dann stand sie auf, haute sich dabei den Kopf nicht an der Dachschräge an, ging zum Fenster und lauschte. Ihr mit eurer Scheißmusik, was macht ihr da nachts im Wald, ihr Idioten! Tagelang durchfeiern.

Im Bad trank sie Wasser, das eiskalt aus dem Hahn kam, kühlte sich Gesicht und Unterarme. Wahrscheinlich hatte sie noch immer Fieber, ganz bestimmt aber erhöhte Temperatur. Vielleicht noch ein Paracetamolchen? Diesen blöden Partyleuten würde sie es jedenfalls heut Nacht zeigen, die mussten doch ganz in der Nähe sein. Ihr kam es vor, als käme die Musik direkt von oben, wo das leere Schwimmbecken war, und sie malte sich schon eine Poolparty aus. Na, die konnten was erleben. Einen Moment lang erwog sie, sich was Richtiges anzuziehen, griff dann aber wieder nach dem rosa Bademantel, schlüpfte in die alten weißen Pantoffeln, die ihr Vater immer bei der Arbeit getragen hatte und die immer noch im Flur herumlagen.

Der Mond musste irgendwo hinter dem Wald sein, es war schwarze Nacht und für den beginnenden Sommer schon viel zu warm. Das hohe Gras kitzelte an den Beinen. Sie ging geradewegs auf den Wald zu, der dunkel vor ihr lag und aus dem sie den Partylärm hörte. Oben beim Pool war niemand, aber die Musik wurde noch etwas lauter. Sie kämpfte sich durch die Hecke an der Grundstücksgrenze, spürte einen Maschendrahtzaun und erinnerte sich, dass ihr Vater den Zaun hatte aufstellen lassen, weil immer wieder Wildtiere bei ihnen im Garten gestanden hatten. Mittlerweile war der Zaun schon überall kaputt, vielleicht hatte auch jemand die Löcher extra in das Drahtgeflecht geschnitten. Jedenfalls fand Karmen einen Durchlass und spürte plötzlich weichen, moosigen Waldboden unter den Füßen. Sie machte ein paar Schritte geradeaus, sank ein wie auf einem tiefen Teppich und war froh, die Pantoffeln ihres Vaters anzuhaben. Ein wenig gruselte sie sich vor dem Wald. Als sie klein war, konnte sie sogar bei Dunkelheit in den Wald hinterm Haus gehen, ohne sich zu fürchten. Sie war ein wildes Kind gewesen. Aber das Dorf hatte ihr die Wildheit – »Ein Mädchen macht das nicht!« – schnell ausgetrieben; womöglich mit ein Grund für ihre Rebellion, ihr Anti-Sponti-Öko-Ding als Teenager. War sie als Achtjährige unerschrocken überall hingegangen, hatte ihre Welt irgendwann plötzlich oben beim Pool geendet. Der Wald dahinter, die Stille kam ihr auf einmal unheimlich vor, am Tag, aber besonders, wenn es Nacht war. Das wilde Kind war zur pubertierenden Stubenhockerin geworden. Klar, sie war Umweltaktivistin, das schon, aber bitte nur vom Schreibtisch aus. Später, als Erwachsene, hatte sie dann sowieso jeden Bezug zur Natur verloren. Umwelt? Die Welt drehte sich um Karmen.

Sie konnte nichts erkennen, unter den dichten Nadelbäumen war es gleich noch finsterer, hilflos tapste sie durchs Schwarz. Erstaunlicherweise war hier die Musik kaum mehr zu hören. Ein paar Schritte würde sie noch machen. Behutsam setzte sie einen Fuß vor den anderen und hielt dabei die Hände tastend vor sich. Als sie auf einen Ast trat und das Geräusch sie so erschreckte, dass sie leise aufschrie, beschloss sie umzukehren. Als sie sich umdrehte, erkannte sie das Haus hinter der Hecke, das Licht im Wohnzimmer brannte. Bis zur Hecke waren es maximal zehn, zwanzig Meter, aber ihr Ausflug fühlte sich an wie eine weite Reise.

Karmen kitzelten die Schweißperlen, die ihr vom Nacken den Rücken hinunterliefen. Zuerst dachte sie, da seien irgendwelche ekligen Viecher und war kurz vorm Ausflippen. Aber alles gut. Und beim Zurückgehen merkte sie dann auch, dass die Musik von einem der alten Höfe im Ort kam, dort brannte ein Feuer, bunte Partylichter waren durch die Blätter der Bäume zu sehen. Der Wald hatte die Beats und Stimmen offenbar nur als Echo reflektiert. Sollte sie ihren nervigen Nachbarn da drüben Bescheid sagen? Es waren nur ein paar Hundert Meter. Erst wollte sie noch schnell ins Haus, sich was überziehen, aber dann ging sie, wie sie war, im etwas zu kleinen, ausgewaschenrosa Bademantel, die weißen Arztpantoffeln ihres Vaters an den Füßen, rüber zu dem Hof mit den bunten Lichtern und dem Feuer.

Beim Näherkommen fiel ihr auf, dass die Musik weniger laut war, als sie gedacht hatte. Weil es sonst so still war hier im Dorf, hörte man halt alles gleich viel besser. Um eine große Feuerschale saßen auf Gartenstühlen und Bierbänken etwa ein Dutzend Frauen und Männer, lachten, unterhielten sich, tranken Wein. Zwei große Hunde lagen zu ihren Füßen, dösten und ließen sich kraulen.

Der Bauernhof hatte einem alten Ehepaar gehört, das keine Kinder hatte. Als Kinder waren sie oft da gewesen. Erst starb der Mann, dann die Frau und der Hof hatte sicher zehn Jahre leergestanden. Aber nun gab es neue Bewohnerinnen und Bewohner, Karmen tippte auf die Hippies, von denen Petra im Auto gesprochen hatte. Wer würde sonst mitten unter der Woche nächtelang am Lagerfeuer sitzen und feiern.

Sie näherte sich der Gruppe und übersah dabei im Dunkeln einen Kuhfladen. Beinahe wäre sie in dem Brei ausgerutscht und sie versuchte, unauffällig ihren Schuh am Gras abzuwischen. Ein Geräteschuppen, an dessen Seite sorgsam Brennholz für den Winter gestapelt war, bot ein gutes Versteck. Wie gebannt beobachtete sie die Leute, die da zufrieden im Feuerschein saßen. Der Rauch zog genau in ihre Richtung und sie riss sich zusammen, damit ihr kein Huster entfuhr. In einem Hackstock steckte eine Axt. Als Karmen eine kleine Bewegung machte, fiel das Teil zu Boden und wäre fast auf ihrem Fuß gelandet. Niemand schien sie zu bemerken, bloß einer der Hunde hob für einen Moment den Kopf und schaute in ihre Richtung. Aus der Entfernung hörte sie zwar die Stimmen, konnte aber nicht verstehen, was geredet wurde.

Dann stand eine Frau auf und ging zu dem Schuppen. Karmen versuchte, sich schnell hinter dem Holzstapel zu verstecken, doch die Frau bewegte sich direkt auf sie zu, nahm zwei Scheite, entdeckte sie, erschrak und schrie leise auf. Kurz blickten sie einander in die Augen, Karmen sah, dass sie noch sehr jung sein musste, eigentlich noch ein Mädchen. Die Junge hatte pinke Stehhaare und trug seltsame Armeekleidung. Sie rannte zurück zur Gruppe und die Metallteile, Schlüssel und Nieten an ihrer Hose verursachten dabei ein rhythmisches Klingeln. Bevor Karmen den Rückzug antreten konnte, hatte die Pinkhaarige Verstärkung geholt. Mit drei weiteren Frauen stand sie wieder vor ihr.

»Und wer bist du?«, fragte eine der Frauen.

In ihrem bizarren Aufzug musste Karmen diesen Leuten wie ein Alien vorkommen. »Das könnte ich Sie auch fragen«, blaffte sie zurück.

»Wir wohnen hier.«

»Ich auch. Also da drüben.« Karmen deutete in die Richtung ihres Elternhauses.

»Da wohnt doch niemand. Das steht zum Verkauf.«

»Gerade wohne ich dort.«

»Bist du eine Hausbesetzerin?« Dem Mädchen, das Karmen entdeckt hatte, schien die Idee zu gefallen.

»Nein. Das ist mein Haus. Kennen Sie mich nicht?«

Die Frauen starrten sie ratlos an. »Nein, du bist nicht von hier.«

»Doch, bin ich. Im Gegensatz zu Ihnen!«

»Woher sollen wir dich denn kennen?«

Karmen nannte ihren Namen. »Sie können mich ja googeln.«

»Und du kannst uns googeln.« Gelächter.

Ihre nächtliche Vorstellungsrunde hätte anders verlaufen können, weniger konfus. »So kommen wir nicht weiter«, stellte Karmen fest. Wieder zeigte sie in die Richtung ihres Elternhauses. »Also, ich wohne da drüben. Sie machen hier schon die zweite Nacht einen schrecklichen Lärm und ich würde ganz gerne schlafen.«

Eine weitere Person trat zu ihnen und hielt Karmen ein volles Glas hin. »Hallo. Ich bin Elias. Setz dich doch einfach ein bisschen zu uns.«

Elias? Karmen hatte die Gestalt im Halbdunkel zunächst für ein Mädchen gehalten. Was ist das für ein beschissener Hippiename, dachte sie und versuchte zu erraten, was die bräunliche Flüssigkeit in dem Glas sein könnte. »Nein, äh, ich möchte echt schlafen und nicht ein bisschen sitzen. Was ist das überhaupt?«

Der Typ, der sich als Elias vorgestellt hatte, grinste und zeigte dabei ein perfektes Gebiss in seinem kantigen, von weißblonden kurzen Locken umrahmten Gesicht. Wie überhaupt alles an ihm sehr hell war, die Augenbrauen, der Bart, die Wimpern. Aus der Nähe sah er plötzlich weniger zart aus, sondern eigentlich recht muskulös und drahtig. Er trug kurze Hosen und ein ärmelloses T-Shirt und sein Grinsen war so breit, dass es nicht nur makellose weiße Zahnreihen entblößte, sondern auch Dunkelheit in den Mundwinkeln. »Äpfelwein«, sagte er. »Wir haben Cidre selbst gemacht.«

Äpfelwein, mit Ä? Karmen sah ihn an und nahm das Glas. Eigentlich wollte sie nur wieder ins Bett, aber dieser Elias blickte sie auffordernd an. Sie schnupperte an der bräunlichen Flüssigkeit. »Cidre? Echt? Riecht wie Erbrochenes.«

Die Frauen lachten. »Elias ist super stolz auf sein Gebräu. Aber wir haben auch Wein und Saft. Komm, setz dich zu uns«, sagte die Pinke mit der klimpernden Hose, die Karmen wohl immer noch für eine Hausbesetzerin hielt. »Hast du Hunger? Wir haben was zu essen da, selbst gebackenes Brot.«

Was wollten diese Leute von ihr? Eigentlich kam sich Karmen gar nicht so hilfsbedürftig vor, aber offenbar machte sie den Anschein. Ihr fiel ein, dass sie sich die letzten Tage ausschließlich von Knäcke mit Philadelphia ernährt hatte. Vielleicht war sie deshalb auch so schwach. Trotzdem würde sie die Einladung nicht annehmen. Sie war hier, um sich zu beschweren. Sie wollte keine Freundschaften knüpfen. »Ich muss wirklich nach Hause, schlafen, und morgen früh raus«, sagte sie und schob etwas sanfter hinterher: »Vielleicht einfach die Musik ein bisschen leiser machen.« Hatte sie wirklich eben »nach Hause« gesagt?

»Schlafen Sie gut«, rief ihr eine der Frauen hinterher und lachte. Okay, Karmens Verabschiedungs-Floskel aus der »Sonntalknacht«. Die Hippieweiber kannten sie offenbar doch – oder hatten mittlerweile gegoogelt.

Natürlich ärgerte sie sich auf dem Rückweg über ihr Verhalten. Wo war ihre ganze scheiß Wut geblieben? Immerhin hatten die Hippies versprochen, die Musik sofort abzudrehen und sie eingeladen, in den nächsten Tagen doch mal im Hof auf ein »Teechen« vorbeizuschauen. Der Junge mit den Zähnen, genau: Elias, hatte dazu wieder gegrinst und gemeint, er würde am Cidre-Rezept noch arbeiten, nach ihrer harten Kritik. Dabei hatte sie nicht einmal von dem Zeug gekostet. Selbst gebackenes Brot, Teechen, Cidre, von wegen. Been there, done that!

Karmen war froh, dass die Haustür unversperrt war. Sonst hätte sie noch mal durch den Garten und durch die Terrassentür ins Haus gemusst. Im Flur wäre sie beinahe über den Rollkoffer gestolpert. Einen Moment lang erwog sie, ihn gleich jetzt mit in die Wohnung hinaufzunehmen, verschob das Projekt dann aber auf den nächsten Tag. Morgen, ja morgen, würde sie endlich mal ihre Klamotten auspacken, den Inhalt ihrer Kosmetiktasche im Bad ausbreiten. »Morgen«, entfuhr es ihr und sie erschrak, ihre Stimme zu hören. Sie sah auf ihr iPhone, das sie auf dem Nachtkästchen neben ihrem Bett hatte liegen lassen, um den Akku aufzuladen. Es war kurz nach halb vier, es war bereits morgen. »Morgen ist erst, wenn man geschlafen hat«, hatte ihr Vater immer gesagt. Der nächtliche Ausflug hatte sie erschöpft. Sie ging zurück ins Bett, schloss die Augen.

Nebenan im Wohnzimmer gab der Videorekorder ein lautes Klacken von sich. Der Kassettenschlitz öffnete sich, das Gerät warf die mit Rauschen überspielte VHS-Kassette aus und schaltete auf Standby. Da schlief Karmen bereits wie ein Stein.

Pause

Sie wachte auf von einem lauten Geräusch, das diesmal nicht von draußen kam. Unten im Haus musste etwas heruntergefallen sein. Karmen hörte ein Rumpeln, Schritte. Schnell zog sie sich den rosa Bademantel über, holte eines der Jagdgewehre aus dem unversperrten Waffenschrank im Arbeitszimmer und ging hinunter. Die Haustür stand einen Spalt offen, womöglich hatte sie nach ihrem nächtlichen Ausflug vergessen, sie zu schließen. Auch wenn es gegen das ungeschriebene Gesetz des Dorflebens wäre: Sie musste sich endlich angewöhnen, abzusperren. Zumindest nachts. Die Geräusche kamen aus dem Keller. Schon von der Treppe aus sah Karmen eine Frau in der Waschküche stehen, die an der Waschmaschine herumfuhrwerkte. Kurz nahm sie die Waffe hoch, fand es dann aber doch unpassend, sich wie Calamity Jane aufzuführen. Die Frau in der Waschküche war ein Eindringling, das schon. Aber sie schien harmlos zu sein. Langsam näherte sie sich der Waschküche und versuchte dabei, kein Geräusch zu machen. Die Frau war etwas älter als sie, auch ein bisschen kräftiger und trug einen ärmellosen blauen Overall und – na klar! – Gesundheitssandalen. Das hennarot gefärbte Haar hatte sie zu einem Dutt gebunden, was ihr etwas Fröhliches gab. Sie war so mit der Waschmaschine beschäftigt, dass sie Karmen erst bemerkte, als die sich räusperte.

Die Frau erschrak keinesfalls. Als ob sie mitten in einer Unterhaltung wären, fing sie ansatzlos zu reden an und plapperte wie ein Wasserfall. »Weißt du, wie man hier Kochwäsche macht, aber eben auf Energiesparmodus? Das Teil scheint ja uralt zu sein, Steinzeit, wo lässt sich denn da was programmieren? Wie alt ist die Maschine? Zwanzig, dreißig Jahre, da ist ja alles noch mechanisch, keine Platine.« Ihr Gesicht sah grundzufrieden aus und trotz der Tatsache, dass es gerade technische Probleme gab, schien sie die Ruhe wegzuhaben.

Kochwäsche? Karmen hatte noch nie im Leben eine Waschmaschine bedient, woher sollte sie das wissen. Sie war unsanft geweckt worden und hatte noch keinen Kaffee gehabt. »Keine Ahnung. Was machen Sie da eigentlich?«

»Wonach sieht es denn aus?« Die Hennatante hatte bereits die Trommel mit weißen Sachen vollgestopft. Ihr ruhiger, freundschaftlich-heiterer Tonfall hatte fast etwas Beängstigendes.

»Nach Hausfriedensbruch.« Karmen versuchte, ruhig zu bleiben. Unauffällig versteckte sie das Gewehr hinter ihrem Rücken. »Das ist mein Haus, meine Waschküche und folglich auch meine Waschmaschine. Es reicht. Ich rufe die Polizei.« Als ob es im Umkreis von dreißig Kilometern eine Polizeistation gäbe.

»Papperlapapp«, machte die Frau und lachte fröhlich. »Wir haben doch kein Privateigentum, alles gehört allen, schon vergessen?«

Das wurde ja immer besser. Offenbar war Karmen von diesen Leuten, diesen strunzdummen Gemeinschafts-Hippies, über Nacht enteignet worden. »Die Waschmaschine drüben im alten Schulhaus gerät gerade an ihre Grenzen und im Plenum haben sie doch neulich gesagt, dass wir ruhig auch hier waschen können, weil das Ganze sowieso demnächst die Versorgungszentrale für alle wird.«

»Die was?« Karmen war etwas aus dem Training, hatte wenig geredet in den letzten Tagen und ihre sonst so sonore

Stimme klang plötzlich unangenehm kehlig. Sie räusperte sich noch mal. »Was soll das bedeuten?«

»Das Zentrale Versorgungs-Unit, Zett Vau Uh.«

El Em Ah Ah, dachte Karmen. Die Hennafrau hantierte am Bedienfeld der Waschmaschine herum und sie nutzte die Gelegenheit, die Flinte hinter der Waschküchentür verschwinden zu lassen.

»Na, wir kaufen doch dein Haus, deinen Garten und auch deine Waschmaschine. Wir kaufen das alles hier. Die alte Praxis wird zur Krankenstation, in die Wohnung kommen Yoga- und Massageräume, beim Pool am Waldrand wird eine Sauna gebaut und hier unten ist dann die Gemeinschaftswaschküche. Waschen und Wellness – toll oder?«

»Ganz fantastisch.« Langsam wurde es Karmen zu bunt. Noch gehörte das Haus schließlich ihr. »Hallo, Sie kommen einfach hierher, um hier Ihre dreckigen Unterhosen zu waschen. Das ist mein Eigentum!« Sie war inzwischen auf die Waschmaschine gesprungen, hockte oben drauf wie eine Art King Kong im rosa Bademantel auf dem Empire State Building und trommelte beim letzten Wort mit den Händen ziemlich energisch auf dem Bedienfeld herum. Ei. Gen. Tum. Die Maschine setzte sich plötzlich in Gang.

»Geht ja«, sagte die Frau zufrieden. Sie streckte Karmen die Hand hin. »Danke für deine Hilfe. Ich bin übrigens die Hanna. Und da sind mehr als nur meine dreckigen Unterhosen drin.« Sie deutete auf das gläserne Bullauge, hinter dem sich weiße Wäsche zu drehen begann.

Ja, genau, Hanna, dachte Karmen, so siehst du auch aus. Unwillig reichte sie Henna-Hanna die Hand und brummte ihren Namen. Plötzlich fielen ihr wieder die waschenden Hippieweiber aus den Achtzigern ein, die sie damals mit Petra gefilmt hatte. »Okay, ausnahmsweise dürfen Sie meine

Waschmaschine benutzen. Solange Sie keine Kastanien hineinschaufeln.«

»Kastanien?« Henna-Hanna schien keine Ahnung zu haben.

»Na, zum Wäschewaschen, statt Waschpulver. Sie waschen doch mit Kastanien, oder?«

»Nein. Ich habe Ariel.«

»Das klingt ja ausgesprochen öko.«

»Dafür wird's sauber. Offiziell dürfen wir natürlich kein Ariel benutzen. Aus Umweltschutzgründen. Noch ein Grund, es hier bei dir zu tun. Heimlich.«

»Nicht nur sauber, sondern rein.« Manchmal hatte Karmen so was wie Stehsatz-Tourette, Slogans, die irgendwo abgespeichert waren, mussten plötzlich raus, und dann war es ihr peinlich. Ein paar Tage Landleben und sie klang schon wie eine biedere Hausfrau aus dem Werbefernsehen, sie, die ausgezeichnete Fernsehjournalistin. Das machte das Dorf mit ihr. »Keine Ahnung, wo der bescheuerte Werbespruch herkam«, sagte sie schließlich und schaute verlegen.

»Aus den Siebzigern.«

»Und woher kommen Sie?«

»Vom Mars. Und jetzt könntest du mich auf einen Kaffee einladen.«

Henna-Hanna war offenbar eine ganz Lustige. Lud sich selbst ein. Zur Kundschaft musste man immer scheißfreundlich sein, erinnerte sich Karmen an die Strategie ihrer Mutter im Umgang mit den Dörflern. Als Henna-Hanna zwei Stunden später mit einem Korb voll feuchter Weißwäsche das Haus wieder verließ, war Karmen zwar ein klein wenig genervt, wusste aber alles von ihr. Vor allem, dass Henna-Hanna eine sehr laute Lache besaß. Ursprünglich war sie IT-Expertin gewesen oder so was, hatte bei einem großen

Konzern gearbeitet und war vor ein paar Jahren ausgestiegen und aufs Dorf gezogen. In dieser dubiosen Gemeinschaft war sie jetzt tatsächlich fürs Wäschewaschen zuständig. Sie wusch für alle und hatte seltsamerweise auch noch Spaß dran, die dreckigen Sachen ihrer Freundinnen und Freunde zu waschen. Was Karmen mit einem verächtlichen Zucken der Mundwinkel kommentiert hatte. Wie konnte man nur eine super Karriere aufgeben für so was. Zusätzlich interessierte sich Hanna fürs Imkern.

»Oben am Waldrand habe ich ein paar Bienenstöcke«, hatte Henna-Hanna gesagt und Karmen gleich eingeladen, ihr doch mal beim Arbeiten zuzuschauen und den Honig zu kosten. »Oder du besuchst mich mal bei mir im Wagen, auf ein Kaffeechen.« Bienen statt IT, Wohnwagen statt Wohnung – Karmen hatte weitere Fragen lieber seinlassen. Sie hatte bloß gelacht, sich über die Verschrobenheit gewundert und war erleichtert gewesen, dass diese verrückte Honey-Henna-Hanna ihre Kollektivwäsche weder auf ihrer Terrasse zum Trocknen aufhängen wollte noch weiter waschen musste, sondern wieder verschwunden war. Den Wäschekorb zog sie auf einem Leiterwagen hinter sich her.

Der Müll in der Küche roch mittlerweile wirklich unangenehm. Entweder war ihre Besucherin unempfindlich oder sie hatte aus Höflichkeit geschwiegen. Wobei, dachte Karmen, so direkt wie die Alte ist, hätte sie sicher was gesagt. Jedenfalls fischte sie den Müllbeutel mit den ganzen weggeschmissenen Lebensmitteln der vergangenen Tage aus dem Kübel, hielt die Luft an und trug ihn die Treppe hinunter. Aus dem Sack tropfte klebrige Flüssigkeit. Als sie vors Haus trat und sich umsah, irgendwo musste es doch einen Müllcontainer geben, standen die beiden schwarzen Hunde, die sie bereits nachts beim Feuer gesehen hatte, vor der Tür und wedelten.

»Habe ich schon erwähnt, dass ich Hunde eklig finde«, fragte sie patzig und bekam als Antwort ein freundliches Bellen. Sie hatten nie Tiere gehabt, weder Hunde noch Katzen. Ihr Arzt-Vater fand Haustiere unhygienisch und Karmen war keines dieser Quengelkinder, die so lange jammern, bis endlich ein Welpe oder ein süßes Katzenbaby angeschafft wurde. Auch kein Kaninchen hätte sie haben wollen. Es gab im Dorf ohnehin genug Viecher und Karmen interessierte sich für Tiere ebenso wenig wie für den Rest der Natur. Und nun sprach sie mit diesen beiden Kötern, als wären sie Menschen.

»Ihr seid alle so aufdringlich. Lasst mich einfach in Ruhe.«

Die beiden Hunde hatten sich direkt vor sie hingesetzt und blickten sie neugierig an. Karmen glaubte, dass es Schäferhund-Mischlinge waren, einer klein und dick, einer größer und dünn. Der kleine Dicke legte den Kopf schief, was Karmen überraschenderweise niedlich fand.

»Wisst ihr was? Ihr seid genauso aufdringlich wie eure Besitzer. Aber wahrscheinlich gehört ihr gar niemandem. Was hat Honey-Henna-Hanna vorhin gesagt? ›Wir haben doch kein Eigentum.‹ Klar, ihr gehört sicher auch nur euch selbst. Ihr Hippies seid so was von gaga.«

Die Hunde sprangen wieder auf, wedelten mit ihren Schwänzen und schauten sie aufmunternd an. Möglicherweise war »gaga« ja ein Reizwort.

»So wie ich. Ga-ga.« Diesmal betonte sie das Wort extra deutlich, um zu prüfen, ob der kleine Dicke den Kopf wieder schief legen würde. »Ich gehöre nämlich auch niemandem. Nie-man-dem. Wie heißt ihr denn?« Fast hätte sie laut aufgelacht. Menschen, die mit ihren Tieren sprachen, hatte sie immer spooky gefunden und nun erwartete sie selbst hier von Dick und Doof geistreiche Antworten. »Was ist? Geht nach Hause. Haut endlich ab und lasst mich in Ruhe.«

Der größere der beiden Hunde schnupperte neugierig an dem Müllbeutel in ihrer Hand.

»Wenn ich den Müll jetzt hier im Freien liegen lasse, geht ihr da sicher dran, oder?«

Schon wieder eine Frage. Der große Neugierige legte den Kopf schief.

»Das würde dir so passen, gell?« Karmen fand keinen Müllcontainer. Vielleicht in der Garage – sie würde doch Petra anrufen müssen. Nach einem weiteren vergeblichen Versuch, die beiden Hunde davon zu überzeugen, dass es, erstens, bei ihr kein Futter zu holen gab, und sie, zweitens, hundemäßig desinteressiert war, trug sie den stinkenden und tropfenden Müllbeutel wieder zurück ins Haus und warf ihn schließlich in den Papierkorb unten im Wartezimmer, in dem schon die Illustrierte mit ihrem verwischten Coverfoto lag. Wenn sie mit dem Entsorgen weiter so erfolgreich vorankäme, wäre sie in einem Jahr immer noch im Dorf.

Oben in der Wohnung fiel ihr ein, dass sie ja eigentlich mal ihr Gepäck hätte raufholen können. Egal, würde sie später machen. Sie plante, den heutigen Tag nicht in Unterwäsche und Bademantel zu verbringen.

Unter der Dusche fiel ihr ein, dass sie kein Duschgel dahatte, ihr Kosmetikzeug war ja noch im Koffer. Kurzerhand nahm sie ein eingetrocknetes Stück Kernseife, das sie auf der Ablage fand, wusch sich damit Körper und Kopf und sang laut eine Werbemelodie, die ihr plötzlich durch den Kopf ging: »Schönes Haar ist dir gegeben, lass es leben mit Gaard.« Anschließend rieb sie sich mit einem weichgespülten gallegrünen Badetuch trocken, das ihr noch aus

Kindertagen vertraut war. Im Kleiderschrank im Kinderzimmer fand sie auch etwas zum Anziehen. Eine geblümte Mädchenunterhose, Jeans und ein ausgeleiertes T-Shirt. Die Klamotten hatte sie getragen, bis kurz bevor sie zum Studium in die Stadt gegangen war, und sie wunderte sich, wie gut sie noch passten. »Wir haben die Erde von unseren Kindern nur geborgt«, stand auf dem Shirt.

Sie betrachtete sich im Spiegel im Flur. Es sah aus, als hätte man mit Photoshop ihr Gesicht von heute in ein Bild von 1987 montiert. Kleidung, Umgebung, alles wie damals, aber das war ja sie und es fühlte sich sogar gut an. Sie musste unbedingt für Haiko ein Foto machen und es ihm schicken, ihm berichten, dass sie mittlerweile Gespräche mit penetranten Hunden und Hippieweibern führte und T-Shirts mit Indianersprüchen trug.

Karmens ansatzweise gute Laune verschlechterte sich schlagartig, als sie auf der Suche nach ihrem iPhone auf der Anrichte in der Küche einen frisch gebackenen Gugelhupf entdeckte. Vorhin, als sie mit Henna-Hanna Kaffee getrunken hatte, hatte da noch kein Gugelhupf gestanden. Den musste irgendwer gebracht haben, während sie unter der Dusche gestanden hatte. Sie schaute die Treppe runter, blickte aus dem Fenster, da war niemand.

»Ich habe das nicht bestellt. Lasst mich endlich in Ruhe«, brüllte sie den Kuchen in ihrer Hand an und trat mit aller Kraft auf das Pedal des Mülleimers, dass der Deckel nur so aufsprang. Als sie den kompletten Gugelhupf in den Eimer pfeffern wollte, realisierte sie, dass noch kein neuer Müllbeutel drin war. Außerdem roch der Kuchen so verführerisch, dass sie den Teller wieder vorsichtig zurück auf die Anrichte stellte. Sie betrachtete den Gugelhupf. Nein, sie würde unbestechlich bleiben. Sie brauchte keine Freunde hier. Schließlich fand sie eine Rolle mit Müllbeuteln und gab einen in den Kübel. Der Kuchen sah gut aus, perfekt mit Puderzucker überzuckert. Wie vom Szenebäcker in der Stadt. War Haiko unangemeldet gekommen und hatte das Gebäck gebracht? Nein, er hätte sich angekündigt. Außerdem hatte Karmen ihm verboten, sie im Dorf zu besuchen.

Der Kuchen war sicher ein Bestechungsgeschenk von den Hippies. Weg damit!

Nach einem weiteren vergeblichen Anlauf, den Gugelhupf zu entsorgen, holte sie aus der Schublade ein Messer, schnitt sich ein großes Stück ab und biss hinein. Die Welt um sie herum drehte sich plötzlich noch langsamer, als sie sich seit ein paar Tagen ohnehin schon drehte. Wann hatte sie zuletzt so etwas Gutes gegessen? Frisch gebacken, fluffig, mit Rosinen und Mandelstückchen. Karmen schmeckte Zitronenaroma, echte Vanille, nahm noch einen Bissen und noch einen, kaute, genoss. Sie wurde ganz und gar eins mit diesem blöden Gugelhupf.

Wer hatte das gebacken und ihr gebracht? Womöglich wollte man sie ja auch vergiften. Okay, aber das hier war kein lächerlicher Regionalkrimi. Karmen beschloss, dass es einfach eine nette Geste war, basta.

»Eine Lakritzschnecke, drei Schaumerdbeeren und fünf Stork-Karamell.« Karmen liebt den Besuch im Bäckerladen. Und sie liebt es, zu bestellen. Eigentlich sollte sie nur Brot besorgen, Graubrot, und sie hat den leisen Verdacht, dass ihre Mutter sie nur ins Dorf geschickt hat, um eine halbe Stunde Ruhe zu haben. Ruhe vor dem wissbegierigen Kind, das ständig Fragen stellt. Warum heißt das Brot eigentlich Graubrot, es ist doch gar nicht grau! Beim Bezahlen muss Karmen sich auf die Zehenspitzen stellen, um das Geld auf die gläserne Theke zu legen, nimmt das Rausgeld entgegen, klemmt sich das frische, noch leicht warme Brot, das die Bäckersfrau locker in Papier eingeschlagen hat, unter den Arm, verstaut ihre privaten Einkäufe in der Tasche ihres Kleides aus dottergelbem Cord und macht sich auf den Heimweg. Die Süßigkeiten wird sie nachher in ihrem Zimmer naschen. Schnell wieder heim jetzt. Wie gut das Brot unter ihrem Arm duftet. Sie geht neben der Straße auf dem Streifen Gras, kickt dabei den verblühten Löwenzahn, dass die Samen nur so fliegen. Immer wieder beugt sie ihren Kopf, hält ihre Nase ganz nah an das warme duftende Brot. Abbeißen. Wie wäre es, wenn sie jetzt abbeißen würde? Ihre Mutter würde sicher schimpfen. Ob sie nicht hätte warten können, bis sie zu Hause war. Wie die Barbaren! Als ob Mäuse dran geknabbert hätten. Und später hast du wieder keinen Hunger mehr. Schließlich hält Karmen es nicht mehr aus. Im dottergelben Kleid steht das Kind im grünen Gras und macht etwas Verbotenes. Sie beißt vom Brot ab, das sie doch hätte heil nach Hause bringen sollen. Kaut, schluckt, nimmt noch einen Bissen und noch einen. Sie frisst das halbe Brot auf. Weil es so gut schmeckt. Aber auch extra, um ihre Mutter zu ärgern.

Unten ging die Haustür. Schon wieder ein unangekündigter Gast. Oder doch Haiko? Plötzlich tat es ihr leid, dass sie die Flinte in der Waschküche hatte stehen lassen, und sie überlegte, ob sie ein anderes Jagdgewehr aus dem Waffenschrank holen sollte, bevor sie hinunter ging und nachsah. Bloß so zur Abschreckung. Schnell wischte sie sich die Kuchenreste aus dem Gesicht, kickte mit dem Fuß ein paar Krümel zur Seite und ging nachsehen, wer diesmal unten im Eingangsbereich auf sie wartete.

Weit musste sie allerdings nicht gehen, ein Mann in einer blau-gelben Post-Uniform kam ihr auf halbem Weg entgegen. »Grias di, die Klingel is hi.«

Es gab also wirklich eine Türglocke. Karmen hatte es vergessen. »Und dann kommen Sie einfach so herein? Ich hätte noch im Bademantel sein können.«

»Um de Zeit?«

Karmen sah auf ihr Handy. Okay, schon fast Mittag. »Auch wieder wahr«, brummte sie, froh, heute zumindest halbwegs angezogen zu sein.

»Du, Karmen, i hab a Einschreim für di.«

»Ich wohne hier gar nicht offiziell.« Wieso wurde sie eigentlich von allen geduzt? Der Mann war ihr unbekannt. Er war ungefähr gleich alt, hatte eine Halbglatze, einen roten Kopf vom Treppensteigen und sprach den fürchterlichen Dialekt der Gegend. Wahrscheinlich waren sie damals zusammen zur Volksschule gegangen. Oder er war als Patient ihres Vaters oft im Haus gewesen, keine Ahnung.

Der Mann hielt ihr ein elektronisches Gerät hin. »Hier musst unterschreim. Geht mit die Finga a.« Der Brief von einer Rechtsanwaltskanzlei war tatsächlich an sie adressiert. Wer außer Haiko wusste, wo sie sich gerade aufhielt? Heppenkohn und Partner. Sie erinnerte sich, dass sie von diesen Anwälten bereits einmal ein Einschreiben bekommen hatte, unterschrieb und schaute den Postmann auffordernd an, nun könne er ja wieder gehen. Der jedoch sah so aus, als würde er noch auf etwas warten. Musste sie ihm womöglich Trinkgeld geben oder was?

»Was denn noch?«

»Sie sagn, du wärst da wegen der Sekte.«

»Ich? Was? Welche Sekte?«

Er deutete auf ihr ausgewaschenes Hopi-Indianerspruch-Shirt. »Na, die Hippies, die mit ihrerna Kolchosen das ganze Dorf z'amkaufn. Bist jetzt auch eine von denen, die die Erde von ihren Kindern nur geborgt haben?« Er lachte. »Hast überhaupt welche?«

»Was?«

»Kinda!«

Karmens Verwandlung hatte offenbar schon begonnen. »Sekte, das ist doch keine Sekte«, sagte sie beschwichtigend und war über sich selbst erstaunt, dass sie plötzlich die Dorf-Hippies verteidigte. Sie schob ihn die Treppe hinunter. »Und Kolchose, wissen Sie überhaupt, was das ist? Die Leute sind eine, äh, Gemeinschaft, ökonomisch. Also, äh, wirtschaftlich.«

»Ökos, sag i ja. Und du g'hörst zu de?«

Sie schob den Mann weiter Richtung Tür und fuchtelte mit dem Anwaltsschreiben. »Nein. Aber vielleicht kaufen sie ja auch noch mein Haus zusammen.«

Er schien sich mit ihrer Antwort zufriedenzugeben. »Ach so. Jetzt, wo'st wieder da bist – mach ma mal was z'amm? I kann da auch helfen, dei Haus zu flick'n.«

Das fehlte gerade noch. Draußen drückte er mehrfach energisch auf den Klingelknopf. »Siehst«, sagte er, »alles ist hi. Die Leitungen san uralt. Würd mich ned wundern, wenn der ganze Laden demnächst in d'Luft fliegt.« Er betätigte noch ein paarmal den Schalter. Tatsächlich machte die Klingel keinen Mucks. Karmen würde sie nicht erneuern. Oder die Leitungen überprüfen lassen. Aber sie sollte wirklich die Haustür absperren. Der Postbote sah sie noch mal auffordernd an, zwinkerte linkisch mit einem Auge – war das jetzt ein Angebot? –, verstaute das Post-Tablet in der Satteltasche an seinem gelben Fahrrad. Dann schwang er sich betont lässig in den Sattel und fuhr davon.

Sie sank auf die Holzbank vorm Eingang, dort, wo früher die Angehörigen der Patienten rauchend auf ihre Leute gewartet hatten. Die Bank war alt und ächzte ein wenig unter ihrem Gewicht, was Karmen fast noch unverschämter fand als das Zwinkern des Postlers eben. Genau, jetzt fiel es ihr wieder ein, sein Name war Mauro, Italiener, er war damals das einzige Gastarbeiterkind im Ort gewesen. Karmen wunderte sich, dass sie ihn nicht gleich erkannt hatte. Vom Außenseiter zum superintegrierten Landei, schon eine erstaunliche Karriere. Mauro war wahrscheinlich der Einzige im Dorf, der noch breitesten Dialekt sprach.

Sie öffnete das Briefkuvert. Wie erwartet ging es um ein Kaufangebot fürs Haus, die Dorfgemeinschaft wollte es erwerben und bot ihr schon wieder viel zu wenig Geld; immerhin schon ein bisschen mehr als beim letzten Mal. Sie steckte das Schreiben zurück ins Kuvert, faltete es zusammen, erhob sich und steckte es in die Gesäßtasche ihrer Teenagerjeans. Sie musste zurück ins Haus, sollte endlich was tun, obwohl sie gerne noch ein bisschen draußen geblieben wäre. Es war so schön, ein paar Wolken am blauen Himmel, ein mildes Lüftchen ging. Aber sie hatte hier schließlich eine Mission zu erfüllen. Und in der Ferne sah sie eine Gestalt, die sich mit schnellen, schwebenden Schritten winkend auf sie zubewegte. Bitte jetzt keinen Besuch mehr, dachte Karmen und ging schnell wieder hinein, zog die Tür hinter sich zu, fand dann aber blöderweise keinen Schlüssel. Sie könnte einen Sessel aus dem Wartezimmer holen und ihn unter die Türklinke schieben. Da wurde die Tür schon wieder aufgerissen und eine der Frauen, die Karmen nachts beim Feuer schon gesehen hatte, stand im Vorzimmer. Ihrem Outfit nach war sie gerade auf dem Weg, einen Fünftausender zu besteigen. Functional-Klamotten in schreienden Farben.

Aber in den Händen hielt sie keine Nordic-Walking-Stöcke, sondern ein Bündel mit erdverschmierten Karotten.

»Ich weiß doch, dass du da bist.«

»Nein, es ist niemand zu Hause«, sagte Karmen bestimmt. Diese Leute hatten es echt auf sie abgesehen.

»Ich wollte mich bloß für den Lärm heute Nacht entschuldigen. Ganz frisch vom Feld!« Wie einen Blumenstrauß hielt die Frau ihr das Bündel Karotten hin. Ein Klumpen Erde fiel auf den glänzenden Terrazzoboden im Eingangsbereich.

»Nein, stopp, Sie machen ja alles schmutzig.« Da Karmen keine Anstalten machte, das Geschenk entgegenzunehmen, legte die Frau die Karotten einfach auf eine Stufe, wobei dann gleich noch mehr Erde zu Boden fiel.

Die Frau sah zur Wohnung hinauf. »Ich bin ja schon so neugierig, wie das hier alles so ausschaut. Darf ich mir die Yogaräume oben mal ansehen?«

»Sorry, aber heute ist der Museumsbereich leider geschlossen.«

»Und hier unten ist dann die Praxis …«

Die Enteignung kam offenbar mit ganz großen Schritten und hatte Dreck an den Sohlen: Die Frau schwebte ins Wartezimmer und verteilte mit den Schuhen noch mehr Schmutz im Haus. Eklig, die Erde überall. Würde sie später wegputzen müssen. Karmen wurde jetzt etwas lauter. »Hier unten war die Praxis. Gehen Sie bitte, ich habe zu tun. Wer sind Sie überhaupt?«

»Oh, sorry, tut mir leid. Ich bin Erdmuth. Ich arbeite im Gemüseanbau.«

»Das sieht man. Schön, Sie kennenzulernen. Gehen Sie jetzt.«

»Wie riecht es denn hier?«

»Nach Benzin, Müll und Dreck.« Karmen tat so, als wäre der Gestank im Wartezimmer ganz normal. Erdmuth schien sich sowieso nicht weiter dafür zu interessieren. »Ich muss dann auch wieder. Lass dir die Karotten schmecken. Karmen, oder? Die sind schön frisch, Karmen. Waren bis gerade eben noch in der Erde drin und haben geschlummert. Und sorry nochmal für heute Nacht.«

Wenn mich jetzt jemand sehen könnte, dachte Karmen, als sie ungelenk mit einem Handfeger Erdmuths Hinterlassenschaft zusammenkehrte wie Meister Proper. Meister Proper putzt so sauber, dass man sich drin spiegeln kann … Sie und putzen! Das wäre eine Homestory: Der ehemalige Fernsehstar beim Saubermachen. In dem Moment vibrierte ihr iPhone, das sie in die viel zu kleine Hosentasche gestopft hatte. Sie legte den Handbesen zur Seite und schälte ihr Handy umständlich aus der Jeans. Haiko hatte eine kryptische SMS geschickt: »Du wirst zum Verkauf angeboten. Soll ich dich kaufen?«

»Hä?«, schrieb Karmen zurück mit einem Ratlos-Emoji. Oh Gott, jetzt begann sie auch noch, Emojis zu verwenden.

»Okay. Im Wachsfigurenkabinett haben sie deine Figur aus der Sammlung genommen und die kann man jetzt kaufen. Steht auf der Homepage.« Haiko schickte den Link mit. Sie erinnerte sich noch gut an die Veranstaltung vor ein paar Jahren, als ihre Figur präsentiert wurde. Man hatte sie abfotografiert, abgemessen, Hautton und Haarfarbe bestimmt und eines ihrer Kleider von der Bambi-Verleihung nachgeschneidert. Die Präsentation war ein großer Rummel gewesen mit Ansprachen und Gala-Dinner und Karmen hatte es auch ein wenig unangenehm gefunden, nun als Wachsfigur zwischen Thomas Gottschalk und Peter Alexander zu stehen. Das

Netz war immer noch weg und so ließ sich Karmen per SMS berichten, was auf der Homepage zu lesen war. Das Wachsfigurenkabinett würde sich aus Platzgründen von der »TV-Moderatorin« – Frechheit, sie hätten wenigstens ihren Namen dazuschreiben können – trennen und verkaufte an den Höchstbietenden, Angebote bitte an blablabla. Karmens Stimmung schwankte zwischen Wut und Amüsement. Das ging schnell, dachte sie und schrieb Haiko, er solle sich unterstehen, da mitzubieten, »obwohl es eigentlich ganz praktisch wär, diese Karmen-Puppe hier im Haus zu haben. Die könnte den Besuch empfangen.«

»Welchen Besuch?«

»Ach, dauernd kommen Leute vorbei und bringen irgendwas.«

»Was?«

»Karotten, Kuchen, Essen halt. Die glauben, ich verhungere.«

»Du wehrst dich hoffentlich.«

»Bin bis an die Zähne bewaffnet.« Karmen legte das iPhone zu den Karotten auf die Stiege, brachte Besen und Kehrblech wieder in die Waschküche hinunter und nahm bei der Gelegenheit auch gleich das Jagdgewehr wieder mit hoch, das dort seit Henna-Hannas Besuch noch immer hinter der Tür lehnte. Haiko hatte keine Antwort mehr geschickt.

Die nächsten Stunden verbrachte sie damit, die Bücher im Wohnzimmer in Kartons zu verpacken. Die Arbeit ging ihr fürchterlich auf die Nerven. Warum verpackte sie den ganzen Kram überhaupt? Sie würde ohnehin alles entsorgen müssen und sie traf auch keine Auswahl, hatte keine Ahnung, was man vielleicht doch noch gebrauchen oder verkaufen könnte. Romane, Sachbücher, Reiseführer, Nippes, Souvenirs – alles verschwand in den Kartons. Bis auf die Musikanlage und den alten VCR war das Regal bald leer. Zwischendurch, als Belohnung, holte sie sich aus der Küche ein Stück vom Gugelhupf. Sie wusch, obwohl ihr vor der Erde grauste, die Karotten, biss in eine hinein und fand das Geräusch, das sie dabei machte, lustig. Die frischen Karotten schmeckten wirklich gut. So gut, dass sie das ganze Bündel verspeiste. Bis auf das Geräusch, das ihre Karottenbisse machte, war es ganz still in der Wohnung. Sie hatte überlegt, noch mal zu versuchen, die Hi-Fi-Anlage in Gang zu setzen, um bei der Arbeit Musik zu hören, sich dann aber dagegen entschieden. Sie wollte einfach nur ihre Ruhe haben.

Am späteren Nachmittag hatte Karmen einen weiteren Calamity-Jane-Moment. Von draußen kam wieder dieses seltsame Surren. Genau das gleiche seltsame Geräusch wie vor ein paar Tagen. Karmen lief hinaus auf die Terrasse. Schließlich entdeckte sie, dass etwa zehn Meter über ihrem Kopf eine Drohne schwebte, so ein schwarzer Mini-Hubschrauber mit kleinen Propellern. In einer der letzten Sendungen von »Sonntalknacht« war es um Drohnen gegangen, Pro und Contra, aus diesem Grund erkannte sie jetzt das Gerät mit der Kamera unten dran. Die aufdringlichen Deppen von dieser Arschlochgemeinschaft sollten sie einfach in Ruhe lassen. Falls sie überhaupt dahintersteckten. Womöglich wollte da auch jemand Paparazzi-Aufnahmen von ihr machen und an die »Gala« oder so weitergeben. Allerdings wusste niemand, wo sie sich aufhielt. Außerdem wurde ja offenbar gerade ihre Wachsfigur entsorgt, es gab kein öffentliches Interesse mehr an ihrer Person. Das Surren wurde lauter und bedrohlicher. Die Drohne näherte sich Karmen und sie machte mit der Hand eine Abwehrbewegung, als würde sie danach schlagen wollen wie nach einem sehr großen Insekt. Schließlich stieg das Ding wieder ein wenig höher. Plötzlich hatte sie eine

Idee. Sie holte das Jagdgewehr aus dem Arbeitszimmer, entsicherte, zielte und schoss. Einmal, zweimal, noch einmal. Vom Wald her schallte das Echo: Peng! Peng! Peng! Seit Jahrzehnten hatte sie keinen Schuss mehr abgegeben, war ungeübt im Umgang mit der Waffe und hatte das Teil verfehlt. Trotzdem entfernte sich die Drohne nun, flog erst ein Stück Richtung Wald und dann ins Dorf zurück. Karmen ärgerte sich und beschloss, als nächstes Projekt Schießübungen zu machen.

Peng! macht die Steyr Kaliber 7x64, die »siebenvierundsechziger Steyr«, wie Karmens Vater immer sagt. Peng! Peng! kommt das Echo aus dem Wald zurück und eine Patronenhülse fällt mit einem metallischen Geräusch auf den Holzboden des Hochsitzes. Es ist ein früher Maimorgen, ein paar Nebelwolken ziehen noch über das hohe Gras, gerade geht die Sonne auf. Karmen will sofort sehen, ob sie tatsächlich getroffen hat. Sie klettert die paar Sprossen runter vom Hochsitz, rennt durchs nasse Gras zu der Stelle, wo gerade noch das Reh stand, das sie so lange durch das Zielfernrohr beobachtet hat. Seit Monaten hat sie brav Schießübungen gemacht, hat die Schießscheibe immer besser getroffen, die ihr Vater an einem Baum hinterm Haus festgemacht hat, ist sicher geworden im Umgang mit der Waffe. Sie hat ihren Vater ins Revier begleitet, still zugeschaut, wie er das anstellt mit dem Jagen. Stundenlang hat das Kind neben ihm gesessen, ohne einen Mucks von sich zu geben. Er hat kein Wort gesagt und sie hat ihn doch verstanden, wenn er Gesten machte, deutete, zeigte. Heute sind sie ganz früh losgegangen. Es war zu kalt für die Jahreszeit und zu feucht, man hat ihren Atem sehen können, der wie Sprechblasen vor ihren Mündern hing. Gesprochen haben sie nicht. Aber Karmen war ganz feierlich zumute. Heute ist endlich der große Tag. Der Tag, an dem sie ihr erstes Reh erlegt. Peng! Peng! Peng!

Lang vor ihm ist Karmen bei dem toten Tier, das da neben jungem Farn auf dem Boden liegt und gar nicht so tot ausschaut. Eher wirkt es so, als würde das Reh bloß schlafen, gleich aufwachen, sie entdecken mit großen Bambi-Augen anstarren und scheu davonrennen. Aber es steht nicht auf. Es ist tot. Wie eine Große hat Karmen das Tier drei Finger hinterm Blatt erwischt, hinter der Schulter, mitten ins Herz.

»Schießen ist das eine«, sagt der Vater, als er bei ihr ankommt. Sie sieht, dass er sehr stolz ist auf sie. »Schießen kannst du jetzt.« Heute will er seiner Tochter auch zeigen, wie man ein Reh aufbricht; da hat er sie bislang nie zuschauen lassen. »Die rote Arbeit gehört genauso zur Jagd«, sagt er. Er spricht Jägersprache und Karmen liebt es. Rote Arbeit, aufbrechen, Blatt.

Karmen besitzt jene Unvoreingenommenheit, die Kindern in ihrem Alter oft zu eigen ist. Gebannt sieht sie dem Vater dabei zu, wie er das Tier jetzt ausnimmt.

Er hat dem Reh ein Seil um die Hinterläufe gewickelt und es an einem Baum nicht weit von der Stelle entfernt aufgehängt, wo es tot zusammengebrochen war. Nun setzt er das scharfe Jagdmesser oben an, macht einen Schnitt bis zum Hals und öffnet den Brustkorb. Nachdem er ihm Hoden und Penis – er nennt es in der Sprache der Jäger Kurzwildbret – abgetrennt hat, macht er sich daran, die Bauchdecke zu öffnen und ein paar der Innereien fallen raus. Nach ein paar weiteren Schnitten lösen sich auch die restlichen Innereien, Magen, Darm, Nieren, Herz, was halt so alles in einem Reh drinnen ist, liegen auf dem Waldboden. »Für die anderen Tiere«, sagt ihr Vater und macht um den Anus des Tieres, das »Waidloch«, einen Schnitt, um den Enddarm herauszuziehen, den er vorher noch verknotet hat. Alle seine Handgriffe sind präzise, routiniert. Auch Karmen bewundert ihn dafür, was er kann.

»Zum Schluss kommt das Allerwichtigste«, sagt der Vater, schneidet dem Reh ein Ohr ab und reicht ihr den kleinen, blutverschmierten Lappen, der ganz weich ist. »Dein erster Bock.« Dann trägt er das ausgenommene Tier zum Auto und Karmen stapft ihm hinterher durch den Wald, das Ohr fest in der Hand.

»Das haben wir gut gemacht, wir zwei beide«, sagt er, als sie schließlich wieder im Citroën sitzen, das ausgenommene Wild liegt hinten im Kofferraum in einer Plastikwanne. »Wir zwei beide und die siebenvierundsechziger Steyr.«

Die sollten sie endlich in Ruhe lassen! Als Karmen am nächsten Morgen noch etwas zerknautscht mit ihrem Kaffee in einem viel zu großen, selbstgestrickten Schlabberpulli in babyblau, den sie im Kinderzimmerschrank gefunden hatte, auf der Terrasse stand, hörte sie, wie sich die Drohne schon wieder näherte. Sie hatte gut geschlafen, zum ersten Mal seit ihrer Ankunft im Dorf, und sie war überraschend zufrieden. Und jetzt wieder dieses Insektensurren … Wieso besaßen Hippies überhaupt Drohnen? Dass diese Leute glaubten, sie blieben unbemerkt, bei dem Lärm, den das Teil machte. Aber heute würde sie es einfach abknallen. Gerade wollte sie ins Haus gehen, die Flinte holen, da beobachtete Karmen, wie die Drohne über den Garten zum Pool flog, beschleunigte und mit voller Wucht in eine Fichte oben am Waldrand krachte. Kunststoff splitterte und das Ding fiel zu Boden. Na bitte, geht doch, dachte Karmen gehässig und rannte durchs hohe, noch taunasse Gras zum Pool hinauf. Dass sie dabei etwas außer Atem geriet, ärgerte sie. Langsam, aber sicher machte sich bemerkbar, dass sie seit Tagen nicht mehr trainiert hatte, sie schwächelte sowieso noch ein bisschen wegen der Sommergrippe. Oben angekommen entdeckte sie im leeren Schwimmbecken sofort das Fluggerät, ein schwarzer Kasten, etwa so groß wie ein Tetrapack. Sie kletterte die Badeleiter hinunter, vorsichtig, um nicht auszurutschen oder in eine der Brackwasserpfützen zu steigen, schnappte sich das Gerät und warf es auf eine der Waschbetonplatten am Beckenrand.

Die Drohne war erstaunlich leicht und Karmen musste an ein kleines Raumschiff aus einem Science-Fiction-Film denken. Wie so etwas überhaupt fliegen konnte. Sie hatte keine Ahnung, ob die Kamera nach dem Absturz noch aufzeichnete. Vom Pool aus zeigte sie sicherheitshalber ihren Mittelfinger Richtung Objektiv. Im selben Moment war ihr die Geste unangenehm. Was, wenn dieses Foto von ihr jetzt in die Öffentlichkeit gelangte? Ach, Quatsch, das waren alles weltfremde Ökos wie damals in den Achtzigern. Sie stieg wieder nach oben, hob die Drohne auf und betrachtete sie. »DJI Mavic Air« stand an der einen Seite, einer der Propeller war abgebrochen. Sie trug das Teil ins Haus und achtete dabei darauf, mit der einen Hand das Kameraobjektiv vorn zuzuhalten, man wusste schließlich nie.

Nachdem sie die Drohne in ein Handtuch gewickelt und mit der Büchse – sicher ist sicher – in den Waffenschrank gesperrt hatte, holte sich Karmen in der Küche noch einen Kaffee und eine Portion Gugelhupf. Es war nur noch ein kleines Stück übrig, sie war plötzlich ganz schön undiszipliniert und verfressen. Auch die kleine rote Milchkanne im Kühlschrank war schon fast leer, die Vorräte, die Petra für sie besorgt hatte, gingen ebenfalls zur Neige. Bis auf die Karotten und den Kuchen hatte sie tagelang bloß Kaffee,

Milch, Knäcke und Philadelphia zu sich genommen. Als sie gerade beschloss, dass sie sich langsam mal selbst um ihre Versorgung kümmern könnte, hörte sie Petras Stimme. Hurra, Besuch, dachte Karmen und sah nach. Diese Frau mit dem Helfersyndrom konnte wohl schon ihre Gedanken lesen. Es deutete alles darauf hin, dass die Leute hier sie in den Wahnsinn treiben wollten. Was das Fernsehen in dreißig Jahren vergeblich versucht hatte, besorgte nun das Dorf.

»Alles in Ordnung?« Petra war überraschenderweise unten vor der Praxis stehen geblieben. »Ich habe Schüsse gehört.«

»Alles gut, komm rauf, ist noch Kaffee da«, sagte Karmen und staunte über sich selbst. Hatte sie gerade Petra eingeladen, zu ihr in die Wohnung zu kommen? Sie nahm noch einen Becher aus dem Küchenschrank, schenkte den letzten Schluck Kaffee ein und stellte ihrer Jugendfreundin die fast leere Milchkanne hin.

Petra kippte den Rest in ihren Becher. »Du trinkst wohl gerne Milch.«

»Na, eigentlich hasse ich Milch. Aber hier auf dem Land schmeckt sie mir plötzlich, keine Ahnung weshalb.«

»Da müssen wir dir aber schleunigst neue besorgen.«

Wir. Petra hatte denselben bevormundenden »Wie geht's uns denn«-Tonfall, den Karmen schon an ihrem Ärzte-Vater fürchterlich fand und der sie erst neulich in der Ambulanz wieder wütend gemacht hatte. »Ich kann selbst Milch holen gehen«, sagte sie, »ich bin ja schon groß. Musst mir nur sagen wo.«

Petra lachte und deutete auf den Gugelhupf, der ausgewickelt auf der Anrichte stand. »Hast du gebacken?« Sie wusste, dass Karmen niemals Kuchen backen würde und fand ihren Witz offenbar originell.

»Ich dachte, der käme von dir, magst ein Stück?«

Petra nickte und begutachtete das Gebäck. »Ich hätte ihn ohne Rosinen gemacht und sicher auch kein Vollkornmehl verwendet. Bestimmt Dinkel. Hippies müssen immer Dinkel nehmen.«

»Ich find ihn gut. Aber warum stellen mir die Hippies einen Kuchen hin?«

»Um gute Stimmung zu machen.« Petra stopfte sich den Kuchen in den Mund und was sie nun murmelte, war kaum zu verstehen. »Also mir ist das echt zu trocken, ich hab das Gefühl, gleich zu ersticken.« Sie nahm noch einen großen Schluck Kaffee, spülte damit den restlichen Kuchen runter. Als sie wieder sprechen konnte, erklärte sie der Jugendfreundin die Lage. Die vom sogenannten Gemeinschaftsdorf, einem eingetragenen Verein, würden seit ein paar Jahren alles in der Gegend aufkaufen. Es stünde ja auch so viel leer, weil die Jungen fortgingen. Letztes Jahr hätten sie sogar drüben die alte Volksschule mit der kleinen Turnhalle gekauft und zum Gemeinschaftszentrum gemacht. »Die treffen sich ja dauernd zu irgendwelchen Besprechungen, essen zusammen zu Mittag, die haben eine richtige Gastroküche gebaut. Da steckt viel Geld drin, das sag ich dir. Aber es gehört halt alles irgendwie der Gemeinschaft. Jeder gibt so viel, wie er hat, und es geht sich gut aus. Angeblich ist da so ein etwas älterer Typ, der wahnsinnig viel Geld hat. Der ist der große Investor und der war wohl in den Achtzigern schon mal hier. Jetzt ist er mit Geld zurückgekommen. Alle geben ihr Geld für das Projekt.«

»Warum machen die das?«

»Weil sie deppert sind.« Petra lachte schallend, was bei ihrem grundverheulten Gesicht extrem sonderbar aussah. »Nein, ganz im Ernst, ich find's gut. Das war ein sterbendes Dorf und jetzt gibt's plötzlich wieder Leute und Landwirtschaft und Kinder.«

»Aber keine Schule mehr.«

»Sie werden eine neue bauen.«

»Und jetzt wollen die mein Haus.«

»Ja, das hat die Kukka erzählt.«

»Wer?«

»Mein Kind, die ist auch bei denen jetzt.«

Ach ja, stimmte, Petra hatte eine Tochter. Kukka? Karmen wollte erst fragen, wie sie auf diesen seltsamen Namen gekommen waren, so hieß doch niemand in der Gegend. Dann erinnerte sie sich daran, dass ihr eigener Name damals auch furchtbar exotisch war und sie für jede einzelne blöde Bemerkung dazu ihre Eltern verwünscht hatte. Kukka jedenfalls hatte in der Stadt Pflegewissenschaften studiert und war jetzt zurück ins Dorf gekommen, um sich bei der Gemeinschaft zu engagieren. Sie würde das Ein-Personen-Unternehmen, das ihre Mutter seit Jahren als mobile Krankenschwester führt, ausbauen und Karmens Elternhaus, so war es zumindest geplant, sollte nun zu einer Art Sanatorium mit Wellnessbereich für die Dorfgemeinschaft werden. Petra schwankte zwischen Skepsis und Begeisterung. Mal waren es die depperten Hippies, dann wieder die Visionäre, die im Kleinen anfingen, die Welt zu verändern. Ihre einzige Sorge schien zu sein, dass ihre engagierte Tochter eines Tages auch den elterlichen Hof zum Gemeinschaftseigentum erklären könnte. »Mein Grund und Boden ist unverkäuflich, nur über meine Leiche«, sagte sie und stellte dabei energisch ihren Kaffeebecher auf die Anrichte. »So, ich muss dann auch weiter, die Arbeit ruft. Bevor ich zu den Siechen und Kranken fahre: Brauchst du noch was, Karmen?«

»Ich wollte dich eigentlich noch fragen, ob deine Tochter, äh …«

»Kukka. Was schaust du denn so? Den Namen hat sie sich selbst ausgesucht.«

»Was? Ach so. Also, ich wollte fragen, ob Kukka mir vielleicht ein bisschen hier im Haus helfen kann. Das ganze Zeug muss weg. Ich hab überlegt, so einen Container zu bestellen.«

»Frag sie einfach selbst, ich schick dir ihre Handynummer. Oder sie kommt vorbei, du brauchst eh frische Milch. Übrigens: tolles Outfit. Du hast dich eigentlich kaum verändert. Und du siehst schon viel erholter aus als am Montag.« Petra zwickte Karmen in die Wange und ging mit der leeren Milchkanne zum Spülbecken, um sie dort laut klappernd auszuwaschen. Bitte kein weiterer Besuch, dachte Karmen, freute sich aber dann doch, dass die patente Petra alles so schön für sie checkte.

Krrrch, Krrrch, Krrrch machen Karmens Rollschuhe, die sie sich unter die Sohlen ihrer ausgelatschten Kickers geschnallt hat, die roten Riemen so fest angezogen, dass sie ihr fast das Blut abschnüren. Aber sicher ist sicher und Petra hatte auch gemeint, lieber ein Loch enger. Krrrch, Krrrch, Krrrch machen auch Petras Rollschuhe. Den ganzen Tag schon knattern die beiden Mädchen über die schlecht asphaltierte Straße zwischen ihren beiden Häusern. Immer hin und her knattern sie über den schottrigen Asphalt und versuchen schneller zu werden. Heute Vormittag haben sie noch fast eine Viertelstunde gebraucht, inzwischen schaffen sie die Strecke schon in zehn Minuten. Petras Knie sind schon ganz blutig, weil sie sich recht blöd anstellt, wie Karmen findet, und immer wieder hinfällt. Zwischendurch hat sie, ohne die Rollschuhe abzuschnallen, aus der Praxis Desinfektionsmittel und Pflaster geholt, um die Freundin zu verarzten.

Karmen selbst ist irre stolz, weil sie es noch kein einziges Mal auf die Nase gelegt hat.

»Mehr mit dem Oberkörper ausbalancieren«, brüllt sie. Gerade ist Petra schon wieder hingefallen, dabei waren sie noch nicht mal richtig schnell. »Soll ich noch ein Pflaster holen?«

Petra schüttelt den Kopf und begutachtet ihren Ellenbogen. »Ich mag nicht mehr. Lass uns was anderes machen.«

»Hör mit dem Gejammer auf, du lernst das jetzt und fertig.« Karmen kann richtig streng sein und widerwillig gehorcht Petra der Freundin. Mühsam rappelt sie sich auf und – Krrrch, Krrrch, Krrrch – knattern die beiden wieder über den Asphalt.

Irgendwann, Stunden später, hat auch Karmen genug vom Rollschuhfahren. »Abschnallen«, befiehlt sie, hockt sich auf die Bank vorm Haus und fummelt an den roten Riemen rum. Petra ist froh, dass sie endlich die blöden Dinger an ihren Füßen abmachen darf. Obwohl sie auch ein bisschen stolz ist, es so lange ausgehalten zu haben. Die letzten paarmal hat es sie auf der Strecke auch gar nicht mehr hingelegt.

»Warte«, sagt Karmen. »Du musst das Gefühl genießen.«

»Hä?«, macht Petra und guckt verwundert.

»Na, du musst spüren, wie es sich anfühlt nach einem Tag, wo es dich die ganze Zeit so komisch durchgeschüttelt hat, jetzt wieder normal mit den Schuhen zu gehen.« Karmen geht los, wird allmählich schneller, rennt über die Straße rein in die Wiese, wo das Gras schon sehr hoch ist. Es fühlt sich an, als würde sie schweben.

»Nicht in die Wiese rein«, brüllt ihr Petra hinterher. »Man darf in Monaten ohne R nicht in die Wiese rein. Der Huberbauer schimpft sonst!«

Typisch Landkind, dann bleib halt dort, denkt Karmen, tut aber, als könnte sie Petra gar nicht hören, die am Rand der Wiese steht und mit den Armen rumfuchtelt. Sie rennt und rennt und fliegt fast und es ist tatsächlich das beste Gefühl überhaupt. Das beste Gefühl, das sie in ihrem bisherigen Leben kennt. Es ist das letzte Mal, dass Petra und sie gespielt haben wie Kinder spielen. Nach den großen Ferien wird Karmen aufs Gymnasium kommen. Und ihre Freundin nicht.

Sie ist wirklich viel selbstbewusster als früher, so souverän, weiß genau, was sie will, dachte Karmen, als Petra weg war. Sie hatte die Kinderfreundin noch bis vor die Tür begleitet und stand nun vor dem Garderobenspiegel unten vor der Praxis. Hatte Petra sie verarscht, als sie ihr Outfit erwähnte, das babyblaue Strickkleid? Sie fühlte sich aber tatsächlich schon viel besser. Ihr Blick fiel wieder auf den Koffer, der seit Tagen im Wartezimmer herumstand. Sie müsste jetzt endlich mal ihre Klamotten raufbringen, hatte schon ganz vergessen, was sie alles eingepackt hatte, damals in der Stadt. Die Stadt, das besagte Wochenende, alles kam ihr so weit weg und lange her vor. Dabei war sie erst drei Tage hier.

Sie wollte ein paar Sachen rausnehmen, bevor sie den schweren Koffer in die Wohnung raufschleppte, aber er war verschlossen. Karmen musste, was sie sonst nie machte, das kleine Sicherheitsschloss versperrt haben. Und wo war jetzt, bitteschön, der blöde Schlüssel? Ihr fiel ein, jahrzehntelanges Gedächtnistraining zahlte sich offenbar aus, dass sie in ihrem Apartment in der Stadt das Teil tatsächlich versperrt hatte und den Schlüssel erst in ihre Louis Vuitton geworfen, sich dann aber umentschieden und mit der Michael Kors das Haus verlassen hatte, in die auch das MacBook passte. So ein Mist. Sie trat mit dem Fuß gegen den Rollkoffer, hoffte, dass er sich einfach so, tada!, öffnen würde. Der Koffer blieb verschlossen. Sie schrie ihn an, fand die Idee, mit Gebrüll ein Sicherheitsschloss öffnen zu wollen, dann noch alberner als zuvor den Tritt mit dem Fuß und musste schließlich lachen. Gerade als sie sich auf den Koffer setzen wollte, sah sie vom Wartezimmer aus, wie sich die Haustür einen Spalt öffnete und ein Gesicht mit sehr vielen Zähnen hineinschaute. Elias, der Typ von neulich vom Feuer, der mit dem Äpfelwein, der mit dem Ä. Älias. Er lachte. »Darf ich reinkommen oder stör ich gerade?«

»Mein Koffer und ich führen gerade ein Streitgespräch.«

Elias öffnete die Tür etwas weiter, blieb jedoch draußen stehen. »Aha. Und worum geht es in eurer Diskussion?«

»Ums Übliche. Er ist immer so verschlossen.«

»Kenn ich. Klingt nach einem Fall für die Paartherapie.«

»Wir brauchen keine Therapie, wir brauchen nur einen Schlüssel. Aber der liegt in der Stadt. Im Ernst: Ich hab den Schlüssel für meinen Koffer vergessen, und ich sollte endlich mal auspacken. Da ist mein ganzes Leben drin.« Sie trat noch einmal leicht dagegen.

»Vergiss es, der Typ ist ein Vollkoffer. Aber, Moment, ich glaube, ich kann dir helfen.« Elias verschwand und kehrte kurz darauf zurück, eine Kettensäge in der Hand. »Die hab ich zum Glück immer dabei.«

Sie starrte ihn entsetzt an. Was hatte der Verrückte vor?

Elias grinste noch breiter als sonst, schob Karmen beiseite, setzte eine Schutzbrille auf und baute sich vor ihrem Koffer auf. »Lass mich mal, darfst mir glauben, ich kann damit umgehen. Zurücktreten, bitte!« Mit einem kräftigen Zug riss er am Seilzugstarter, der Motor sprang an, das Teil stank nach Abgasen und machte einen Höllenlärm. Elias gab Gas, und bevor Karmen irgendetwas dagegen machen konnte, setzte er den vorderen Teil des Blattes am Kofferschloss an. Mit einem Rasseln fuhr die Sägekette in das Schloss, Funken sprühten. Doch statt aufzuhören, machte Elias weiter, schnitt mit der Säge in den Koffer, durch Kleidungsstücke, Shampooflaschen und Cremedöschen. Der Motor kreischte auf wie beim Baumfällen, aber statt Sägespäne flogen Textilfetzen, Plastikteile und Metallschnipsel durch das ehemalige Wartezimmer, es stank und machte einen schrecklichen Lärm. Immer wieder setzte Elias an und zerschnitt Karmens Koffer samt Inhalt.

»Sag mal, spinnst du? Was machst du denn da? Bist du bescheuert?«, brüllte sie in den Lärm hinein. Er konnte sie aber eh nicht hören. Und ganz plötzlich fand sie Gefallen an der Aktion. Sie klopfte ihm auf die Schultern, machte ihm klar, er solle ihr auch mal die Säge geben. Er reichte ihr das Gerät, setzte ihr seine Schutzbrille auf die Nase. Karmen, die nie zuvor eine Motorsäge in der Hand hatte, ließ die Kette sausen. Offenbar war sie ein Naturtalent. Sie setzte an und – Raaaaaaaaatsch – hatte sie ein weiteres Kofferteil durchtrennt. Beim zweiten Mal würgte sie allerdings den Motor ab und es war plötzlich ganz, ganz still. Ein bläuliches Abgaswölkchen schwebte im Wartezimmer.

Triumphierend und sehr zufrieden schaute sie Elias an. »Danke für die Hilfe.«

»Gern geschehen«, sagte er. Hustend betrachteten sie das Kettensägenmassaker, das sie beide angerichtet hatten. Markenklamotten, Teile aus Kollektionen angesagter Designer, Hosenanzüge und Kleider von Strenesse, Marc Jacobs, Max Mara und Jil Sander, die teuersten Pflegeprodukte, Eau de Parfum – alles lag klein gehäckselt im Wartezimmer verstreut. Ganz abgesehen von dem komplett demolierten Tausend-Euro-Koffer.

»Schön, dich endlich richtig kennengelernt zu haben.« Elias stand, die Kettensäge in der Hand, bei der Tür. »Gib einfach Bescheid, wenn du wieder Hilfe brauchst. Das nächste Mal sägen wir dann aber vielleicht im Wald.«

Wieder lachte er unverschämt, ging zu seinem Pick-up, der vorm Haus stand, warf die Kettensäge auf die Ladefläche, stieg ein und fuhr davon. Zum Abschied drückte er noch einmal auf die Hupe.

Elias, Älias, der Äpfelmann. Karmen ließ die Haustür offen stehen, wegen der Rauchwolke, und warf einen Blick auf das Chaos im Wartezimmer, sah den offenen Benzinkanister auf dem Tisch. Sie würde später aufräumen, vielleicht war ja noch das eine oder andere Teil zu retten. Ach Quatsch. Mit dem restlichen Plunder aus dem Haus würde sie in den nächsten Tagen einfach alles zum Müllplatz bringen. Als sie das Fenster öffnete, damit der Abgasgestank, der sich gerade mit ihrem teuren Hermès-Duft – »24 Faubourg«, das Flakon lag in Scherben – und dem Gammelgeruch aus dem Mülleimer mischte, verschwand, sah sie jemanden durch den Garten huschen und zum Pool hinaufgehen. Schon wieder. Diesmal würde sie es sein, die die Fragen stellte.

Karmen raste die Treppen rauf in die Wohnung, durch die Terrassentür ins Freie. Oben beim Pool ging jemand im hohen Gras herum und schien etwas zu suchen. Langsam pirschte sich Karmen an. Die Person war auffällig bunt gekleidet. Sie umrundete das leere Schwimmbecken, spähte zu den Fichten am Waldrand hinüber. Karmen versteckte sich hinter der Badehütte. Verdammt, die musste sie sich auch noch ansehen. Später. Nun erkannte sie auch das Mädchen von neulich nachts wieder. Die Naive mit dem pinken Haar, die sie für eine Hausbesetzerin gehalten hatte.

Sie war Haus*besitzerin* und was machte die blöde Kuh bei ihr im Garten?

»He«, rief Karmen.

Das Mädchen erstarrte. Sicher erwog es gerade, abzuhauen. Aber wahrscheinlich hatte es keine Ahnung, dass der Zaun in der Hecke Lücken hatte. Doch nein, statt zu fliehen, ging sie geradewegs auf Karmen zu, sah ihr aufmüpfig ins Gesicht. Sie war etwa Anfang zwanzig, ihr kurzes pinkes Haar wirkte selbst geschnitten. Die Klamotten, die sie trug, waren irgendwie buntes Postpunk, Doc-Martens-mäßig, aber auf niedlich. Als wäre eine Ladung Farben neben ihr explodiert. An den Taschen und Nähten ihrer Latzhose klimperten Ketten, Schlüsselbunde, Nieten und Werkzeug wie kleine Glöckchen. Und sie sah noch jünger aus als neulich nachts beim Feuer.

»Was machst du da?«

»Nichts.« Klar. Trotzige Antwort, dachte Karmen und entdeckte erst jetzt das goldene Septum-Piercing, das unter der Nase des Mädchens in der Sonne glitzerte. Trugen die jungen Dinger jetzt alle und sie hatte sich das Fachwort für den Nasenring nur gemerkt, weil irgendwo ein Artikel darüber erschienen war. Am Hals des Mädchens leuchteten zwei dunkelviolette Knutschflecken, Karmen hatte den Eindruck, dass sie sie wie Trophäen trug.

»Du machst nicht nichts, du gehst in meinem Garten spazieren.«

»Entschuldigung, Mama.«

Hatte die Klimperliese mit den Knutschflecken sie eben in diesem genervten Singsang aufsässiger Teenager Mama genannt? Offenbar beherrschte Karmen neben dem freundlichen Plauderton auch diesen strengen Tonfall, den sonst nur Mütter können. Behauptete Haiko jedenfalls immer.

Er hatte vergeblich versucht, ihr dieses Strenge abzugewöhnen, wieso auch immer. Karmen hatte nie Kinder gewollt. Genauso wie sie keine Beziehungen wollte, jedenfalls keine fixen. Die Gegenwart der Kleinen – wenn sie sich mal in ein sogenanntes Mama-Café verirrte oder wenn karenzierte Kollegen den Nachwuchs in die Redaktion mitbrachten – war ihr immer fremd gewesen. Man sollte ihr bloß kein Baby in den Arm drücken, nur mal schnell zum Aufpassen. Und jetzt nannte sie dieses Mädchen hier allen Ernstes Mama.

»Ich bin nicht deine Mutter, hör mit dem Scheiß auf und sag mir, was du hier zu suchen hast?«

»Meine Drohne.«

»Was?«

»Ich suche meine Drohne, die muss hier gestern irgendwo abgeschmiert sein.«

»Deine Drohne?« Karmen tat so, als hätte sie keine Ahnung. »Ich dachte, bei euch in der Gemeinschaft gibt es kein Privateigentum.«

»So ein Quatsch«, sagte sie trocken. »Wir teilen uns doch nicht alles, wie absurd! Also, hast du vielleicht meine Drohne genommen? Sie war nämlich sehr teuer.«

»Keine Ahnung. Ich hab keinen blassen Schimmer, wie so eine Drohne aussieht«, log Karmen. Gleichzeitig fiel ihr ein, dass sie der Kamera ja gestern den Mittelfinger gezeigt hatte, bevor sie das Teil ins Haus trug. Die Drohnenpilotin mit dem pinkfarbenen Strubbelhaar wusste sicher ganz genau Bescheid. »Also, ich habe keine Drohne, sorry. Sonst noch was? Dann verschwinde. Und Tschüss mit Ü.«

Das Mädchen druckste herum. »Wir kennen uns von neulich nachts am Feuer. Ich bin Otto.«

Karmen war einen Moment lang sprachlos. Sogar was die Namen betraf, hatten diese Neo-Hippies echt einen an der

Waffel. »Otto also, ja, hm. Das ist ein sehr schöner Name. Ich bin Karmen«, sagte sie schließlich. »Karmen mit K.«

»Ich weiß.«

»Was?«

»Beides. Dass Otto ein schöner Name ist und dass du dich mit K schreibst.«

Das Mädchen Otto sah sie mit zusammengekniffenen Augen an. Karmen beschloss, erstmal nicht nachzufragen, wieso sie einen Männernamen trug. »Ich habe jedenfalls keine Drohne gesehen, sorry Otto, aber wenn sie vorbeifliegt, schicke ich sie gerne zu dir weiter.« Ihr kleiner Scherz kam schlecht an. Nach einem Moment Schweigen erklärte Otto ihr, Drohnen schicke man nicht einfach vorbei, da müsse ja schon jemand an der Fernbedienung und so weiter. Karmen verdrehte die Augen. War die so naiv oder tat die bloß so? Bei naiven Menschen ging es Karmen ähnlich wie bei Kindern. Sie hielt sie schlecht aus. Mit Kindern konnte man kein Gespräch führen, ebenso wenig wie mit naiven Personen wie dieser hier. Plus: naive Menschen und Kinder besaßen keinen Humor. Solche Leute waren immer Quotengift gewesen. Man konnte es am nächsten Tag auch an den Daten der Mediaforschung sehen: Abschaltimpuls; die Zuschauerzahlen gingen sofort runter, wenn die Dummen ihr Maul aufmachten.

»Was tust du überhaupt mit dieser Drohne?«

»Fotos machen, Videos, Aufnahmen.«

»Wozu?« Karmen fiel wieder die Klatschpresse ein. Womöglich hatte die Kleine mit dem Nasenring vor, Bilder von ihr an die Blöd-Medien zu verkaufen. Nein, beruhigte sie sich selbst, dazu war das Ottokind zu harmlos. Bösartigkeit war bei der nicht vorhanden, genauso wenig wie Witz. »Wozu?«, fragte sie noch einmal.

»Social Media. Bin im Gemeinschaftsdorf für Social Media zuständig. Genau. Nur wenn wir den Menschen da draußen unser Leben hier drinnen zeigen, können wir etwas bewirken. Es geht um Solidarität, um die Gemeinschaft.«

Schon wieder war Karmen überrascht. Im Gegensatz zu früher trugen diese Leute keine Metallpyramiden auf dem Kopf oder liefen mit Wünschelruten aus alten Drahtkleiderbügeln durch die Gegend, um Wasseradern oder Energie-Irgendwas zu finden. Okay, sie zogen noch immer Karotten aus der Erde und saßen nächtelang ums Lagerfeuer, buken Gugelhupf mit Dinkelmehl und pflegten eine etwas eigenwillige Praxis, was Motorsägen betraf. Aber sie waren anders als die Alternativen von gestern. Sie hatten offensichtlich klare Vorstellungen von einer besseren Gesellschaft und wirtschaftliche Kompetenz. Sonst könnten sie den ganzen Zirkus im Dorf finanziell kaum stemmen. Und offenbar hatten sie mit dieser Otto hier auch eine Art Öffentlichkeitsarbeiterin.

»Ich habe Mediendesign studiert, genau. Und jetzt arbeite ich hier in der Medienwerkstatt.«

Genau. Wenn sie noch einmal genau sagt, bring ich sie um, dachte Karmen. Das Füllwort hatte sich in den letzten Jahren wie die Pest verbreitet und war nun auch in der Provinz angekommen. »Wieso bist du überhaupt ins Dorf gekommen?«, fragte sie.

»Weil ich eine bessere Welt möchte.«

Okay, sie war naiv. »Ich hab immer geglaubt, dass sich für solche Hippie-Projekte nur alte, alleinstehende Frauen interessieren.«

»So wie du?«

»Hee. Das ist jetzt aber das Gegenteil von solidarisch.« Karmen deutete Richtung Hecke, sie möge jetzt abhauen. Otto hatte offenbar keine Ahnung von den Löchern im

Zaun und schaute sie nur fragend an. »Na, geh endlich. Ab durch die Hecke. Da geht's raus.«

Otto blieb weiter ganz still stehen. So still, dass einen Moment lang nicht einmal mehr das Geräusch der Metallgegenstände an ihren Hosenbeinen zu hören war. »Elias ist immer bei dir.«

Karmen beschloss, diesmal die Wahrheit zu sagen und nickte. »Immer? Er war gerade da. Zum ersten Mal. Ist er dein Freund?«

Otto ging Richtung Hecke und fand auch den inoffiziellen Ausgang. Kurz bevor sie durch das Loch im Zaun schlüpfte, drehte sie sich noch mal um. »Elias ist ein Idiot.«

Gestern Abend, kurz vorm Einschlafen, hatte sie noch nachgedacht. Und nun stand Karmen – nach der Dusche hatte sie sich für ein verwaschenes »Atomkraft nein danke«-T-Shirt entschieden, die Jeans von gestern und eine Basecap ihres Vaters mit dem Logo eines Arzneimittelherstellers, dazu Adidas-Sneaker, die früher statt Sneaker einfach nur Turnschuhe hießen –, sie stand also frisch geduscht in neuen alten Teenagerklamotten und mit reichlich Koffein versorgt vor dem Waffenschrank im Arbeitszimmer. Sie wollte den Dörflern endlich auch einmal einen Gegenbesuch abstatten. Und sie würde ihnen ein Geschenk mitbringen. Vorsichtig holte sie die Drohne aus dem Schrank, versperrte ihn wieder, wickelte das Teil aus dem Handtuch und packte es in einen kleinen Rucksack. Als sie die Stiegen hinunterging, schaute sie durch die bunten Glasbausteine hinaus aufs Dorf. Früher als Kind hatte sie das oft gemacht, weil die Glasbausteine die Welt dahinter so schön rot, gelb und blau färbten. Aus dem Wartezimmer stank es nach Abfall, sie betrachtete zufrieden das Kofferchaos von gestern und nahm den Müllbeutel aus dem Papierkorb. Irgendwo würde sie ihn schon entsorgen.

Für ihre Verhältnisse war es noch recht früh, die Kirchturmuhr hatte gerade Dreiviertelneun geschlagen, als sie die Straße hinunterging. Aber die Morgensonne hatte die Luft schon ein bisschen aufgewärmt. Petra hatte doch erwähnt, dass den Hippies nun auch die Kirche gehörte. Die hatten sicher eine eigene Abteilung, die sich ausschließlich um die Kirchturmuhr kümmerte. Außer Dick und Doof, den beiden schwarzen Mischlingshunden, die sie ein Stück begleiteten und neugierig am Müllbeutel in ihrer Hand schnupperten, begegnete sie keinem. Das Dorf schien wie ausgestorben und bis auf ein paar Kuhglocken war heute auch kein Traktor- oder Motorsägenlärm zu hören. Wo waren die alle? Karmen schaute auf dem Hof nach, wo die Hippies neulich nachts gefeiert hatten. Hühner rannten gackernd und flügelschlagend durch den Matsch, beim Misthaufen krähte ein Hahn wie verrückt. Hinter einem Holzzaun im Bauerngarten blühten rote Schwertlilien, Lavendel und andere, ihr unbekannte Kräuter dufteten. Mülleimer sah sie keinen. Erst wollte sie ins Wohnhaus schauen, weil die Tür offen stand, entschied sich dann aber um und ging weiter Richtung Schule.

Ein bisschen war es sowieso wie erster Schultag. Sie mit ihrem Rucksack, alles irgendwie anders und gleichzeitig vertraut. Die Schule, ein typischer Zweckbau aus den Sechzigerjahren, sah fast noch genauso aus wie früher. Man hatte dem Gebäude nur einen neuen Anstrich verpasst. Vielleicht hatte Karmen auch vergessen, dass die Schule grellorange gewesen war. »Versammlungshaus« stand in seltsamen kantigen Buchstaben über dem Eingang der ehemaligen Turnhalle. Sie zog an der schweren Tür. Sollte sie da einfach reingehen? Stimmen waren zu hören. Im Foyer roch es abgestanden nach Kantinenessen. Karmen nahm den Rucksack von den Schultern und fischte die Drohne heraus. Dann öffnete sie die Tür neben einem Schild, auf dem »Speisesaal« stand.

Im ehemaligen Turnsaal standen etwa fünfzig Menschen, Frauen und Männer unterschiedlichen Alters, wobei ältere Frauen in der Überzahl waren. Sie hielten einander an den Händen und bildeten einen nicht ganz perfekten Kreis. Eine Grauhaarige sprach mit sanfter Stimme. »Wir schicken die Energie von der rechten Hand durch unseren Körper in die linke Hand und geben sie weiter.« Alle hielten die Augen geschlossen, niemand schien Karmen zu bemerken. Sie sah sich um. Der Turnsaal war zu einer Art Restaurant geworden, wobei man die Tische und Stühle gerade zur Seite geschoben hatte. Von der Decke hingen riesige Papierlampions, die Wände waren in warmen Rottönen gestrichen. Die Grauhaarige redete weiter und es klang wie eine Zauberformel: »Wir nehmen uns als Gemeinschaft wahr und versuchen, uns im Ganzen zu spüren.«

Was für Spinner, dachte Karmen. Genau so wie ihre Mutter damals, dieser Eso-Scheiß. Immerhin entdeckte sie bekannte Gesichter im Kreis. Karotten-Erdmuth, Elias mit Ä. Sie wunderte sich, dass alle hier so auf Eso machten. Henna-Hanna hatte unerlaubterweise die Augen offen und lächelte Karmen munter an, während die Graue von Toleranz, Respekt und Achtsamkeit schwafelte. Karmen erwiderte das Lächeln und nickte freundlich, dachte aber immer noch: Spinner. Nur das Mädchen Otto konnte sie in der Menge nicht entdecken; die wandelnde Farbexplosion müsste doch gleich hervorstechen. Offenbar war schließlich genug Energie geflossen. Die Leute applaudierten einander, riefen fröhlich

»Guten Tag« – und dann entdeckten sie Karmen. Schlagartig wurde es mucksmäuschenstill im Speisesaal.

»Guten Tag«, sagte Karmen auch, nachdem sie sich geräuspert hatte, in die Stille hinein. Eindeutig war sie gerade drauf und dran, das Sprechen zu verlernen. Zumindest war sie aus der Übung, denn ihre Stimme klang beschlagen. »Guten Tag, ich wollte eigentlich nur das hier zurückbringen.« Sie hielt die Drohne in die Höhe.

»Wem gehört das?«, fragte die Graue streng.

»Uns allen«, rief einer aus der Runde. Allgemeine Heiterkeit.

»Das gehört Ottilie, äh, Otto«, sagte Henna-Hanna und ging auf Karmen zu. »Sie hat heute das Morgenplenum geschwänzt. Aber du kannst es ihr selbst vorbeibringen. Ihr Büro ist gleich da drüben.« Sie deutete in eine Richtung, bemerkte den schwarzen Plastikbeutel, den Karmen auch dabei hatte, lachte und nahm ihn ihr aus der Hand. »Und deinen Müll bringst du uns auch? Wie lieb von dir. Den entsorgen wir gleich mit.«

Es herrschte Aufbruchstimmung und Karmen war plötzlich aus dem Zentrum der Aufmerksamkeit gerückt. Eine Frau mit verheulten Gesichtszügen stürmte auf sie zu und zerquetschte beim Versuch, sie zu umarmen, fast die Drohne in Karmens Händen. »Hallo, ich bin Kukka. Meine Mutter hat gemeint, dass du Hilfe mit deinem Haus brauchst? Lustig, grad heute wollte ich mal bei dir vorbeischauen.«

Klar, das gleiche irritierende verheult-fröhliche Petragesicht. »Ach, du bist das? Mein Gott, du siehst aus wie deine Mutter in jung. Ja, genau. Hast du Zeit und Lust, ein bisschen aufzuräumen? Also mit mir gemeinsam. Alleine wird mir das langsam alles zu viel.«

»Okay.«

»Ich zahl dir auch was.«

»Kommt in die Gemeinschaftskasse. Petra hat gemeint, du hast keine Milch mehr. Ich bringe welche vom Hofladen mit. Der hat heute offen.«

»Lass nur, ich muss da eh mal hin. Einkaufen.« Karmen sprach das Wort »Einkaufen« aus, als sei es etwas ganz Besonderes. In ihrem Alltag war es selten bis nie vorgekommen. Shopping ja, klar. Also Schuhe, Taschen, Klamotten. Bei »Promi Shopping Queen« brauchte sie zwar auch die Unterstützung von Haiko als Shoppingbegleitung. Aber eingekauft, also Milch, Gemüse, Brot und so weiter, hatte sie eigentlich noch nie. Wasser, Klopapier und Kaffeekapseln bestellte sie online und ließ sich den Kram liefern; für »Das perfekte Promi Dinner« hatte ihr die Agentur sogar verbotenerweise einen Caterer gebucht. Für die Kamera tat sie dann so, als wären Spaziergänge über den Wochenmarkt für sie das Normalste auf der Welt. Jetzt plötzlich war sie scharf darauf, selbst Lebensmittel auszusuchen. Sie freute sich sogar ein bisschen auf diesen Hofladen. Gut, dass sie den kleinen Rucksack dabei hatte.

Die beiden Frauen vereinbarten, dass der spätere Nachmittag ideal für einen Besuch wäre und dann ließ sich Karmen von Henna-Hanna zu Otto bringen, die auf dem kurzen Weg über den ehemaligen Schulhof, auf dem nun ein paar Sonnenschirme, Biertische und -bänke standen, redete wie ein Wasserfall, dass ihr roter Dutt vor Aufregung nur so wackelte. »Du musst unbedingt. Du solltest auch. Heute gibt es Spaghetti.« Karmen war bestens informiert und zum Mittagessen in den Speisesaal bestellt, als sie wenige Minuten später in Ottos Büro standen.

Wobei Büro untertrieben war. Otto bewohnte eines der ehemaligen Klassenzimmer und hatte sich hier ein erstaunlich gemütliches Loft eingerichtet. Die Mischung aus der alten Schul- und Turnsaalmöblierung, einem bequemem Sofabett, Stoffen, Industrial-Lampen, der glänzende smaragdgrüne Linoleumboden, die großen Fenster, das Interieur sah aus wie aus einem schicken Wohnmagazin. Wer hätte so etwas erwartet! Otto, die Farbexplosion mit den Nieten und Ketten an der Hose, besaß Geschmack. Sie hockte auf einem ledergepolsterten Sprungbock und blickte auf einen großen Monitor, der auf einer alten Werkbank stand. Dabei wirkte sie sehr beschäftigt und sah erst auf, als Henna-Hanna in die Hände klatschte und ihren Namen rief.

»Da bist du ja endlich.« Otto schien sich über Karmens Besuch zu freuen. Sie lächelte, als sie die Drohne sah, und nahm sie ihr ab wie ein wiedergefundenes Kätzchen.

»Hier bin ich zur Schule gegangen«, sagte Karmen zur Begrüßung.

»Echt wahr?« Otto brachte die Drohne zur Werkbank, betrachtete den einen abgebrochenen Propeller.

»Das war schon kaputt«, fühlte sich Karmen plötzlich bemüßigt zu erklären. Obwohl sie unsicher war, ob der Propeller vielleicht erst abgebrochen war, als sie das Teil an den Rand des Pools geworfen hatte. Wieder fielen ihr die Knutschflecke an Ottos Hals auf, heute waren sie schon weniger deutlich zu sehen.

»Keine Sache, kann ich reparieren. Easy.«

Die drei Frauen standen etwas unschlüssig in Ottos Loft.

»So, ich muss dann mal wieder zu meiner Wäsche, Computer machen mich neuerdings nervös. Hab zu lange damit gearbeitet. Karmen, wir sehen uns zum Spaghettischmaus. Sagen wir um halb eins im Speisesaal«, verabschiedete sich Henna-Hanna schließlich und ließ die Tür ins Schloss fallen. Plötzlich hatte Karmen wieder Termine.

»Ich hab eh gewusst, dass du sie hast«, sagte Otto schließlich.

»Dass ich wen hasse?«

»Hast. Die Drohne. Schau!« Otto hantierte ein wenig an ihrem Rechner herum und auf dem Monitor war ein Video zu sehen: Karmen, schlimmes Haar, grobmaschiger Pulli, zerknittertes Gesicht steht in einem leeren Swimmingpool, zieht eine Grimasse und zeigt den Mittelfinger.

Karmen war entsetzt. »Ich sehe scheiße aus.«

»Moment, warte.« Otto stoppte das Video genau in dem Moment, als sich in Karmens Gesicht so was wie Zufriedenheit zeigte. Plötzlich sah ihr Mund gar nicht mehr verbittert aus, ihre Augen funkelten fröhlich. Zu allem Überfluss machte die Sonne im Hintergrund auch noch einen Blendenfleck in das Standbild; mit diesem Foto hätte man ein Plattencover oder einen Buchtitel gestalten können.

»Scheiße? Du siehst gut aus«, sagte Otto. »Voll schön.«

»Ich habe dich angelogen.«

»Egal.«

»Ich habe geglaubt, die Drohne gehört einem Fotografen. Einem von der Klatschpresse. Du schickst denen keine Bilder, oder?«

Otto schüttelte den Kopf, ihr rosa Haar wackelte wie die Federn eines bunten Vogels.

»Ich bin so oft fotografiert und gefilmt worden. Aber dieses Bild hier, das habe ich quasi selbst von mir gemacht. Ich hatte ja keine Ahnung.«

Ottos Finger flogen über die Tastatur und kurz darauf spuckte ein Drucker das Standbild auf Papier aus. Sie fischte es aus dem Ausgabefach und hielt es Karmen hin. »Für dich. Magst du was trinken?«

Karmen packte den Ausdruck in ihren Rucksack und stellte ihn neben den Sprungbock. »Gern, ich habe alle Zeit der Welt.«

In einer Ecke des Raumes war, soweit Karmen das beurteilen konnte, eine ziemlich teure Küche eingebaut. Geld schien in Ottos Leben keine Rolle zu spielen. Eigentlich waren es eher Arbeitsflächen mit Herd und Spüle auf Böcken, aber irgendwie sehr durchgestylt. Otto holte einen Krug mit Eistee aus dem Kühlschrank. Im Spülbecken stapelte sich das Geschirr. Sie wusch zwei Gläser ab und musste Karmens fragenden Blick bemerkt haben. »Ich mag keine Gemeinschaftsküchen. Ist aber auch keine Pflicht. Ich koch lieber selbst.«

»Ach so, nein. Ich wundere mich nur, weil da eine Spülmaschine steht. Du hast also eine Spülmaschine. Wieso wäschst du das Geschirr von Hand?«

»Ich mach das lieber so wie in diesen Netflix-Serien. Ist dir das schon mal aufgefallen?«

»Was? Ich schaue keine Netflix-Serien.«

»Na, dass sie da immer den Abwasch von Hand machen, sogar wenn sie reich sind und die teuersten Küchen besitzen. Genau. Da steht Gillian Anderson in ihrer Wahnsinnsküche und hat die Hände im Spülwasser.«

»Sie baden gerade ihre Hände drin, haha.« Reklametourette. »Vielleicht hat sie ja keinen Geschirrspüler, diese Gillian Anderson.«

»Doch, hat sie. Aber sie macht den Abwasch von Hand.«

»Und wieso?«

»Das ist bloß ein dramaturgischer Trick, um die Hingabe zu zeigen.«

»So ein Schwachsinn.«

Otto trocknete erst die Gläser, dann ihre Hände ab und schenkte Eistee ein. »Lass uns raus auf den Balkon gehen.« Sie öffnete eines der riesigen Fenster, stieg auf einen Stuhl und kletterte auf ein ungesichertes Flachdach hinaus. Karmen gab Otto ihr Glas und kletterte hinterher. Dann saßen sie auf dem Dach, blinzelten in die Vormittagssonne, tranken Eistee und unterhielten sich.

Also, es war so: Otto, die eigentlich Ottilie hieß, den Namen aber verständlicherweise blöd fand, war weniger naiv, als Karmen zuerst angenommen hatte. Okay, sie war wohl eines dieser Rich Kids. Mit ihrem Freund war sie vor etwa einem Jahr ins Dorf gekommen, ihre Eltern hatten ihr eine Menge Geld gegeben, das sie in die Gemeinschaft einzahlte unter der Voraussetzung, dass sie eines der Klassenzimmer zum Wohnloft machen durfte. Die Beziehung mit dem Freund verlief so lala. Aber, wenn Karmen das richtig verstand, waren klassische Zweierbeziehungen in der Dorfgemeinschaft ohnehin unwichtig. »Wichtig sind vielmehr die Menschen um mich herum, genau. Wir machen hier das meiste für uns alle, weniger für uns selbst«, sagte Otto und nahm den letzten Schluck Eistee aus ihrem Glas. »Magst du noch?«

Karmen schüttelte den Kopf. Obwohl sie vieles von dem, was das Otto-Mädchen ihr da auf dem Dach erzählte, nachvollziehen konnte, blieb ihr das Konzept suspekt.

»Es gibt bei euch keine Paare?«

»Doch, klar, gibt es schon. Auch Familien mit Kindern und so. Wir sind keine Kommune. Aber ein Paar zu sein, ist nicht das Wichtigste. Wenn du niemanden hast oder willst, dann kümmert sich halt trotzdem jemand um dich, genau.«

»Das können sich aber nur Leute leisten, die ein finanzielles Pölsterchen haben. Hast du doch sicher, oder?«

»Blödsinn. Auch Menschen, denen es weniger gut geht, also finanziell, sind hier willkommen.«

»Für mich klingt das verrückt. Wieso sollte man sein Geld so verschwenden?«

»Weil es sich gut anfühlt. Alle, die hier im Gemeinschaftsdorf leben, haben alles, was sie haben, in einen Topf geworfen. Jetzt haben wir alle gleich viel. Wir sind alle zusammen wohlhabend.«

»Und wenn jemand keinen Bock hat auf Waschen, Kochen oder Karotten aus der Erde ziehen?« Karmen blieb hartnäckig.

»Oder Öffentlichkeitsarbeit«, ergänzte Otto. »Dann wird er oder sie hier auch kaum leben wollen. Bei uns ist alles transparent. Man kann immer genau sehen, wie viel Kapital jeder und jede eingebracht hat, genau. Wenn du so willst: Man weiß immer, wie viel man so wert ist.«

»Ha! Erwischt! Es geht also doch darum, dass manche mehr wert sind als andere …«

»Es geht um Offenheit, um Vertrauen. Sie haben mir angeboten, in der Schule zu wohnen, ich habe ein bisschen Geld gespart …« Otto ließ den Satz unbeendet. Die Kirchturmuhr gleich neben dem alten Schulhaus schlug zwölf Mal und die Glocke machte einen ziemlichen Lärm.

»Geld macht erst glücklich, wenn du es verschenkst oder mit anderen teilst«, sagte Otto, als das Geläute vorüber war. »Lass uns reingehen.«

Okay, beschloss Karmen, das Mädchen war doch ein bisschen naiv. »Eines noch«, sagte sie und stand auf. »Wer ist dieser Elias?«

»Ein Arsch.«

»Ich hab nicht gefragt, was er ist, sondern wer. Egal. Da reden wir später noch.«

Otto hob Karmens Rucksack auf und reichte ihn ihr. »Fast hättest du dein Foto vergessen.« Am liebsten hätte Karmen sie zum Abschied umarmt. Aber das wäre vielleicht doch ein bisschen übertrieben gewesen.

Vor dem Schulhaus wartete bereits Henna-Hanna auf sie. Offenbar war sie wegen ihres gemeinsamen Mittags-Dates ganz aufgeregt. »Wenn wir uns beeilen, bekommen wir meinen Lieblingstisch.«

Eigentlich hatte Karmen keinen großen Hunger. Ach, sie hatte überhaupt keinen Hunger. Aber sie wollte höflich sein und sie merkte, wie ihr nach all den Tagen, die sie fast ausschließlich mit sich selbst in ihrem Elternhaus verbracht hatte, Gesellschaft ganz guttat. »Spaghettischmaus«, rief Hanna fröhlich, als sie zwei orange Tabletts auf die Ablage vor der Essensausgabe stellte. Leute, die schmausten, wünschten sich auch alles Gute zum »Burzeltag« und verschickten Doof-Postkarten, wusste Karmen. Hanna erklärte ihr das Schmaus-Prinzip: »Spaghettischmaus bedeutet, du kannst aus fünf verschiedenen Saucen wählen. Magst du vegan, vegetarisch oder mit Fleisch? In der Küche verarbeiten sie nur Sachen, die wir hier im Dorf produzieren. Manchmal gibt es auch Pizza. Aber gesund, mit Dinkel.«

Dinkel, klar: Studentenfraß mit Attitüde. »Was ist denn in den restlichen beiden Saucen drin?«

»Basilikumpesto und Knoblauch mit Olivenöl. Heißt Aglio olio oder so.«

»Ha! Olivenbäume hat es hier in der Gegend aber noch nicht gegeben, als ich Kind war.«

»Okay, aber fast alles stammt aus Eigenanbau.«

Seit dem Morgenplenum hatte sich der Raum verändert, die Tische waren locker verteilt, überall hockten Frauen, Männer und Kinder, aßen und unterhielten sich. Diese Menschen schienen sehr kommunikativ zu sein, der Lärmpegel war enorm. Karmen saß mit Hanna und drei anderen Dorfbewohnerinnen an einem Fenstertisch und drehte

Spaghetti auf ihre Gabel. Sie hatte sich für Pesto entschieden und stocherte in ihrem Essen herum. Natürlich stammte das Basilikum aus der dorfeigenen Gärtnerei, aber für ihren Geschmack war das alles eine Spur zu gesund und zu perfekt. Diese übertriebene Zufriedenheit der Leute machte sie skeptisch. Bei denen war doch irgendwas faul. Als wären alle hier auf irgendwas drauf.

»Wir sind alle aus freien Stücken hier«, sagte Hanna und stapelte ihre schmutzigen Teller. »Keiner von uns ist in diesem Dorf geboren, wir alle sind hier irgendwie gelandet. Das ist der Unterschied.«

»Gibt es denn nie Streit?«, fragte sie schließlich, als sie beim Dessert – Tiramisù, es war eindeutig Thementag Italien – angelangt waren.

Die Frauen am Tisch lachten. Doch, klar, immer wieder. Gerade ginge es im Plenum viel um das neue Blockheizkraftwerk, um die Finanzierung einer Photovoltaikanlage. Aber es gäbe so was wie eine Streitkultur. »Wir reden nicht böse über die anderen. Wir hören zu und sagen unsere Meinung klar und direkt. Und wir geben immer gleich freundlich Feedback.«

Karmen fiel Otto ein, und wie sie abfällig über diesen Elias sprach. »Für mich klingt es nach viel aufgestautem Ärger. Aber der Nachtisch ist verdammt gut.«

»Dann geh in die Küche und sag es dem Koch.«

Nach dem Essen ließ sich Karmen noch von Hanna zum Hofladen begleiten, der im ehemaligen Landgut untergebracht war. Das alte Landgut gehörte nun also auch denen. Die Volksbank gleich daneben hatte zwar vor einiger Zeit für immer geschlossen, der Geldautomat war aber zum Glück noch in Betrieb. Sie holte sich also endlich Bargeld und kaufte ein. Karmen hatte eine Art Bioladen direkt aus den Achtzigern erwartet, alles ein bisschen selbstgetischlert, mit Obstkisten, aus denen Lebensmittelmotten schwirren. Aber hier waren keine Motten. Dieser Hofladen sah eher aus wie eine Designerboutique in irgendeinem Szenebezirk. Offenbar kamen sogar die Leute aus den umliegenden Ortschaften zum Einkaufen, auf dem Parkplatz herrschte Hochbetrieb. Dafür, dass sie keine Vorräte brauchte, war Karmens Rucksack auf dem Nachhauseweg ziemlich schwer. Sie hatte Karotten eingekauft, Kohlrabi und Kartoffeln. Sie hatte auch einen Laib Brot gekauft, Butter und ein großes Stück Käse. Blöderweise konnte sie keine Milch mitnehmen, weil man dafür ein Gefäß mitbringen musste. »Wir sind gegen Plastik und Verpackung«, erklärte ihr ein älterer Mann, »wegen der Umwelt.« Am liebsten hätte sie auf der Stelle zu streiten angefangen, weil der ganze Platz vor dem Hofladen mit irgendwelchen SUVs und anderen dicken Karren vollgeparkt war. Auch nicht besonders ökologisch. Es war also unmöglich, Milch zu kaufen, Petra hatte die rote Emaillekanne ja zu sich genommen. Aber wahrscheinlich würde ihre Tochter später welche bringen. Das hatte Kukka zumindest versprochen, oder?

Als sie auf dem Heimweg wieder an der alten Schule vorbeikam, sah sie Otto mit Elias auf dem Flachdach sitzen und winkte ihr zu. Beide winkten zurück. Dafür, dass Elias ein Idiot war, steckte sie ziemlich oft mit ihm zusammen. Nachdem Karmen ihre Einkäufe in der Küche verstaut hatte, etwas, das ihr zumindest so vorkam, als würde sie es zum ersten Mal tun, ging sie mit dem Foto, das Otto ihr geschenkt hatte, in ihr altes Zimmer. In der Schreibtischschublade fand sie neben einer Aids-Aufklärungsbroschüre ein paar Reißnägel und hängte das Bild an der Stelle auf, wo immer noch in wachsmalkreidener Kinderschrift »Ich hasse euch alle« stand. Nun war sie bereit für das Chaos im Wartezimmer. Im Regal in der Waschküche fand sie eine Rolle mit großen schwarzen Müllsäcken und jetzt begann sie, den klein gehäckselten parfümgetränkten Inhalt ihres Luxuskoffers, den geschredderten Koffer selbst, Glas, Stoff, Papier und Plastikteile möglicherweise wenig fachgerecht zu entsorgen. Sie holte Handfeger und Kehrblech aus dem Keller und schaufelte ihr ganzes altes Leben in ein paar schwarze Müllsäcke. Gerade als sie die erste Fuhre vors Haus stellte, kam Kukka angeradelt, am Lenker balancierte sie vorsichtig die kleine rote Milchkanne. Karmen musste lächeln. Früher hatte auch sie die Kanne immer so klappernd am Fahrradlenker gehalten, wenn sie bei den Nachbarn Milch geholt hatte, eine Aufgabe, die sie genauso gehasst hatte wie den Dreck auf dem Hof und den fettigen Rahm auf der Milch.

Kukka lehnte ihr Rad ans Garagentor und umarmte sie. »Ich sehe, du hast schon angefangen. Immer am Räumen.«

»Nicht immer, aber immer öfter.« Ständig diese Werbespüche. Karmen fragte sich, ob eine Umarmung pro Tag genug wäre, ließ es aber geschehen. »Genau genommen, fange ich seit Tagen an«, sagte sie, als Kukka sie wieder losgelassen hatte. »Alles muss raus.«

»Wirklich alles?«

»Na ja, vorerst nur so Kleinzeug. Bücher, Klamotten, so Sachen. Ich werde einen Container bestellen. Aber wir schaffen erstmal alles runter vors Haus unters Vordach.«

»Lass uns einen Garagenflohmarkt machen. Und dann bringen wir alles, was übrigbleibt, zum Wertstoffhof.« Kukka war wirklich die Tochter ihrer Mutter, eine geborene Checkerin.

»Wohin?«

»Egal, du wirst es merken, wenn es so weit ist. Wonach riecht es denn hier?« Sie waren ins Haus gegangen. Kukka schnupperte und gab sich gleich selbst die Antwort. »Irgendwie nach Benzin und einem extrem penetranten Parfüm.« Karmen ignorierte die Bemerkung.

Die nächsten drei Stunden schufteten die beiden Frauen, ohne sich dabei viel zu unterhalten. Sie lächelten, wenn sie einander auf der Treppe begegneten. Karmen, die noch bis vor Kurzem regelmäßig beim Crossfit-Workout Gewichte gestemmt und trainiert hatte, merkte, dass sie keine körperliche Arbeit gewohnt war, und geriet ganz schön ins Schwitzen. Kukka war natürlich wie Petra, konnte zupacken und sortierte den ganzen Krempel vorm Haus sogar schon ein wenig vor. Die Sonne stand schon tief, als sie erschöpft, aber zufrieden vor dem Gebilde aus Müllsäcken und Pappkartons standen. Auf einen Stapel mit Elektroschrott hatte Karmen zuletzt noch den alten VHS-Videorekorder gelegt, in dem noch immer die Kassette von 1984 steckte.

»Was machen wir jetzt?«

»Wir sollten das Zeug gleich zum Wertstoffhof fahren.« Kukka nannte den Namen einer Nachbargemeinde. »Aber dazu bräuchten wir halt ein Auto. Wir könnten Petra fragen. Aber da müssen wir zuerst entsorgen, was in ihrem Wagen rumliegt.«

»Stimmt. Ihr Auto ist eine rollende Müllhalde. Ich habe eine bessere Idee!« Karmen ging ins Haus und stand einen Moment später in der Tür, den grünen, deckellosen Benzinkanister in einer Hand.

Kukka sah sie entsetzt an. »Willst du jetzt den ganzen Plunder einfach abfackeln? Dir ist schon klar, dass das nicht erlaubt ist. Vor allem so dicht beim Haus!«

»Klar, hast du mal Feuer?« Karmen zeigte Richtung Garage. »Nein, Quatsch. Scherz. Ich fahre. Weißt du, wo bei Autos das Benzin reinkommt?«

Kukka rückte ihr Rad zur Seite. »Kannst du überhaupt Auto fahren?«

»Zumindest besitze ich einen Führerschein. Ich darf also.« Natürlich war auch die Garage unversperrt, das Tor ließ sich einfach aufschieben. Darin standen ein paar Fahrräder und ein alter, ziemlich verstaubter, aber prachtvoller Citroën DS in metallicgrün. Karmens Vater hatte ihn angeschafft, kurz nachdem sie das Haus bezogen hatten, und dem Auto den Namen »Haifisch« gegeben. Karmen erinnerte sich an das Gefühl, wenn die Hydraulik nach dem Start nach oben pumpte. Als Kind auf dem Rücksitz hatte sie sich immer ausgemalt, in einem Raumschiff zu fliegen.

»Jetzt ganz langsam die Kupplung kommen lassen.« Der Citroën macht einen Wahnsinnssatz nach vorne und dann ist der Motor aus.

»Langsam hab ich doch gesagt. Ganz langsam.«

Karmen ist schon ein wenig genervt. Sie sitzt auf dem Fahrersitz, rechts von ihr nicht der Fahrlehrer, sondern ihr Vater, der versprochen hat, mit ihr ein bisschen zu üben. Dabei ist der Citroën in der Handhabung echt nicht so easy peasy wie der kleine Fahrschulen-Golf. Sie wird bald achtzehn und muss unbedingt diese beschissene Fahrprüfung bestehen. Weil alle in ihrem Alter den Führerschein machen, weil alle ganz dringend wegwollen. In die Disco, die vierzig Kilometer entfernt ist und über die unlängst sogar was in der »Spex« gestanden hat. In die Kreisstadt, wo es das Kino gibt, das Gymnasium oder den Boyfriend. Zumindest glaubt er, dass er ihr Boyfriend ist. Weg von der Enge des Dorflebens jedenfalls. Den Führerschein zu besitzen, das bedeutet die große Freiheit. Kommen und gehen. Wegfahren. Aber das Auto ihres Vaters macht einfach nicht, was Karmen will.

»Heinz!« Karmen verdreht die Augen. Seit ein paar Monaten nennt sie ihren Vater beim Vornamen, weil ihr das Wort Papa auf eine Weise albern vorkommt. Und obwohl Heinz es hasst, wenn sie ihn Heinz nennt, bleibt er so geduldig wie immer, redet sanft auf sie ein und irgendwie schaffen sie es dann doch gemeinsam auf die Landstraße, womit er sich als Erziehungsberechtigter strafbar macht, aber in ihrer Gegend gibt es sowieso keine Polizei. Mit jedem Kilometer Landstraße, den Karmen fährt, fühlt sie sich sicherer. Auf einmal kommt dann auch der Punkt, wo man automatisch fährt und man sich wieder anderen Dingen widmen kann. Gesprächen zum Beispiel.

»Vermisst du sie?«, fragt Karmen, und Heinz, Papa, der Vater, sagt erstmal nichts.

Er schaut aus dem Fenster. »Wen«, sagt er dann, als hätte sie nach einem verstorbenen Haustier gefragt oder den Kuhglocken, weil ja jetzt im Herbst die Kühe nicht mehr auf der Weide sind.

»Mama«, sagt Karmen.

Und weil Heinz als Antwort nur eine ganz kleine, verneinende Kopfbewegung macht und Karmen das ja nicht sieht, weil sie sich vielleicht doch auf das Fahren und die Landstraße konzentrieren muss, fragt sie noch mal. »Vermisst du Mama?«

»Nein«, sagt Heinz jetzt eine Spur zu bestimmt. »Wir zwei beide sind doch ein gutes Team.«

Und Karmen glaubt ihm sogar. Sie zwei beide. Das waren sie schon lange, sehr viel länger als die Mutter verschwunden ist.

»Aber ich bin bald weg. Fühlst du dich nicht allein?«

Heinz sagt nichts. Dann entdeckt er plötzlich was im Rückspiegel. »Gib Gas, schnell«, brüllt er.

Karmen schaut ebenfalls in den Rückspiegel und sieht hinter ihnen ein Polizeiauto.

Heinz, der sonst immer eher Ruhige und Lässige, wird plötzlich hektisch. »Schneller, Karmen, schneller. Wenn die uns erwischen, sind wir beide unsere Führerscheine los.«

»Du deinen vielleicht, Heinz, ich hab ja noch gar keinen.«

»Da, bieg da vorne in den Waldweg ein«, sagt Heinz, nachdem er sich vergewissert hat, dass sie das Polizeiauto durch ihr kleines Geschwindigkeits-Manöver abgehängt haben. Karmen wird langsamer, sie steuert den Wagen in den Wald, die Hydraulik bewirkt, dass es die beiden gehörig durchschüttelt. Hinter einer Kurve bringt sie den Citroën zum Stillstand. Durch das Dickicht können sie ein Polizeiauto erkennen, das auf der Landstraße vorbeifährt.

»Fahrprüfung bestanden«, sagt Heinz und schüttelt seiner Tochter ganz feierlich die Hand.

»Papa.« Karmen lacht. Es ist das letzte Mal, dass sie mit ihm im Wald ist.

»Willst du wirklich kein Auto zum Abitur?«

»Du willst nur, dass ich dich besuchen komme, wenn ich erstmal in der Stadt studiere.«

»Erwischt.«

»Investier das Geld lieber in meine Ausbildung.«

»Hm«, macht Heinz.

Kurz vor ihrem achtzehnten Geburtstag hatte Karmen die Fahrprüfung bestanden. Seitdem hatte sie nie wieder selbst am Steuer eines Autos gesessen. Sie hatte es auch so geschafft, aus dem Dorf rauszukommen. Mit dem Oldtimer hatte ihr

Vater vor allem Hausbesuche gemacht, war immer nur in der Region unterwegs gewesen. Zuletzt stand der Wagen unbenutzt in der Garage.

Auch die Fahrertür war unversperrt, im Zündschloss steckte der Schlüssel. Kukka half ihr beim Tanken. Sie packten Kisten und Müllsäcke in den Kofferraum und auf die Rückbank. »Jetzt kommt der entscheidende Moment. Hoffentlich springt er an.« Karmen und Kukka saßen endlich beide angeschnallt in dem Wagen und starrten die Garagenwand an. Mit schwitzigen Händen hielt sie sich am lederbezogenen Lenkrad fest, das, zumindest bildete sie es sich ein, nach Pitralon roch, dem Aftershave ihres Vaters. Sie schaute zu Kukka rüber. »Wie ging das noch mal?« Dann drehte sie den Zündschlüssel, der Motor sprang sofort an, die Hydraulik pumpte sie hoch und der Wagen machte einen Satz nach vorn. Hektisch trat Karmen auf die Bremse und würgte so den Motor gleich wieder ab.

Kukka sah sie an. »Soll vielleicht lieber ich?«

Karmen seufzte, sie lösten ihre Sicherheitsgurte und wechselten die Plätze.

»Die Haustür steht noch offen«, sagte Kukka, nachdem sie den Motor wieder gestartet und das Auto rückwärts aus der Garage geschoben hatte. Sie waren abfahrbereit.

»Egal, irgendwer will sicher wieder was vorbeibringen. Kuchen oder so.«

»Der war übrigens von mir.«

»Der war gut.« Karmen drückte auf einen Knopf und das Schiebedach über ihren Köpfen öffnete sich langsam. Ins Wageninnere wehte frische Luft. »Landluft macht frei!«, rief sie.

Kukka schaute sie fragend an. »Meine Mutter hat früher immer gesagt ›Stadtluft macht frei‹, wenn sie mit mir einen Ausflug in die Stadt gemacht hat. Eine alte Parole von

Knechten und Leibeigenen, die in die Städte kamen. Heute ist es umgekehrt.«

Rechts von ihnen tauchte erst die Kirche, dann die Schule auf. Sie begegneten Elias, der seinen Pick-up direkt bei der Landstraße abgestellt hatte und einen Weidezaun reparierte. Kukka drückte auf die Hupe, Elias schien sie zu ignorieren. »Der Idiot«, brummte sie. Karmen wunderte, was denn alle hier mit diesem Elias hatte, ließ es jedoch unkommentiert. Sie genoss ihre kleine Landpartie. Die Fahrt zum Wertstoffhof im Nachbarort war seit Tagen der erste große Ausflug. Sie saß auf dem Beifahrersitz, ließ sich durch die Landschaft ihrer Kindheit kutschieren. Einmal in einem Waldstück löste sie den Sicherheitsgurt, erhob sich und steckte ihren Kopf aus dem Dachfenster, atmete die kühlere, leicht harzige Luft hier im Wald.

Die Sonne war schon fast untergegangen, als sie wieder auf dem Rückweg waren. Sie hatten den ganzen Müll ordnungsgemäß entsorgt und die DS war wieder leer.

»Licht«, sagte Karmen plötzlich.

»Wie bitte?«

»Licht, du solltest das Licht anschalten.«

Kukka suchte ein bisschen am Armaturenbrett herum, fand schließlich den richtigen Schalter, und als die Autoscheinwerfer das Ortsschild ihres Dorfes beleuchteten, das schon ganz im Dunkeln lag, kam in Karmen sogar so etwas wie Heimatgefühl auf.

Einen Moment blieben die beiden noch sitzen, nachdem der Wagen wieder in der Garage stand.

»Wieso nennst du dich eigentlich Kukka?«

»Der Name hat mir gefallen. Ist finnisch und bedeutet Blume.«

»Klingt aber eher wie das Gegenteil.«

Kukka lachte. »Und du bist blöd.«

Sie stiegen aus, Kukka kletterte auf ihr Rad, winkte und fuhr davon.

»Was ist mit dem Pool?«

»Was ist mit dem Pool?«

»Kein Wasser drin.«

»Was, ach so, ja. Das Becken ist sicher undicht.«

»Lass es uns dicht machen.«

»Wie?«

»Könnte ich reparieren.«

»Ja genau, mit deiner Kettensäge. Kannst du ja so gut. Außerdem mache ich keinen Wellnessurlaub. Ich bin gerade dabei, den ganzen Krempel zu verkaufen, vergessen? Da werde ich ganz bestimmt den Pool instand setzen.«

»Setzen lassen.«

Karmen war gerade damit beschäftigt gewesen, die Straße vorm Haus zu kehren. Weil Samstag war und weil sie sich erinnerte, dass im Dorf immer alle samstags die Straße gekehrt und mit dem Schlauch abgespritzt hatten. Sie war also mit einem struppigen Besen, den sie in der Garage gefunden hatte, vor dem Haus zu Gange, als Elias mit seinem Pick-up vorbeigekommen war und angehalten hatte.

»Wir könnten ja zumindest versuchen, Wasser reinzulassen«, sagte er jetzt, stieg aus und drückte ihr eine Flasche in die Hand. »Da. Äpfelsaft, für dich. Die Kinder freuen sich sicher auch, wenn es im Dorf endlich einen Pool gibt.«

Äpfelsaft. Kinder. Karmen schaute abwechselnd die Saftflasche und Elias mit Ä an. Das hätte noch gefehlt, ein öffentliches Schwimmbad mit lauter lärmenden Kindern in ihrem Garten und sie die ganze Verantwortung. Was, wenn wer ertrank? Andererseits war es für die Jahreszeit wirklich schon sehr warm, und auch wenn sie selbst als Teenager den Pool oben am Waldrand gehasst hatte, bekam sie plötzlich Lust auf eine kleine Abkühlung.

Elias trug eine kurze helle Hose und ein ärmelloses gelbes T-Shirt, Birkenstocks. Sie selbst hatte im Schrank ebenfalls Shorts gefunden und ein ziemlich ähnliches Shirt an. Fast sah es aus, als gingen sie im Partnerlook. Wie immer grinste er sie frech an und zeigte seine perfekten Zähne. Zum ersten Mal bemerkte Karmen die unzähligen hellblonden Härchen auf seiner Brust, den Armen und Beinen. Seine Haut war ungewöhnlich braun, sodass die starke helle Körperbehaarung auffiel. Sie ertappte sich dabei, Elias sexy zu finden. Sexy und gutaussehend. Ja, wenn sie es sich richtig überlegte, war ihr schon länger kein Mann so attraktiv vorgekommen. Saß sie mit Haiko irgendwo und er fand einen Typ am Nachbartisch hot, warf sie ihm immer vor, er sei ein sexistischer Arsch. Wenn Männer Frauen begutachten würden wie er immer die Typen, na dann aber. Haiko versicherte ihr, dass die meisten Männer Frauen genauso ansahen. Und jetzt musterte sie selbst diesen vielleicht etwas zu forschen, aber immens hübschen jungen Mann mit der Attitüde eines alternden Schwulen, Hilfe! Überraschend war: Sie genoss ihre Position.

»Was ist jetzt?«, riss Elias sie aus ihren Gedanken.

»Der Pool, ach so, ja. Äh. Wir können es versuchen. Aber ich werde da keinen Finger rühren, ich hab im Haus genug zu tun. Und ich übernehme keine Verantwortung.« Karmen war zufrieden. Das Dorf, die Leute hier, dieser Typ hatten sie noch nicht ganz mürbe gemacht. Sie konnte noch immer hantig sein. Elias freute sich wie ein Kind, gab ihr einen Kuss auf die Wange, was sie schon wieder überraschte. Von der

Ladefläche seines Vans holte er einen schweren Werkzeugkoffer, und ohne zu fragen ging er ins Haus, hinauf in die Wohnung, durchs Wohnzimmer raus in den Garten und zum Waldrand. Unterwegs brüllte er noch etwas davon, dass sie auch gleich noch den Garten in Ordnung bringen sollten. Ein bisschen den Dschungel roden und so weiter. Karmen war ihm bis zur Terrassentür gefolgt. Sie staunte über seine Dreistigkeit.

Während der nächsten Stunden räumte sie eher lustlos im Arbeitszimmer herum. Draußen war es eigentlich viel zu schön, um den Tag im Haus zu verbringen. Vom Waldrand her hörte sie Elias arbeiten, immerhin waren sie schon zwei, die schufteten. Er hämmerte, hatte so ein Schleifgerät im Einsatz und fluchte einige Male. Zwischendurch kam er ins Haus runter, fragte nach einem Dichtungsring, sie hatte keinen blassen Schimmer. Dann saßen sie gemeinsam auf der Terrasse und tranken Saft.

»Erzähl doch mal ein bisschen von dir.« Was für ein bescheuerter Gesprächseinstieg. In ihrer Talkshow hätte Karmen niemals eine Fragerunde so begonnen. Aber hier war sie im echten Leben und nicht im Fernsehen. Die meisten Menschen hätten bei dieser Aufforderung, doch mal was von sich preiszugeben, wahrscheinlich eher verschreckt reagiert. Elias schien es nichts auszumachen und er legte los.

»Mein Dad ist auch beim Gemeinschaftsdorf, er war früher schon mal in der Gegend hier und darum hat es ihn wieder hierhergezogen.«

Hatte er echt Dad gesagt? Karmen hakte nach: »Und was hat er zwischen damals und heute gemacht?«

»Er ist so was wie ein Pionier der Ökoszene. Bio-Großhandel. Seine Firma beliefert fast alle Biosupermärkte in Europa.«

»Damit kann man Geld machen?«, wunderte sie sich.

»Offenbar, ja. Aber er steckt sein ganzes Geld in das Dorf hier. Er ist altersmilde.« Elias lachte.

»Deine Mutter ist auch hier?«

»Meine Mutter.«

»Ja?«

»Meine Mutter hat uns sitzen lassen. Sie war Schauspielerin. Äh, ist Schauspielerin.«

Karmen sah ihn erstaunt an. »Wie alt warst du da?«

»Klein, fünf oder so.«

»Ich hatte auch keine Mutter«. Das war zwar nicht ganz korrekt, eine kleine Lüge, aber Karmen gefiel plötzlich, dass sie so etwas mit Elias verband.

»Ist nicht wahr.«

»Okay, ich war fünfzehn, als sie fortging. Seitdem habe ich sie nicht mehr gesehen. Wir haben keinen Kontakt.«

Er stand auf, ging zu ihr rüber und legte ihr den Arm um die Schultern. »Ich auch nicht. Wir zwei Mütterlosen.«

»Alles gut«, sagte Karmen etwas verwirrt, spürte das Gewicht und die Wärme seines Körpers (und roch, dass er verschwitzt war, hielt das aber erstaunlicherweise gut aus). Doch dann meldete sich Karmen Sonntag, die Talkshowqueen, zurück und sie löste sich aus seiner Umarmung. »Und was hat dich in unser liebes Dorf verschlagen?«

»Ach.« Elias ging wieder zu seinem Gartenstuhl. »Ich hab Ökolandbau studiert. Statt nach Südamerika zu gehen wie die meisten meiner Studienkollegen, bin ich hier gelandet und manage die Agrarbetriebe im Gemeinschaftsdorf.«

Karmen fand ihn also gutaussehend und eigentlich – entgegen ihrem ersten Eindruck neulich beim Lagerfeuer und obwohl er schon wieder »Äpfelsaft« gesagt hatte – auch ganz clever. Warum konnte Kukka ihn nicht leiden und hatte Otto über ihn gesagt, er sei ein Idiot? Normalerweise hätte sie nachgefragt; bei den beiden jungen Frauen oder vielleicht sogar gleich bei ihm. Aber sie beschloss, sich selbst eine Meinung zu bilden. Gerade jedenfalls war Elias alles andere als ein Idiot.

Als er wieder zum Pool hinaufgegangen war, um weiterzuarbeiten, hatte sie sogar kurz erwogen, mit dem Zeug, das sie gestern im Hofladen gekauft hatte, ein Mittagessen zu zaubern und ihn einzuladen. Dann fiel ihr ein, dass sie weder zaubern noch kochen konnte. Das Einzige, was sie zustande brachte, war Knäcke mit Philadelphia. Aber sie hatte ein bisschen Hunger und ein Spaziergang wäre eine kleine Abwechslung von der Aufräumerei. Also ließ sie ihn weiterarbeiten und machte sich auf den Weg in den Ort. Sie würde einfach bei denen im Speisesaal mitessen, da musste man ja hoffentlich kein Mitglied in dem ganzen Laden sein.

Bei der ehemaligen Turnhalle roch es, anders als neulich, nicht nach Essen. Schließlich wusste Karmen auch warum, das Gebäude war verschlossen. Na, Hauptsache bei ihr daheim standen immer alle Türen offen. Sie hätte ja vorher mal nachfragen können. Die Dörfler hatten wohl auch ihre Fünftagewoche.

»Samstag und Sonntag müssen alle selber kochen«, rief eine Stimme. Karmen drehte sich um. Oben bei der Straße stand Henna-Hanna im leuchtend roten Gewand, einen gelben Schlapphut auf dem Kopf und einen Korb in der Hand. Sie winkte Karmen zu sich, fragte, ob sie Hunger habe und lud sie zum Lunch zu sich nach Hause ein.

»Die gute Luft hier macht hungrig. Das ist neu für mich. Also früher, als Kind, war das alles so normal«, sagte Karmen, als sie wenig später in Hannas altem Zirkuswagen, der auf dem ehemaligen Sportplatz neben ein paar anderen Bauwagen stand, am Tisch saß und etwas ungelenk dampfende Kartoffeln schälte. Sie wollte sich keine Blöße geben und zugeben, dass sie so was noch nie gemacht hatte.

»Erdmuth ist übers Wochenende weggefahren und hat mich gebeten, für ihre Hühner zu sorgen«, erzählte Hanna. »Und siehe da, ich hab gleich ein paar Eier im Stall gefunden. Das wird ein herrlicher Eierschmaus.«

Jetzt auch noch Hennen-Hanna, dachte Karmen, lächelte und konzentrierte sich dann wieder auf die viel zu heiße Kartoffel in ihrer Hand. Auch Hannas Bleibe im Dorf hatte nichts von den einfachen Öko-Behausungen, die Karmen aus den Achtzigern in Erinnerung hatte. Es war gemütlich bei ihr, das schon, aber fast ein bisschen spießig, trotz des Zirkuswagens. Jedenfalls hätte Karmen es irgendwie bunter erwartet. Am Kühlschrank klebten ein paar Fotos. Hanna hatte erwachsene Kinder, Enkelkinder, sie war wirklich schon Großmutter. Vor ein paar Jahren hatte sie sich von ihrem Mann getrennt, weil die Ehe langweilig geworden war, und weil sie Experimente immer schon spannend fand, war sie ins Gemeinschaftsdorf gezogen; für das Haus auf Rädern zahlte sie kaum Miete. »Was macht eigentlich Elias bei dir?«, fragte sie und ließ sich von Karmen den Teller reichen, auf dem vier – zehn Minuten Schwerstarbeit! – geschälte Kartoffeln lagen.

Karmen fühlte sich ertappt und fand es zugleich blöd, dass sie sich ertappt fühlte. Wobei denn! »Äh, wer? Ach so, ja, Elias.«

»Ja, ich hab sein Auto vor deinem Haus gesehen.« Hanna hatte in einer gusseisernen Pfanne Olivenöl – Karmen verkniff sich den Witz mit dem Regionalen – heiß gemacht und schnippelte nun die Kartoffeln hinein.

Man stand offenbar weiter unter Beobachtung. Wenigstens in dieser Hinsicht war im Dorf seit den letzten dreißig Jahren noch alles beim Alten: Jeder Schritt wird von den Nachbarn mitverfolgt. »Der repariert das Schwimmbecken. Wieso fragst du?« Karmen erwartete, dass auch Hanna nun irgendeine abfällige Bemerkung über Elias fallen lassen würde. Stattdessen schmunzelte sie. »Der ist unser Dorf-Gigolo, verdreht allen den Kopf. Sein Vater ist auch hier. Die gehören zum alten …«, Hanna machte eine kleine Pause, »… Bio-Adel.«

»Ich finde ihn nett und nein, ich bin gegen ihn immun. Der könnte ja mein Sohn sein.«

»Na ja, dann müsstest du aber früh angefangen haben, Anfang dreißig ist der auch schon.« Hanna zerschlug ein paar Eier über den angebratenen Kartoffeln und richtete in einer Keramikschüssel etwas Salat an.

»Würde sich ausgehen.«

Nachdem Hanna das Essen auf zwei Tellern verteilt hatte, stellte sie einen davon vor Karmen und wünschte gesegnete Mahlzeit. »Ich kann halt nur Hausmannskost. Haha, Hausmannskost, was für ein blöder Begriff. Gibt es auch Hausfrauskost? Aber ich bin sicher keine Hausfrau.«

Für den Rest ihres Mittagessens war Elias glücklicherweise kein Thema mehr. Eine Nachbarin schaute mit ihrem Baby vorbei und bekam auch noch was von der Nachspeise ab. Nachdem die Frau das Kind gestillt hatte, drückte sie es Karmen in den Arm, sagte »Halt bitte mal« und half Hanna, den Tisch abzuräumen. Das Baby schaute sie zufrieden an, und obwohl sie im Halten von Säuglingen überhaupt keine Übung hatte, war sie stolz, dass das Kind nicht gleich losschrie.

Nach dem Essen begleitete Hanna Karmen zu ihrem Haus zurück, weil sie ohnehin nach ihren Bienen oben am

Waldrand sehen wollte. Vermutlich aber auch aus Neugier und Gründen der sozialen Kontrolle – wegen Elias. Der kniete, als Karmen ihn beim Pool besuchte, mit nacktem Oberkörper, einen Wasserschlauch in der einen, eine Bürste in der anderen Hand, im Becken und wusch Dreck und Algen von der fleckig hellblauen Oberfläche. Am Beckenrand stand ein Kübel mit Spachtelmasse. »Sollte jetzt dicht sein«, sagte er, nachdem er sie bemerkt hatte. »Nächstes Jahr gibt es einen neuen Anstrich. Oder wir bauen gleich einen Schwimmteich. Das wäre noch besser.«

»Nächstes Jahr werde ich sicher woanders sein«, sagte Karmen. Sie freute sich trotzdem, dass Elias den Pool instand setzte. Am liebsten hätte sie eine Liege aus der Poolhütte geholt und ihm ein bisschen bei der Arbeit zugesehen, etwas ausgeruht. Aber sie wollte auch nicht aufdringlich sein oder faul wirken. Auf halbem Weg zurück ins Haus kehrte sie um und ging nochmal zum Pool. »Magst du den Flachbildfernseher? Geschenkt. Kukka wollte ihn nicht wegschmeißen. Ist so gut wie neu.«

»Du musst mir nichts schenken. Ich mach das gerne hier.«

»Weiß ich doch. Aber er steht da blöd in der Wohnung rum und ich muss ihn loswerden.«

»Okay, dann nehm ich ihn später mit.«

»Ich bin unten in der Praxis. Wenn was ist. Da wartet noch jede Menge Arbeit auf mich.«

»Klopf, Klopf, ist jemand zu Hause?« Unten in der Praxis wartete außerdem ein Mann im hellen Leinenanzug. Karmen, die unerwarteter Besuch inzwischen kaum mehr aus der Ruhe brachte, schätzte ihn auf fast siebzig. Sein Gesicht war braun gebrannt, er sah zufrieden aus, hatte einen kurzen weißen Vollbart, weiße kurze Locken und trug eine goldene Brille.

Karmen wollte gerade den »Heute ist keine Sprechstunde«-Spruch bringen, da reichte der Mann ihr schon die Hand, lächelte und stellte sich als Reiner vor. »Elias, mein Sohn, ist hier irgendwo bei dir. Zumindest steht sein Wagen vor dem Haus.«

»Ach, du bist Elias' Vater. Glückwunsch zum Sohn, der repariert oben den Pool.« Karmen erkannte jetzt auch die Ähnlichkeit zwischen den beiden. Vater und Sohn hatten den gleichen unmöglichen breiten Mund.

»Ist er jetzt dein Poolboy?«

Karmen hasste es, dass sie gerade rot wurde, es bestand einfach kein Grund dafür. »Nein, äh, es war seine Idee. Für die Kinder.«

Reiner sah sich um. »Du bist ja schon sehr weit gekommen.«

»Womit?«

»Mit der Haushaltsauflösung. Ach so, ich bin im Vorstand der Dorfgemeinschaft, wir haben ja vor, dein Haus zu erwerben. Hast du sicher schon gehört, unser Anwaltsbüro ...«

»Habe ich, ja. Zentrale Versorgungseinheit oder so. Schön. Den Brief habe ich bekommen.«

»Schön, ja. Darf ich?«

»Was?«

»Schauen, was mein Kleiner so treibt.« Sein Kleiner. Reiner deutete nach oben und Karmen wunderte sich, dass von den Dörflern überhaupt jemand um Erlaubnis fragte, bevor er ihre Wohnung betrat. Sie nickte, schickte Elias' Vater rauf und ging selbst ins Sprechzimmer zurück. Dieser Reiner kam ihr bekannt vor. Elias sah ihm so wahnsinnig ähnlich. Irgendwo musste sie ihm schon mal begegnet sein. Wahrscheinlich neulich beim Morgenkreis. Hennen-Hanna hatte doch was von »Bio-Adel« gesagt? Vielleicht, überlegte sie, war er einmal ihr Gast in der »Sonntalknacht« zum Thema Ökologie und Wirtschaft gewesen. Oder hatte sie ihn damals, in den Achtzigern, im Dorf gesehen? Sie widmete sich weiter dem Giftschrank im Sprechzimmer. Die ganzen Medikamente würde sie in der Kreisstadt entsorgen müssen, so einfach im Wertstoffhof abgeben wäre unmöglich. Das meiste war eh schon abgelaufen und für den Garagenflohmarkt war da auch nichts dabei. Sie packte Ampullen, Schachteln und Gläser in zwei große schwarze Plastikbeutel und warf sie in den Kofferraum des Citroën. Auch die vielen Anstaltspackungen Paracetamol warf sie weg.

In dieser Nacht hatte Karmen einen bizarren Traum. Reiner, der ältere Mann im hellen Leinenanzug, ist der Hippie, den sie vor dreißig Jahren als Anführer der Rasselbande interviewt hat. Ihre Mutter und Reiner sind ein Paar, was im Dorf natürlich unmöglich ist. Alle schimpfen und jagen die beiden mit Heugabeln und Fackeln fort wie bei Frankensteins Monster. »Aber es ist Liebe«, ruft Karmen der Menge entgegen. Karmen schwimmt im Pool im warmen Wasser, bei ihr ist Elias. Am Rand des Beckens stehen Henna-Hanna, Petra, Kukka, Otto und die anderen. Alle rufen wie in Zeitlupe, sie solle schleunigst aus dem Pool rauskommen, sonst würde sie sich noch verkühlen. Aber das Wasser ist so schön, schimmert smaragdgrün in der Sonne. Rauskommen, rufen die am Rand des Beckens weiter, komm jetzt sofort raus. Nur Henna-Hanna scheint unbesorgt zu sein. Sie trägt eine Art Clownkostüm, klatscht in die Hände und ruft »Bruderschmaus, Bruderschmaus!«

Das Gebimmel der Kirchenglocken weckte Karmen. Es war Sonntag. Wieso um alles in der Welt ließen die Dörfler eigentlich ständig die Glocken läuten, wenn es doch überhaupt keine Gottesdienste mehr gab? Elias hatte erzählt, dass das Gemeinschaftsdorf in der barocken Kirche ein Seminarzentrum plante. Derzeit stand sie aber noch leer und diente ihm als Wohnung. Ein paar Minuten später und nach einer Dusche saß sie im übergroßen Batik-Shirt und mit einem Handtuch-Turban auf dem frisch gewaschenen Haar auf einem Barhocker in der Küche und starrte auf die röchelnde Kaffeemaschine. Zum ersten Mal seit Tagen war ihre Laune mies. Was ganz bestimmt mit dem blöden Traum zusammenhing.

Als der Kaffee fertig war, spazierte sie mit ihrem Becher durchs noch taufeuchte Gras hinauf zum Pool. Elias hatte gestern den Wasserschlauch bei der Poolhütte angeschlossen und über Nacht war das Becken schon fast vollgelaufen. Karmen schlüpfte aus den weißen Arztpantoffeln, setzte sich an den Beckenrand und stellte den Kaffee neben sich ab. Vorsichtig hielt sie eine Zehenspitze ins Wasser, schreckte aber sofort wieder zurück. Das war ja saukalt. Es brauchte sicher ein paar Tage, bis das Wasser eine angenehme Temperatur bekäme. Aber schön war es hier oben trotzdem. Sie lauschte, hörte einen Specht im Wald gegen einen Baum klopfen, Kuhglocken und Muhen. Bienen und sogar eine Libelle flogen über die Wasseroberfläche. Damals hatte sie es kaum erwarten können, von hier wegzukommen. Wie sollte man auch in der Provinz die Welt verändern? In der Provinz, wo jeder jeden argwöhnisch beobachtete, wo alle aufpassten, nichts falsch zu machen oder anders als die anderen. In den Achtzigern bekamen das natürlich auch die Hippies zu spüren, die von den meisten Dorfbewohnern behandelt wurden, als wären sie Mitglieder einer satanistischen Vereinigung. Als Karmen damals begann, mit ein paar von den Hippies regelmäßig zu Demonstrationen zu fahren, war sie plötzlich auch Teil der »Sekte«. Dabei kämpften sie gegen die Wiederaufbereitungsanlage Wackersdorf, gegen Waldsterben, Ronald Reagan und für Umweltschutz und Biolandwirtschaft, Karmen war sogar Vegetarierin geworden. Und dann? Die Hippies waren bald wieder verschwunden. Oder hatten Karriere gemacht wie dieser Reiner. Und was war aus ihr geworden?

Sie wollte damals Journalistin werden, beim Fernsehen arbeiten. Aber sie hatte schon zu Beginn des Studiums realisiert, dass Aktivismus und Engagement ihr wenig brachten. Sie durfte nicht Partei ergreifen, um objektiv zu bleiben, glaubte sie. Das wäre der Trick. Von einem Tag auf den anderen drehte sie sich um hundertachtzig Grad. Aus der Ökotante wurde die Karrierefrau, Karmen Sonntag wechselte die Seiten. Plötzlich bekam sie Praktikumsstellen, das Volontariat beim Radio, den ersten Fernsehjob; damals noch als Assistentin. Nebenher schloss sie die Uni mit Auszeichnung ab. Ihr Chef war ein kettenrauchender, frustrierter Redakteur. Im Prinzip machte sie seine Arbeit. Sie besaß Talent, Stimme und Aussehen und bald schickte man sie auch vor die Kamera. Karmen bekam die ersten Aufsager in der Mittagssendung. Sie würde nie vergessen, wie sie für eine Kollegin einspringen durfte. Mit links hatte sie die Spätnachrichten wegmoderiert, als hätte sie ihr Leben lang nichts anderes getan. Von da war der Weg in den Hauptabend leicht. Sie war die erste Anchorwoman im deutschsprachigen Fernsehen, wurde Fernsehstar, Publikumsliebling, bekam eine eigene Talkshow, erst unter der Woche spätnachts und dann auf dem Hauptsendeplatz am Sonntagabend. Sie war

Miss Sonntag. Karmen Sonntalk. War die »Sonntalknacht«. Und es war, auch wenn es so leicht klang, harte Arbeit. War.

Durch die geschlossenen Augen spürte Karmen das Licht der Vormittagssonne, die Wärme. Sie schreckte auf, als etwas lärmend ins Wasser klatschte und sie nass wurde. Elias. Sie hatte ihn gar nicht bemerkt und nun japste und strampelte er im eiskalten Wasser herum, als würde er auf der Stelle ertrinken. Hektisch kraulte er zur Badeleiter und stieg so schnell er konnte aus dem Wasser.

»Sagmal!« Karmen sah verschämt zur Seite. Er war splitterfasernackt! Was der Typ sich einbildete, hier bei ihr ohne Klamotten aufzuschlagen.

»Haha, du bist ja da. Wohl noch ein bisschen zu früh für eine Arschbombe, das ist ja noch saukalt.« Elias räusperte sich, weil sie keine Reaktion zeigte.

»Was denn?« Krampfhaft blickte sie zur Seite.

»Ich habe kein Handtuch dabei. Voll vergessen. Kann ich deins?«

Sie sah zu ihm hin. Bibbernd stand er bei der Badeleiter auf der anderen Seite des Beckens. Er hielt sich ein bisschen verschämt die Hände vor den Schwanz. Karmen entfuhr ein genervtes »Manno«. Dann erhob sie sich extra gemächlich, nahm den Frotteeturban von ihrem Kopf und ging zu ihm hinüber, musterte ihn dabei verstohlen. Danach setzte sie sich wieder an den Beckenrand, diesmal hatte sie die Sonne im Rücken. Okay, er war schon süß. Auf keinen Fall würde sie Haiko von ihm berichten. Obwohl, wieso eigentlich? Plötzlich musste sie über sich selbst lachen. Hatte sie heute Nacht wirklich von Elias geträumt? Und hatten sie in ihrem Traum miteinander geschlafen? Jedenfalls fühlte es sich gerade so an, jetzt wo er in ihrer Nähe war. Mit einem Mal war ihr schlechte Laune wie weggeblasen.

Nachdem er sich trocken gerubbelt und seine Klamotten wieder angezogen hatte, machte sich Elias an dem Wasserschlauch zu schaffen, aus dem immer noch eiskaltes Wasser ins Becken strömte.

»In der Küche ist noch Kaffee in der Maschine. Hol dir welchen, wenn du magst.«

»Danke, passt schon.«

»Ich hol dir welchen.« Das war ihr jetzt bloß so rausgerutscht. Einem Mann Kaffee holen. Hatte sie nie gemacht. Sie war tatsächlich froh, dass er noch mal den blonden Lockenkopf schüttelte.

»Danke wirklich. Hatte heute schon genug.«

»Wo? Bei Otto?« Sie wunderte sich über sich selbst. Ihr doch egal, wo dieser Elias sonntagmorgens Kaffee trank. Andererseits war sie so neugierig.

»Hm«, machte Elias nur. »Danke übrigens für den Fernseher. Funktioniert super. Flachbild, wow.« Er hatte inzwischen das Wasser abgedreht und war damit beschäftigt, den Schlauch zurück auf die Trommel zu rollen. Dann hockte er sich neben sie auf den Boden. Der Wasserstand war nun zu hoch, um die Beine vom Beckenrand baumeln zu lassen. Jedenfalls, wenn die Füße nicht ins eiskalte Wasser tauchen sollten. Mit angezogenen Beinen, die Hände nach hinten abgestützt, saßen sie also auf den Betonplatten neben dem Pool, schauten auf die Wasseroberfläche und schwiegen. Karmen merkte erst gar nicht, dass ihre Hand seine berührte. Beziehungsweise glaubte sie erst, da wäre ein Schmetterling, der sie kitzelte, und wollte ihn abschütteln. Und dann doch nicht.

Plötzlich raschelte es bei der Hecke gleich neben dem Badehaus. Bitte keinen Besuch jetzt, dachte Karmen, als aus dem Gebüsch ein Känguru sprang. Was sollte das jetzt bitte? Elias schien von dem Tier überhaupt keine Notiz zu nehmen und sie überlegte, ob sie vielleicht Halluzinationen haben könnte. Ihr schlimmes Drogenpartywochenende war noch nicht so lange her, möglicherweise hatte sie gerade einen Flashback. Oder sie träumte das alles, lag eigentlich immer noch im Bett und schlief.

Das Känguru schaute neugierig zu ihnen rüber. Dann umkreiste es hüpfend den Pool und schien sich über das Wasser im Becken zu wundern. Dachse, Füchse, Rehe aus dem Wald hatten früher öfter im Garten gestanden, weshalb ja dann auch der Zaun und die Hecke errichtet wurden. Aber wo kam jetzt dieses Känguru her? Elias schnalzte mit der Zunge und das Känguru hüpfte zu ihm hin, ganz zutraulich, um sich hinter den Ohren kraulen zu lassen. Die Situation wurde immer absurder.

»Darf ich vorstellen: Das ist Herr Skippy«, sagte Elias schließlich.

»So wie Skippy das Buschkänguru?« Immerhin war das Tier keine Einbildung, kein Traum.

»Weiß nicht, äh, vielleicht.«

»Aber wie kommt ein Känguru in meinen Garten?«

»Durchs Gebüsch, haha, du hast doch gesagt Buschkänguru.« Ganz offensichtlich war Elias die Kinder-Fernsehserie aus den Siebzigern unbekannt. Natürlich, er war ja viel zu jung.

»Ich meine: Wie kommt es hierher. Meines Wissens gibt es keine Kängurus in unseren Breitengraden.«

»Herr Skippy gehört einem aus dem Gemeinschaftsdorf. Er hat ein eigenes Gehege, aber manchmal büchst er halt aus.«

»Er sieht aus wie ein überdimensionaler Hase. Wir sollten ihn zurückbringen.«

»Der weiß schon, wo er wohnt.« Elias stand auf, er musste noch an irgendwas beim Badehaus herumschrauben, um die Filteranlage in Gang zu setzen.

Ganz unaufgeregt sprang Herr Skippy im hohen Gras herum, knabberte an ein paar Halmen. Karmen hockte immer noch am Beckenrand. So relaxed wie vorher war sie aber nun nicht mehr. Das Tier war ihr ein wenig unheimlich; sie hatte ja keine Erfahrung mit Tieren, mit solchen schon gar nicht. Die schwarzen Hunde von neulich waren quasi ihr erster Tierkontakt, und jetzt gleich ein Känguru. Plötzlich ging ihr das alles ein bisschen zu schnell. Außerdem stand unten die Terrassentür offen, sie wollte auf keinen Fall, dass Herr Skippy ins Haus käme. Gerade als sie überlegte, sie zu schließen, hörte sie wieder das Surren. Okay, Otto hatte wohl ihre Drohne repariert und ließ sie wieder fliegen. Das Surren wurde lauter und der schwarze Kasten mit Propellern tauchte beim Waldrand auf, flog direkt Richtung Pool. Herr Skippy schaute, Elias schaute und Karmen winkte und lachte. Sie rief »Hallo Otto«, ohne zu wissen, ob das Teil überhaupt ein Mikrofon besaß. Die Drohne flog noch ein paar Kreise recht dicht über ihren Köpfen und verschwand dann wieder Richtung Ortsmitte.

Den restlichen Tag verbrachte Karmen mit Elias. Es war Sonntag, da wurde ausgeruht, hatte sie beschlossen. Gemeinsam hingen sie am Pool herum und hofften, dass das Wasser bald warm genug sein würde. Skippy hatte sich irgendwann wieder durch die Büsche geschlagen. Sie tranken Kaffee, Elias' »Äpfelsaft«, verkochten das Gemüse aus dem Kühlschrank – wobei sie eigentlich nur schlaue Kommentare ablieferte und er die ganze Arbeit machte. Sie redeten, lachten, erzählten. Seine Eltern hatten sich getrennt, als er noch ein Junge war, und Elias war bei Reiner geblieben. Karmen und Elias, zwei Väterkinder. Als er sich am frühen Abend von ihr verabschiedete, weil er im Gutshof noch nach dem Rechten sehen musste, fiel ihr auf, wie sehr sie den Tag genossen hatte. Da war kein Ärger mehr, keine Wut, kein Verdacht, zur falschen Zeit am falschen Ort zu sein. Ja, es fühlte sich richtig gut an, mit Elias zusammen zu sein. Gemeinsam zu sein.

»Da läuft was mit dem blonden Otter!« Haikos SMS am nächsten Morgen war verwirrend. »Hä?«, textete sie deshalb zurück und er: »Was machst du, bitteschön, in Australien?«

Erst dachte sie, Haiko hätte eine Nachricht für einen seiner schwulen Freunde versehentlich an sie geschickt. Aber er blieb dran und schickte ihr noch einen Link. Karmen sah, dass er von der »Bunte«-Webseite war, und textete zurück: »Du musst doch inzwischen wissen, dass ich hier im Funkloch sitze und kein Internet habe. Worum geht es überhaupt?«

»Ein Foto«, schrieb Haiko und schickte auch gleich eine Bildbeschreibung mit: »Da bist du und lachst in die Kamera, hinter dir ein Pool, ein blonder sexy Poolboy und im Gras hockt ein Känguru. Drunter steht: ›Der ehemalige Fernsehstar dürfte sich nach seinem Ausraster nach Australien abgesetzt haben und war für die Redaktion leider unerreichbar.‹«

Leider, leider. Sie hatte gestern wirklich eine ganze Reihe Anrufe in Abwesenheit bekommen. Karmen entdeckte auf der Liste auch den Namen eines »Bunte«-Redakteurs, dessen Kontakt sie glaubte längst gelöscht zu haben. Zehn Mal hatte der Blödmann versucht, sie am Sonntag anzurufen. Am Sonntag. Jeder in der Branche wusste, dass sie sonntags aus Prinzip unerreichbar war. Sie hatte beschlossen, dass diese Regel nach ihrem Branchenausstieg weiterhin galt. Jedenfalls musste Otto das Drohnenfoto von gestern weitergegeben haben, dieses Miststück. Sie textete Haiko, dass sie eh noch im Dorf sei, dass es aufgrund der Klimaveränderung allerdings auch hier Kängurus gäbe und dass sie sich jetzt die kleine Paparazza vornehmen würde, die ihr Privatleben geleakt hätte. »Aber der Poolboy ist ziemlich hot«, antwortete Haiko. »Den würde ich auch leaken, äh, lecken, liken, äh, scheiß Autokorrektur.«

Mittlerweile liebte sie es, jeden Tag nach dem Aufstehen vor dem Schrank in ihrem Zimmer zu stehen und zu überlegen, was von den alten Sachen sie heute anziehen könnte. Jahrzehntelang hatten wechselnde Stylistinnen, meistens ehemalige Models mit Geschmackskompetenz, ihre Outfits und ihren ganzen Stil bestimmt. Sie waren mit ihr einkaufen gegangen oder hatten stangenweise vorausgewählte Klamotten in unauffälligen Farben in ihre Garderobe neben dem Studio gebracht. Armani, Max Mara, Hugo, Strenesse – nachdem Karmen sie in der Show durchgeschwitzt hatte, hatte sie dem Sender manche Teile günstig abgekauft. Übrigens mehr aus Angst, nervige Praktikantinnen könnten sich die Teile beim alljährlichen Studio-Flohmarkt schnappen und in ihrem Look rumrennen. Wirklich selbst ausgesucht hatte sie jedenfalls schon ewig kein Stück mehr.

Heute wählte Karmen ein grobmaschiges blitzblaues Baumwollkleid, das sie mit siebzehn in einem Anfall von Do-it-yourself gehäkelt hatte. Vor Kurzem hätte sie das Kleid wahrscheinlich noch als scheußlichen Putzfetzen bezeichnet, nun gefiel es ihr. Das Blau passte gut zu ihren weißen Adidas-Jogging-High von Mitte der Achtziger, die sie aus dem Schuhschrank im Flur gefischt hatte. In der kleinen Schatulle auf dem Schreibtisch in ihrem Zimmer hatte sie zwischen Anti-AKW- und Friedensbuttons den alten Ohrschmuck gefunden und sich für knallrote Federn entschieden, die an silbernen Kettchen hingen. Weil sie lange keine Stecker mehr drin gehabt hatte, waren die Löcher in ihren Ohrläppchen zugewachsen. Sie hatte eine Zeit lang vor dem

Badezimmerspiegel gestanden und versucht, den Schmuck durch die ehemaligen Ohrlöcher zu drücken. Hatte funktioniert und nur ein klein wenig geblutet.

Sie entschied, für den kurzen Weg den Citroën aus der Garage zu holen. Nachdem sie mit Otto ein Hühnchen gerupft hätte, könnte sie hinterher gleich noch das ganze Praxisgift im Kofferraum zum Sondermüll bringen. Ja, heute würde sie selbst am Steuer sitzen. So super schwierig konnte Autofahren ja wirklich nicht sein. Außerdem: Wozu besaß sie den Führerschein und diesen Haifisch-Wagen.

Karmen ging in die Garage, öffnete die Fahrertür des Citroën-Schiffes und stieg ein. Zum Glück hatte Kukka nach ihrem Ausflug vergangene Woche den Zündschlüssel stecken lassen. Ganz ohne viel nachzudenken, trat sie die Kupplung, drehte den Schlüssel, pumpte mit dem Gaspedal und – tada! – der Wagen sprang an, die Hydraulik funktionierte. Auf Anhieb fand sie den Rückwärtsgang, ließ vorsichtig die Kupplung kommen und langsam, ganz langsam schob sie aus der Garage auf die Straße. Sie kuppelte wieder, legte den ersten Gang ein und fuhr los. Ging doch, jetzt in den Zweiten. Dafür, dass sie so lange nicht hinterm Steuer gesessen war, beherrschte sie die Fahrerei eigentlich ganz gut. Tanken würde sie wahrscheinlich müssen. Die Nadel der Tankuhr stand schon auf Reserve.

Unterwegs sah sie auf dem Feld beim Nachbarhof Erdmuth zwischen Reihen von Jungpflänzchen knien. Sie winkte ihr zu, aber es vermutete sie wohl niemand am Steuer des Citroën und Erdmuth schaute nur blöd. Hinter Karmen fuhr ein Traktor. Im Rückspiegel sah sie, dass der Fahrer das Licht an- und ausschaltete. Vielleicht sollte sie weniger schleichen. Außerdem war sie ja in Rage. Karmen gab Gas, fuhr dem Traktor davon und bog dann von der Hauptstraße auf den Parkplatz vor der alten Schule, dass die Reifen quietschten. Bevor sie den Motor abstellte, ließ sie ihn noch mal extra aufheulen.

Otto hätte sie auch so bemerkt. Sie hockte schon wieder auf dem Flachdach, Karmen sah den rosa Haarschopf in der Sonne leuchten. Ihrerseits in bunter, kriegerischer Aufmachung stürmte sie in das Gebäude, stapfte in den ersten Stock hinauf und riss die Tür zu Ottos Loft auf. Erst jetzt fiel ihr auf, dass sie sich nur wütend gab – ohne es zu sein. Eigentlich war ihr wurscht, was die Regenbogenpresse glaubte, was dieser Arsch da über sie schrieb, was Otto getan hatte. Karmen war bereits auf den lederbezogenen Springbock in der Wohnküche geklettert und betrachtete Fotos von ein paar Dörflern auf dem Monitor, der automatisch aus dem Ruhezustand erwacht war, als Otto durchs Fenster hereingeklettert kam. Sie schaute überrascht. Mit Sicherheit hatte Otto ein Donnerwetter erwartet, es hatte sich schließlich angekündigt. Sie war sich auch bewusst, etwas falsch gemacht zu haben.

»Sorry«, murmelte sie, schlurfte zur Küchenzeile und hantierte mit der Bialetti herum.

»Egal«, winkte Karmen müde ab und sah Otto zu, wie sie die Kaffeemühle bediente, den frisch gemahlenen Kaffee in das Sieb gab, die Maschine zuschraubte und auf die Herdplatte stellte.

Wenig später reichte Otto ihr einen Becher. »Es ist halt so, dass Elias und ich …«

»Was?«

»Dass wir zusammen sind. Und es hat mich sehr enttäuscht, dass du …«

Große Güte, wo war sie denn jetzt hineingeraten. Sie würden jetzt sicher nicht wie zwei blöde Teenager um einen Typen kämpfen. »Da läuft nichts«, sagte Karmen und rührte, ohne dass es etwas zu rühren gegeben hätte, in ihrem Kaffee. »Ich mag ihn, basta.« Sie hasste es, sich zu rechtfertigen. Hatte sie nämlich noch nie getan. Und überhaupt: wofür?

»Zwischen uns ist es eh aus«, sagte Otto.

Ach, und wieso dann der ganze Zirkus?, dachte sich Karmen, schwieg aber vorsichtshalber. Teenie-Scheiße.

»Ich wollte eigentlich nur die Drohne ausprobieren, nachdem ich sie repariert hatte. Bin ein bisschen rumgeflogen. Als ich euch da zusammen gesehen habe, bin ich plötzlich so sauer geworden, dass ich das Foto verschickt habe.«

»Woher hattest du die Adresse von dem Zeitungstypen?«

»Ich hab in deinen Kontakten geschaut.«

»Was hast du?« Karmen wunderte sich über die technischen Fähigkeiten und die kriminelle Energie, die dieses Mädchen offenbar doch besaß.

»Sorry«, machte Otto wieder und kratzte sich am Kopf. »Aber ich hab denen nur das Bild geschickt. Ohne Ortsangabe und anonym.«

»Aus Australien.« Sie mussten beide lachen.

Zwei sehr bunt gekleidete Frauen, eine älter, eine jünger, in einem ehemaligen Klassenzimmer. Wie Mutter und Tochter saßen sie beim Kaffee und redeten. Auch über Elias, den Idioten, wie Otto schon wieder sagte. Elias und sie hatten sich in der Stadt kennengelernt. Sie Studentin, er schon fertig, aber ohne Plan. Schließlich hatte er dann das Jobangebot auf dem Land bekommen. Er würde im Gemeinschaftsdorf-Projekt als landwirtschaftlicher Leiter arbeiten und sie fand ihre Nische mit der Medienwerkstatt. Sie wollte den Projekten der Dörfler eine Öffentlichkeit geben, Filme machen, einen Blog, Podcasts. Dass die Beziehung nicht ewig halten würde, hätte sie eh kommen sehen. Genau genommen waren sie vielleicht eh nie wirklich zusammen gewesen. Und jetzt war er ja ausgezogen und wohnte in der leerstehenden Kirche.

»Heteronormative Beziehungskackscheiße, lächerlich«, sagte Otto und stellte energisch ihren Becher auf die Werkbank. »Das Dorf ist der beste Ort, um sich am veralteten System der Paarbeziehung abzuarbeiten.« Karmen sah sie aufmerksam an. Wie abgeklärt diese jungen Dinger waren. Plötzlich merkte sie, dass sie das Mädchen mochte. Otto war nicht so naiv, wie sie zunächst vermutet hatte. Sie erinnerte sie ein wenig an sie selbst. Obwohl: Sie waren doch ziemlich verschieden. Otto wollte das Gute, aber ohne karrieregeil zu sein. Karmen merkte plötzlich, dass sie sie zur Freundin wollte. Abgesehen von Haiko hatte sie nie Freundschaften gepflegt. Also ohne dass sie im Zusammenhang mit ihrer Karriere gestanden hätten.

»Wir sind schon sehr bunte Vögel«, sagte sie, als sie ihren leeren Becher in die Spüle stellte.

Otto schüttelte den Kopf, dass ihre pinken Haare wackelten. »Du vielleicht.«

Dann saß Karmen wieder in der metallicgrünen DS und fuhr endlich Richtung Kreisstadt. Hatte ja ganz großartig funktioniert, das Hühnchenrupfen mit Otto. Aber solange keine Promireporter im Dorf auftauchten, war alles in Ordnung. Sie hoffte wirklich, dass Otto ihren aktuellen Aufenthaltsort nicht verraten hatte. Sollten die ruhig glauben, dass sie in Australien sei, danke Herr Skippy.

Karmen fummelte am Autoradio herum und fand schließlich einen Sender, der gerade etwas von den Eurythmics spielte. Tiefe Achtziger, an den Song erinnerte sie sich. »Love is a stranger in an open car«: unverkennbar die Stimme von, wie hieß die doch gleich? Genau: Annie Lennox. Karmen drehte lauter, sang lauthals mit Annie Lennox mit und trommelte dabei mit den Händen aufs lederbezogene Lenkrad. Schon lange hatte sie sich nicht mehr so frei gefühlt. Bei einem Feldweg bog sie ein, stellte den Motor ab und genoss die Stille. Dann stieg sie aus, ging ein paar Schritte, der Himmel war so weit hier. Am Horizont hatten sich ein paar dunkle Wolken gebildet, die sich schnell bewegten. Ein kräftiges Lüftchen blies und es sah nach Unwetter aus. Der Wind wirbelte ihr die Federohrringe in die Augen, sodass sie blinzeln musste. Sie genoss die Freiheit. Sie bestimmte, wann sie anhielt, wo sie hinfuhr und wie ihre Geschichte weiterging.

Der Himmel war schon ganz dunkel, als sie etwa eine Stunde später aus der Kreisstadt zurückkehrte. Dort hatte sie den Kofferraum voller Medikamente aus der Praxis entsorgen können, getankt und beim Zahlen die Zeitungen ignoriert. Sie war sogar im Supermarkt gewesen und hatte ein paar Dinge besorgt, Duschgel, Shampoo, Kaffee, Teebeutel. Kurz vorm Dorf kam ihr Petra mit dem Auto entgegen. Beide Frauen mussten anhalten, um dann langsam aneinander vorbei zu können. Als sie einander erkannten, ließen sie lässig die Fenster hinunter, um sich zu unterhalten. Wie es halt so üblich war in einer Gegend, in der Zeit relativ ist und es kaum Verkehr gibt.

»Ich hab grad so wahnsinnig viel zu tun mit meinen Patienten«, sagte Petra. »Und die Kukka ist echt keine große Unterstützung. Aber die ist gerade auch schlecht drauf, muss man vielleicht verstehen. Wie weit bist du denn schon mit der ganzen Räumerei? Ende in Sicht?«

Karmen sagte ja und hmm. Und Petra weiter: »Was läuft da eigentlich mit Elias? Sein Auto steht ja jetzt öfters bei dir oben …«

»Der hat mit beim Ausmisten geholfen«, log Karmen. Weil die beiden Frauen die Straße blockierten – jemand hupte bereits genervt –, beschlossen sie, einander in den nächsten Tagen doch mal zu besuchen.

»Mach daheim alle Fenster zu, sie haben ein Donnerwetter angesagt«, rief Petra zum Abschied. »Schöne Ohrringe übrigens, die habe ich dir mal geschenkt.«

»Danke«, rief Karmen zurück, winkte und fuhr nach Hause. Der Himmel war jetzt richtig schwarz.

Alle Fenster im Haus waren geschlossen und Karmen wollte den Kamin anfachen. Der Wind hatte für Abkühlung gesorgt und die Vorstellung, den Abend bei ungemütlichen 15 Grad zu verbringen, behagte ihr wenig. Natürlich hatte sie noch nie Feuer gemacht. Als sie noch ein Kind war, war – abgesehen von den Waffen im Arbeitszimmer, vom Giftschrank unten in der Praxis, der Tiefkühltruhe – der Kamin ein großes Tabu gewesen. Doch jetzt war sie erwachsen, Erwachsene durften Feuer machen. Neben dem Kamin stand noch der Weidenkorb mit ein paar Scheiten Holz. In der Küche fand sie Streichhölzer und mit Hilfe einer ZEIT aus dem Jahr 1998 brachte sie tatsächlich ein hübsches Feuerchen zustande. Blöd nur, dass der Wind immer wieder den Qualm ins Wohnzimmer blies, der ihr in den Augen brannte. Aber schließlich knackte das trockene Holz gemütlich, es roch nach Rauch und Karmen lag unter der grünen Wolldecke auf dem Sofa, ein braunes Fotoalbum auf dem Schoß.

Ursprünglich wollte sie das Album mit den anderen Dingen aus dem Familienbesitz, die ihr nichts bedeuteten, einfach unbesehen wegschmeißen. Dann aber hatte sie es doch aufgehoben, um es sich noch einmal anzuschauen, wenn der richtige Zeitpunkt gekommen war. Genau jetzt war der richtige Zeitpunkt. Das Haus ächzte, das Feuer im Kamin knisterte, draußen klatschte Regen gegen die Fenster, und weil sie nicht richtig schlossen, konnte sie den Wind in den Kronen der Bäume rauschen hören. Das Wohnzimmer war verqualmt wie ein Wirtshaus vor der Einführung von Nichtraucherzonen. Karmen hatte sich eine Thermoskanne Pfefferminztee überbrüht. Als sie das Fotoalbum öffnete, machte es ein knarzendes Geräusch, sie musste aufpassen, wollte verhindern, dass die schweren Pappseiten komplett aus dem Leim gingen. Ein paar Bilder hatten sich schon gelöst und fielen zu Boden.

Ihre Mutter hatte das Album für sie angelegt, Karmens Namen und ihr Geburtsdatum groß auf die erste Seite gemalt. Weil sie zu einer Zeit geboren wurde, als man noch nicht alle paar Minuten ein Foto machte, waren trotz der Technikbegeisterung ihres Vaters die Zeitsprünge in den ersten Monaten und Jahren recht groß. Karmen kurz nach der Geburt, rotgesichtig und glatzig. Karmen mit Fläschchen. Karmen im Gitterbett. Erstes Weihnachten 1970. Weihnachten 1971, 1972, 1973 und so weiter. Sie auf einem Dreirad, auf Rollschuhen, im Dirndl, was übrigens fürchterlich aussah. Karmen betrachtete die Fotos eines immens bunt gekleideten Mädchens in seltsam verwaschenen Farben, las die mit Bleistift zart geschriebenen Bildunterschriften aus der Ich-Perspektive. »Mein erstes Weihnachten«, »Ich will mein Fläschchen«, »Mein erster fahrbarer Untersatz«, »So erobere ich die Welt.« Ihre Mutter hatte Karmens Position eingenommen, stellvertretend für sie Bildbeschreibungen verfasst. Irgendwann hatte Karmen aber dann wohl selbst die Texte geschrieben, man konnte es an der anderen Handschrift erkennen. Unter einem Foto, das an Fasching aufgenommen worden sein musste, trug Karmen ein extrem lässiges Cowboy-Outfit. Darunter stand in Kinderschrift: »Ich werde für Gerechtigkeit kämpfen im Wilden Westen.« Auf einem anderen, sie erinnerte sich plötzlich ganz genau an das Weihnachtsgeschenk mit acht oder neun, saß sie hinter einer Schreibmaschine. »Eines Tages werde ich Reporterin«, stand darunter geschrieben. Sie musste lachen. Die Bilder zeigten zwar sie in unterschiedlichen Lebensphasen, gleichzeitig war sie sich selbst ganz fremd.

Weiter hinten im Album wurden die Beschreibungen dann knapper und beschränkten sich meist auf Orts- und Zeitangaben. Auf den Weihnachtsfotos, jedes Jahr fertigte ihr Vater arg umständlich mit Selbstauslöser eines an, wurden die Geschenke mehr, die Christbäume neben der Krippe prachtvoller und Karmen selbst wurde immer größer, ihr Gesicht hübscher, aber ihr Ausdruck muffiger. Auch der Abstand zwischen ihren Eltern wuchs mit jedem Jahr. Saß oder stand man zunächst noch als glückliche Familie eng beisammen, rückte man von Jahr zu Jahr mehr auseinander. Ihre Mutter war oft weggewesen, auf Reisen, Seminaren, Selbsterkenntniskacke in Indien und so. Das Album endete 1983. Wenig später war sie endgültig gegangen. Ein paar Seiten des Albums waren noch frei. Auf dem allerletzten Familienweihnachtsfoto saß die Mutter an einem Ende des Siebzigerjahre-Sofas, Karmen, typisches Papakind, mit ihrem Vater am anderen und schaute so beleidigt, wie nur Teenager beleidigt schauen können. Karmen klappte das Fotoalbum zu und legte es auf den Couchtisch.

Das Feuer war fast heruntergebrannt, sie legte kein Holz mehr nach. Stattdessen schloss sie die Augen und lauschte auf den Wetterlärm draußen, hörte, wie der Wind durch die Fensterritzen pfiff und die Blätter in den Bäumen rauschten.

Als sie gerade schlafen gehen wollte, fiel Karmens Blick auf ihr iPhone. Offenbar hatte sie bei ihrem heutigen Ausflug in die Kreisstadt endlich mal Netz gehabt und WhatsApp hatte alles, was Haiko in den vergangenen Tagen gesendet hat, heruntergeladen. Den Mailordner ließ sie lieber ungeöffnet. Haiko hatte Bilder geschickt, abfotografierte Zeitungsartikel über sie, die sie gleich löschte. Er hatte auch Sprachnachrichten aufgenommen, was sie schon immer affig fand. Entweder man schrieb oder man telefonierte miteinander. Gesprochene Satzfetzen zu verschicken, hielt sie für idiotisch. Erst wollte sie die Soundfiles ebenfalls löschen. Aber nachdem sie den Abend mit den alten Fotos verbracht hatte, sie hier sowieso dauernd mit ihrer Kindheit und Jugend konfrontiert wurde, war sie ein bisschen sentimental. Sie wollte Haikos Stimme hören und klickte sich durch die Sprachnachrichten.

»Ich weiß, du hasst Sprachnachrichten, aber ich tipp mir hier die Finger wund. Ich wollte bloß wissen, ob du gut angekommen bist.« Montag vor einer Woche.

»Schenk mir ein Lächeln.« Ebenfalls Montag.

»Hallo, ich bin's. Was macht deine Sommergrippe? Du schonst dich aber, oder? Ab in dein Kinderbett mit dir.« Dienstag.

»Wetten, dass..? Wirklich. Schöne Grüße an Thomas Gottschalk.« Dienstagnacht.

»Ich liebe die Vorstellung, dass du mit zwei streunenden Straßenkötern sprichst. Du magst keine Hunde, schon vergessen? Du hasst alles auf vier Beinen, du hasst Natur, du hasst Blumen. Schenk mir ein Lächeln.« Mittwoch.

»Hahaha, Darling, schmeiß bloß den Kuchen weg, der ist sicherlich vergiftet. Die wollen dich vergiften da und dann wollen sie dein Haus erben.« Donnerstag.

»Der Typ mit der Kettensäge ist gefährlich. Du musst schleunigst weg von dort. Das klingt nach Serienmörder, pass auf dich auf. Hahaha.« Auch Donnerstag.

»Wenn du zu diesen Verrückten gehst, lass dich nicht von denen einkochen. Obwohl Spaghettischmaus verführerisch klingt. Ich kenne ja deinen Faible für zerkochte WG-Pampe.« Freitag.

»Der Ottertyp und du, ihr setzt den Pool instand? Hast du da in der Provinz überhaupt einen Badeanzug, der dir passt? Ach, vergiss es, du bist ja jetzt Hippie, da geht man nackt baden. Hahaha.« Samstag.

»Darling, ich muss dich bald besuchen in deiner Hippie-Enklave. Muss mir nur noch Jesuslatschen kaufen.« Sonntag.

»Australien? Was machst du in Australien?« Montag. Die letzte WhatsApp-Sprachnachricht.

Sie war tatsächlich erst eine Woche im Dorf. Ihr altes Leben, also das in der Stadt, im Sender, das alte Showleben schien aber schon so weit weg zu sein. Sie vermisste Haiko. Hatte er wirklich vor, sie hier zu besuchen?

Als sie im Badezimmer stand und sich die Zähne wieder mit der alten, eingetrockneten Elmex putzte, ärgerte sie sich, vorher im Supermarkt keine neue besorgt zu haben. Vergessen. Das Zeug schmeckte schal im Mund. Sie spuckte aus, spülte und löschte überall in der Wohnung die Lichter. Der Regen hatte aufgehört, aber der Sturm rüttelte noch immer an den Fenstern. Sie legte sich auf ihr viel zu schmales Jugendzimmerbett, starrte an die Schräge über sich, wo nun das Foto hing, das Otto neulich von ihr mit der Drohne gemacht hatte. Auf dem Bild sah sie wirklich glücklich aus. Sie würde es morgen auf die letzte freie Seite in dem Fotoalbum kleben. »Schenk mir ein Lächeln«, sagte Karmen und es klang fast wie eine Bildunterschrift. Dann deckte sie sich zu und löschte auch das Licht auf dem Nachtkästchen. Der Schalter der Lampe klickte noch immer so wie damals, als sie klein war. Als ihre Mutter sie zu Bett gebracht und das Licht ausgemacht hatte. Klick. Irgendwie beruhigend.

»Jemand sollte unbedingt mal die Fenster putzen.« Petra und sie standen in der Küche und sie hoffte, dass die Kaffeemaschine ihren Geist erst in ein paar Tagen aufgeben würde, so wie sie ächzte und röchelte. Die Sonne knallte gegen das Küchenfenster, das wirklich furchtbar dreckig aussah.

»Die Maschine gehört endlich entkalkt und wenn die Sonne ganz blöd steht, dann sieht sogar ein frisch geputztes Fenster schmutzig aus«, lautete Petras Diagnose. »Warum willst du die Fenster überhaupt putzen? In ein paar Tagen verkaufst du die Hütte eh.«

»Damit ich solange noch rausschauen kann. Wieso schlägst du im selben Atemzug vor, die Kaffeemaschine zu entkalken? Die wird ja auch bald weggeschmissen.« Obwohl die gläserne Kanne erst halbvoll war, schaltete sie die Maschine aus. Dann schenkte sie Petra und sich je eine Tasse ein. Ein paar Tage waren vergangen. Sie war, auch weil Kukka ihr viel geholfen hatte, im Haus gut vorangekommen. Okay, ihr Zimmer war unverändert, und auch sonst standen die Möbel noch alle an ihrem Platz. Aber Schränke, Kästen und Regale waren leer geräumt. Kukka und sie hatten den ganzen Plunder, der zu schade für den Sperrmüll war, in die Garage neben den Citroën geschafft. Für das Wochenende hatten sie einen Garagenflohmarkt angesetzt, vorm Speisesaal in der alten Turnhalle ein Plakat aufgehängt und Otto hatte das Ganze wohl auch via Social Media angekündigt. So viel mit Kukka zusammenzusein hatte Spaß gemacht. Sie hatten trotz der Arbeit immer wieder Zeit gefunden, sich zu unterhalten.

Kukka hatte Interesse an Karmens Vergangenheit und hier im Haus gab es natürlich ständig Anknüpfungspunkte. Und Karmen gefiel Kukkas handfeste Art. Obwohl sie manchmal etwas verunsichert wirkte, nachdenklich. Karmen hatte gefragt, was los sei. Aber Kukka hatte gesagt, eh kein Problem, nur ein kleines Unwohlsein, das ginge sicher gleich wieder vorbei.

Nach dem argen Gewitter in der Nacht auf Dienstag war es heiß geworden. Der Sommer war richtig da und vom Pool oben war seit dem Nachmittag Kindergeschrei zu hören. Elias war mittlerweile so was wie der inoffizielle Bademeister und Karmen hatte ihn gebeten, das Loch im Zaun größer zu machen, weil es sie nervte, dass die Badegäste aus dem Dorf ständig durchs Haus spazierten. Großzügigerweise erlaubte sie ihnen, bei ihr aufs Klo – Karmen sagte natürlich »für kleine Mädchen«, auch wenn Jungs fragten, und fand sich super originell – zu gehen, wenn sie mussten. Gemeinsam hatten sie auch die Terrasse hergerichtet, Liegen und Tische aus dem Badehaus geräumt und geputzt, Sonnenschirme, Luftmatratzen und aufblasbare Schwimmtiere verteilt. Sogar der weitläufige Garten sah schon anders aus. Elias, den sein Job als Leiter der landwirtschaftlichen Gemeinschaftsbetriebe offenbar wenig ausfüllte, musste vom Gutshof einen Balkenmäher holen. Der normale Rasenmäher hätte das hohe Gras nicht gepackt. Mit dem Balkenmäher hatte er dann den Dschungel im Garten gerodet.

Wie früher also hielten die Kinder aus dem Dorf nach der Schule den Pool in Beschlag. Mit dem Unterschied, dass Karmen sich darüber freute. Vorsichtshalber hatte sie allerdings ein Schild aufgehängt, auf dem »Baden auf eigene Gefahr« stand und »Eltern haften für ihre Kinder.« Früher, wenn sie als Kind auf Baustellen diesen Satz las, stellte sie sich immer ihre Eltern vor, die im Gefängnis saßen, weil sie etwas ausgefressen hatte.

»Wann gehen wir dein altes Zimmer an?«, fragte Kukka, eine leere Pappschachtel in der Hand. Karmen war mit Petra von der Küche auf die Terrasse gewechselt, eben hatte sie sehr schwungvoll die etwas zerfranste orange Sonnenmarkise herausgekurbelt. »Mach auch mal eine Pause, Schatz, hol dir 'nen Kaffee«, sagte sie jetzt und ließ sich in die Hollywoodschaukel fallen, die sie ein paar Tage zuvor unter einer verwitterten Plane entdeckt hatten.

»Okay, du bist die Chefin.« Kukka stellte ihre Schachtel auf den Boden und nahm sich einen Gartenstuhl. »Aber was ist jetzt mit deinem alten Zimmer?«

»Na, irgendwo darf ich ja wohl noch selbst wohnen, Gnädigste«, sagte Karmen. Sie hatte überhaupt keine Lust, sich mit dem Thema Kinderzimmer zu beschäftigen. »Später, wenn oben am Pool der Trubel vorbei ist, mag ich mich auch mal abkühlen.«

»... und wir sollten auch noch alles für den Flohmarkt vorbereiten.«

»Na hörmal, du bist ja voller Tatendrang. Der Flohmarkt ist doch erst in ein paar Tagen. Also.«

In dem Moment kam Elias auf sie zu und winkte schon von Weitem. Bis auf eine rote Badehose war er nackt.

»Oho, sexy, wie bei ›Baywatch‹«, kommentierte Petra seinen Auftritt mit einem Pfiff. »Wo ist deine rote Rettungsboje, junger Freund?«

Kukka verdrehte die Augen. »Mama!«

Sie lächelten einander an. Karmen fand es plötzlich bedauerlich, als erwachsene Frau nie diese Art Vertrautheit mit der eigenen Mutter erfahren zu haben. Mutter, das war für sie stets die Frau gewesen, mit der sie nicht auf Augenhöhe war. Sie war immer nur das Kind gewesen, und dann war sie mutterlos. Elias grinste wie immer breit, als er an ihnen vorbei ins Haus ging.

»Außerdem ist er ein Idiot«, sagte Kukka, nachdem er verschwunden war.

»Wieso eigentlich?« Karmen wollte längst mal nachfragen, was sie gegen Elias hatte.

»Weil er allen, wirklich allen hier den Kopf verdreht.«

»Inklusive dir«, mischte sich Petra nun ein. Es sollte eine Frage sein, klang aber wie eine Feststellung.

»Nein. Ich bin immun.«

»War nur auf der Toilette«, sagte Elias, als er wieder aus dem Haus auf die Terrasse hinaustrat.

»Groß oder klein?«, fragte Kukka.

Petra lachte. »So genau wollen wir das gar nicht wissen.«

Elias schaute verlegen und Karmen tat er fast ein wenig leid.

Später kam noch Henna-Hanna mit Wäsche und hatte die wie immer leicht schwebende überdrehte Erdmuth im Schlepptau. Das verrückte Huhn hatte was von dem Zeug dabei, das sie in einer Ecke des Getreidefeldes anbaute und von dem zum Glück niemand was wusste. Plötzlich wurde Karmen einiges klar, und obwohl sie nun wirklich kein Kiffertyp war, nahm sie den Joint gerne an, den Erdmuth gebastelt hatte und ihr reichte.

Die nächsten Stunden verbrachten die vier Frauen damit, fürchterlich zu kichern und eine Menge Mist zu labern. Zum Glück hatte Petra Gugelhupf mitgebracht – nach ihrem Rezept gebacken, Mutter und Tochter debattierten endlos, ob Dinkelmehl nun besser sei. Irgendwann wechselten sie von der Terrasse auf die Wiese. Henna-Hanna holte Rotwein aus ihrer Korbtasche, den sogar Karmen angemessen fand. Nur Kukka trank keinen Wein, was ihre Mutter mit prüfendem Blick kommentierte. Sie lagen auf den Wohnzimmerdecken im Gras und ließen es sich gut gehen.

Zumindest so lange, bis Otto mit ernstem Gesicht vor ihnen stand und ihnen Vorwürfe machte. Karmen hatte das Klimpern der Ketten und des Werkzeugs an Ottos Hose zwar deutlich gehört, es jedoch für Einbildung gehalten und auf Erdmuths Gras zurückgeführt.

»Da oben am Pool baden Kinder.« Otto schaute streng und zeigte hinauf zum Waldrand. Der Ring unter ihrer Nase wackelte aufgeregt, Karmen sah eigentlich nur diesen Ring. Außerdem war da kein Laut zu hören, das fröhliche Kindergekreisch hatte aufgehört. Otto schimpfte weiter. »Wer schaut auf die, wenn sie im Wasser sind, hä?«

»He, calm down.« Karmen stand umständlich auf und kicherte, weil sie plötzlich englisch sprach. »Beruhige dich, Otto, Elias ist oben und passt auf die Kinderchen auf.«

»Elias ist bei euch, ihr Pappnasen. Der pennt. Ihr seid ein Haufen verantwortungsloser Erwachsener, genau.«

Wütend trat Otto mit dem Fuß gegen den Hintern von Elias, der in eine Decke eingerollt im Gras lag, sie kurz mit glasigen Augen ansah und dann gleich wieder einschlief. Von den Frauen unbemerkt, hatte er sich ihrem kleinen Hippiekränzchen angeschlossen.

Die Sonne war schon fast untergegangen. Hektisch sprangen alle außer Elias auf und rannten rauf zum Waldrand. Was, wenn was passiert war? Der Pool lag verlassen, kein Mensch war mehr da. Auf den noch nass geplanschten Waschbetonplatten war Spielzeug verstreut, bei den Liegen lagen ein paar vergessene Badetücher herum. Eine Luftmatratze mit buntem Blumenmuster schwamm auf der ruhigen

Wasseroberfläche. Ängstlich schaute Karmen noch auf den Grund des Beckens, aber alles war gut, niemand ertrunken, die kleinen Badegäste waren alle heimgegangen. Otto hatte ihre Drohne losgeschickt gehabt und das Treiben rund um das Schwimmbecken beobachtet. Als sie sah, dass kein Erwachsener auf die Jungen und Mädchen aufpasste, hatte sie sich auf den Weg zum Haus gemacht. Karmen war froh darüber, dass alles in Ordnung war. Sie schlüpfte aus ihrem Batik-Shirt und stieg aus der Pluderhose, rief »Nackte Stunde!« und hüpfte ins von der Sonne aufgeheizte Wasser. Die anderen zogen sich ebenfalls aus und sprangen hinterher. Nur Otto blieb etwas missmutig noch eine Weile auf einer Badeliege hocken, bevor sie durch das Loch in der Hecke verschwand.

Die Ausgelassenheit oben am Pool musste Elias geweckt haben. Er hörte die Frauen lachen. Einen Moment überlegte er, Karmen und den anderen Gesellschaft zu leisten, beschloss dann aber, dass die sicher auf seine Gesellschaft pfeifen würden. Er würde jetzt einfach mal heimgehen. Seine Kleider hatte er eh im Auto. Elias schlich durch die Wohnung, die mittlerweile so ungewohnt leer aussah. Als er bei Karmens Zimmer vorbeikam, öffnete er die Tür und betrat die Welt eines Achtzigerjahre-Teenagers. Sein Blick schweifte über die Bücher im Regal, den Krimskrams auf dem Schreibtisch, das Bett mit der gemusterten Bettwäsche. Auf dem Fensterbrett saßen ein paar Stofftiere. An der Dachschräge über dem Bett entdeckte er neben vergilbten »Bravo«-Postern mit Stars, die ihm unbekannt waren, auch das Drohnenfoto, das Otto erst neulich von Karmen gemacht hatte. Schön sah sie aus und ganz anders als im Fernsehen.

Vorsichtig entfernte er die Reißnägel, mit denen das Bild befestigt war, nahm es von der Wand. Er erschrak, als die Kinderschrift darunter zum Vorschein kam. »Ich hasse euch alle«, las er sich flüsternd vor und überlegte, ob das tatsächlich Karmen geschrieben hatte, diese Karmen, die da gerade oben am Pool mit den anderen Frauen lachte und Spaß hatte. Mit dem Fingernagel zupfte er an einer Kante der ockergelben Rauhfasertapete, bis sie sich von selbst löste. Er riss den Schriftzug von der Wand, zerknüllte das schwere Papier und warf es in den Papierkorb neben dem Schreibtisch. Dann schob er das Foto in seine roten Badeshorts und verließ das Haus.

Die Tage vergingen und Karmens Wohnung war schon richtig leer. Es war Elias, der sie schließlich an das Geheimfach im Wohnzimmerregal erinnerte. »Was ist eigentlich da drin?«, wollte er wissen.»Das ist das einzige Plätzchen im Haus, das ich noch nicht begutachtet habe«, sagte sie und lachte. Er hatte irgendwelche Chemikalien für den Pool durchs Wohnzimmer in den Garten getragen, wegen der vielen Badegäste war das Wasser schon arg trüb und darum musste jetzt gechlort werden. Nachdem Elias damit fertig war, gingen sie gemeinsam das Projekt Geheimfach an.

Im Grunde war es gar nicht besonders geheim. Es war ja nicht versteckt, sondern sehr präsent im Regal untergebracht, ein mittelgroßer Tresor aus grau lackiertem Stahl mit einem Zahlenschloss. Das war der Punkt.

»Wie lautet denn der Code?«, fragte Elias geschäftig.

Karmen zuckte mit den Schultern. »Wenn ich das wüsste.«

»Na, du wirst doch den Code kennen. Kinder wissen immer die Geheimcodes und Passwörter ihrer Eltern.«

»Ehrlich, keine Ahnung.«

»Dann brauchen wir Werkzeug.«

»Bitte keine Kettensäge. Warte, ich denke nach.« Karmen probierte ein paar Zahlenkombinationen aus, was aber nichts brachte.

»Wann hast du Geburtstag?«, fragte Elias schließlich.

»15. Dezember.«

»Das Jahr auch, wir brauchen sechs Ziffern.«

»He. Du bist unhöflich.«

»Mach schon.«

Karmen seufzte theatralisch. »1969. Steht sowieso in Wikipedia.«

Elias sah sie überrascht an, sagte aber nichts, sondern stellte die Zahlenreihe »151269« in dem Schloss ein. Die graue Tür sprang auf. »Bingo«, rief er und drückte die Tresortüre gleich wieder zu. »Vielleicht solltest du da lieber alleine reinschauen?«

»Du meinst, ich soll meinen Schatz alleine heben? Quatsch. Mitgehangen mitgefangen.« Beherzt öffnete sie die Tür.

Der Inhalt des Tresors war enttäuschend. Neben ein paar Papieren, alten Ausweisen, Unterlagen das Jagdrevier betreffend war hier nicht der Goldschatz verborgen, den sie beide sich insgeheim erhofft hatten. Stattdessen fanden sie in Zeitungspapier eingewickelt noch eine Videokassette, auf deren Etikett stand »Für Karmen, wenn sie alt genug ist. Mama«.

Elias kicherte. »Und? Bist du alt genug?«

»Ich denke schon. Zu alt. Jedenfalls zu alt für dich.« Sie fuchtelte mit der Kassette vor seinem Gesicht herum. »Weißt du überhaupt, was das ist, Bürschchen?«

»Klar weiß ich das, Tante Karmen. Ein Video. Lass es uns mal anschauen.«

»Wenn du mir sagst, wie. Sieh dich doch mal um, alles leer. Allein, uns fehlt die Hardware.«

Tatsächlich hatte sie den Videorekorder schon weggeschmissen, der Fernseher war inzwischen bei Elias. Und wollte sie überhaupt dieses Video ansehen? Ein Video, das ihre Mutter für sie zurückgelassen hatte? War das nicht sehr creepy?

Ein paar Minuten später saß Karmen mit Elias in seinem Pick-up und sie waren auf dem Weg zum Wertstoffhof in der Kreisstadt, um den alten VHS-Rekorder wieder zu holen, den sie erst vor wenigen Tagen dort abgegeben hatte. Der Angestellte verlangte allen Ernstes fünfzig Euro für das schrottige Teil, gab ihnen aber immerhin auch noch jede Menge Kabel und Stecker mit. Anschließend fuhren sie zu Elias schrecklich chaotischer Wohnung in der alten Kirche. Er war definitiv nicht auf Spontanbesuch vorbereitet. Hektisch versteckte er Schmutzwäsche, räumte im Vorübergehen ein paar Teller weg und machte das Bett, während Karmen sich verstohlen umsah und überlegte, wie man überhaupt in einer barocken Dorfkirche leben konnte.

Endlich schloss Elias das Gerät an den Flachbildfernseher an, der zwischen Büchern und Zeitschriften vor dem Bett auf dem Boden stand. Karmen schob die Kassette ins Kassettenfach, drückte auf Play und setzte sich aufs Bett. Der Videorekorder spulte und knatterte. Zuerst blieb der Monitor schwarz, dass sie schon beide dachten, Elias hätte beim Verkabeln was falsch gemacht. Doch dann war auf dem Monitor plötzlich ihre Mutter zu sehen: eine Frau von Mitte dreißig in einem bunten afrikanischen Kleid, auf dem Kopf einen Turban aus demselben Stoff. Die Frau spricht ernst direkt in die Kamera.

»Mama?«, entfuhr es Elias und Karmen sah ihn erstaunt an. Er deutete auf den Monitor. »Das ist meine Mama!«

Das ist meine Mutter, dachte Karmen nun ihrerseits und konnte sich vor lauter Aufregung gar nicht darauf konzentrieren, was die Frau im afrikanischen Gewand da von sich gab. »Stopp jetzt.« Karmen drückte die Pause-Taste am Videorekorder. »Das hier ist weder ein Traum noch ein dummer Rosamunde-Pilcher-Roman. Das ist schlimmer.«

»Lass mal laufen. Ich will hören, was sie sagt. Das ist doch meine Mama.« Offenbar hatte Elias die Situation noch nicht ganz überrissen. Er spulte die Kassette wieder ein Stück zurück und drückte die Play-Taste.

In dem Video erklärte ihre Mutter, dass sie wegmusste. Mit dem jungen Reiner wegmusste. »Ich bin noch zu jung für das Dorf, für die Enge hier, die fürchterlich einfältigen Menschen«, sie klang eindringlich. »Ich will die Welt sehen, Spanien, Südamerika. Du und dein Vater, ihr seid euch viel näher. Ihr macht das schon. Eines Tages wirst du mich verstehen, mein Kind.«

Karmen war sprachlos. Ihr Körper zitterte. Wie schön sie war. Wie ähnlich die Mutter ihr sah. Und, nein, sie verstand diese Frau nicht. Auch jetzt nicht, wo sie doch alt genug sein sollte. Diese Kirche, das Video, die ganze Unordnung um sie herum. Mehr als drei Jahrzehnte hatte sie ihre Mutter nicht gesehen und plötzlich hatte sie jetzt auch noch einen Bruder.

Mittlerweile hatte auch Elias begriffen. Er setzte sich zu ihr aufs Bett und griff mit schwitzignassen Fingern nach ihren Händen. »Ich war fünf, als sie fort ist«, sagte er. »Aber das weißt du ja schon. Ich habe sie kaum gekannt. In meiner Fantasie war sie immer Schauspielerin in Südamerika oder so was.«

Die Situation fühlte sich für beide seltsam an. Obwohl sie nichts Verbotenes getan hatten, waren sie sich in den letzten Tagen doch sehr nahegekommen. Sie waren Geschwister, genauer: Halbgeschwister. Und nichts würde mehr so sein wie davor. Das Mutter-Video war längst vorüber, die Frau mit dem seltsamen Turban war aufgestanden, aus dem Bild gegangen und hatte die Kamera ausgeschaltet. Auf dem Flachbildfernseher war nur weißes Rauschen zu sehen. Karmen und Elias hielten sich noch immer an den Händen genauso wie neulich am Pool. Aber jetzt war alles anders.

Schließlich stand Karmen auf und drückte die Stopp-Taste. Sie überlegte kurz und tippte dann mit dem Zeigefinger auf den kleinen Knopf neben dem »Reset« stand. Die Ziffern im Display sprangen auf Null. »Alles auf Anfang«, sagte sie. »Alles auf Anfang, Bruder.«

Schon wieder stand ein fremder Mann vor ihrer Tür. Sein feuerrotes Haar und sein roter Bart bissen sich mit dem schreienden Orange seiner Uniform. Seit der Entdeckung, dass sie einen Bruder hatte, waren ein paar Tage vergangen, und Karmen wollte gerade eine Kiste mit Bilderrahmen, Nippes und Reisesouvenirs ihrer Eltern in die Garage bringen.

»Ich habe nichts bestellt«, sagte Karmen automatisch. Sie fand es überhaupt nicht seltsam, dass hier im Dorf, mitten in der Provinz, ein Fahrradbote vor ihrer Tür stand. Wie oft hatte sie damals in der Stadt Essen bestellt, das dann irgendwelche nass geschwitzten, unangenehm riechenden Typen in orangen Radlerhosen zu ihr nach Hause gebracht hatten. Das Essen war meist lauwarm und schmeckte selten so gut wie in den Restaurants, in denen es zubereitet wurde. Lieferessen war ein Versprechen, das niemals eingehalten werden konnte. Weil der Hauptspaß bei Restaurants ja weniger das Essen als vielmehr die Gesellschaft war, in der man es zu sich nahm. Zumindest theoretisch. Gut und gerne hätte Karmen auf so manches Dinner-Date oder Arbeitsessen verzichten können. Und jetzt stand da also dieser Typ und sah sie an wie eine Außerirdische. Offenbar hatte der Lieferdienst sein eher urbanes Einzugsgebiet erweitert und war jetzt auch in der Provinz tätig.

»Entschuldige, ich war kurz geistig abwesend, was hast du gesagt?« Vielleicht sah ja auch sie für ihn wie eine Außerirdische aus.

Der Lieferservicemann kratzte sich nervös den roten Schopf und reichte ihr dann die Hand. »Ich bin Paul. Ich suche Kukka. Ihre Mutter hat gesagt, sie sei vielleicht hier.«

Paul? Irgendwas klingelte bei Karmen. Vielleicht war der Typ ja mal bei ihr daheim gewesen, vietnamesische Veggie-Pho liefern oder so was. »Hat Kukka Essen bestellt?« Sie kapierte es immer noch nicht.

»Ach so, nein. Ich komme gerade von der Arbeit, jetzt hab ich keinen Dienst mehr. Also noch mal: Ist Kukka hier irgendwo? Es wäre nämlich dringend.«

Karmen deutete nach oben, und ohne zu fragen stürmte Liefer-Paul die Treppe hinauf, dass die Sonne durch die Glasbausteine bunte Lichteffekte auf seinen orangen Dress malte. Karmen rannte hinterher. Natürlich, Paul, der Studentenjobber von der Gala damals, der sie mit den GinTos versorgt hatte, mit dem sie eine ganze Nacht in der Stadt unterwegs gewesen war – der Ginger-Typ war dieser Paul! Offenbar jobbte er auch noch als Zusteller. Ganz konnte sie sich die Verbindung zwischen Paul und Kukka immer noch nicht erklären und überlegte lahm, was Kukka wohl bestellt hatte.

Die stand oben in der Wohnung etwas unsicher auf der Leiter zum Dachboden und balancierte die alte Weihnachtskrippe auf ihren Händen. Paul nahm die Krippe entgegen und half Kukka bei den letzten Stufen. Karmen sah ihnen zu. Fast war es wie auf einem Filmset, die zwei spielten eine Szene und sie war Regisseurin, Kamerafrau und Cutterin in einem.

»Wieso hast du denn nichts gesagt?«, fragte Paul. Er stellte die Weihnachtskrippe auf den Boden und nahm sie in den Arm.

»Weil ich keine Ahnung hatte.«

»Seit wann weißt du es?«

»Egal. Seit ein paar Tagen.«

»Was?«, mischte sich Karmen ein. Kukka und Paul ignorierten die Regisseurin, Kamerafrau und Cutterin. »Ich will wissen, worum es geht«, rief sie.

»Und du bist sicher?«, fragte Paul wieder.

»Was?« Karmens Stimme wurde lauter. »Sagt endlich mal was!«

»Ja. Laut Test ja. Ich wollte erst sicher sein.«

»Als deine Nachricht gekommen ist, hab ich mich gleich ins Auto gesetzt und bin hergefahren …«

»Sicher sein, ob ich es wirklich haben will.«

»Bist du schwanger?« Karmen platzte fast vor Ungeduld.

Endlich sah Paul sie an und strahlte. »Ja, wir werden Eltern!«

Kukka unterbrach ihn. »In erster Linie werde ich mal Mutter.«

Gerne hätte Karmen Kukka umarmt. Dann aber fand sie die Situation unpassend. »Sag mal, als wir gestern Nachmittag gekifft haben, hast du da schon gewusst, dass du?«

»Du hast was?«, mischte sich nun Paul ein und die Stimmung drehte sich schlagartig. »Du hast die Gesundheit meines Kindes gefährdet.«

»Meines Kindes.« Sie stieß ihn zur Seite. »Ich trinke keinen Alkohol mehr, rauche keine Zigaretten, ernähre mich gesund. Ich esse seit Tagen keinen Salat, weil die scheiß Katzen sich immer auf dem Feld rumtreiben und ich Angst vor Toxoplasmose habe und du wirfst mir einen Zug an 'nem Joint vor. Alter, es ist mein Körper, mein Kind. Und ich lasse mir von niemandem vorschreiben, was ich zu tun habe.«

Paul wurde plötzlich ganz kleinlaut und Karmen ärgerte sich, dass sie das Thema überhaupt angesprochen hatte. »Lasst uns das feiern«, rief sie und ging in die Küche, um Gläser und Elias' Äpfelsaft zu holen. »Wir müssen anstoßen, wir bekommen ein Baby!«

»Ich bekomme es«, rief Kukka, und als Karmen mit drei vollen Gläsern zurückkam, war schon wieder alles gut.

Karmen räusperte sich.

Erst jetzt schien Paul sie zu erkennen. »Du hier?«

»Ich wohne hier. Also, ich habe hier gewohnt. Grüß dich, Paul.«

Nun war es Kukka, die sich wunderte. »Wie? Ihr kennt euch?«

Paul gab Karmen ganz förmlich die Hand. »Kennen ist übertrieben. Wir haben neulich eine Nacht miteinander verbracht.«

»Ihr habt was?« Kukka lachte unsicher und musterte die beiden.

»Na ja«, sagte Karmen nun. »Miteinander verbracht klingt so, äh. Die meiste Zeit warst du ja im Darkroom verschwunden.«

Paul wurde rot. »Wir werden eine größere Wohnung brauchen in der Stadt, wenn das Kind erst mal da ist«, versuchte er, vom Thema abzulenken.

Kukka blieb hartnäckig. »Ihr habt die Nacht miteinander verbracht? Paul, magst du dazu noch was sagen?«

»Eigentlich nein. Wir haben ein bisschen gefeiert.«

»Im Darkroom, okay.«

»Und du hast gekifft.«

Kukka gab Paul einen Schubser, dass sein volles Glas zu Boden fiel und zersprang. »Verschwinde. Lass dich nie wieder blicken.«

Karmen hatte inzwischen wieder die Position der Zuschauerin eingenommen und wunderte sich, wieso die Regie hier gerade vollkommen versagte. Was sollte denn das: Gerade noch das junge Glück und nun Trennung – alles innerhalb weniger Minuten. Das Wechselbad der Gefühle auf Kukkas hormonellen Zustand zurückzuführen, fand sie allerdings auch beschissen. Also beschloss sie, die Vermittlerin zu spielen und moderierte das Versöhnungsgespräch der beiden. Sie ließ erst Kukka und dann Paul zu Wort kommen, fasste das Gesagte in ihren eigenen Worten zusammen, machte Vorschläge und am Ende war zwischen den beiden wieder alles gut. Nein, besser: Kukka wollte das Kind sowieso alleine bekommen, sie und Paul wären schließlich kein Paar. Es war nur ein Unfall gewesen. Er, der Vater, sollte trotzdem seine Rechte und Pflichten wahrnehmen, sie bekäme sowieso automatisch das Sorgerecht und Paul willigte erstaunlicherweise ein. Ja, er wirkte sogar erleichtert. Fall gelöst.

»Hallelujah, wir bekommen ein Kind«, rief Karmen und hatte plötzlich Leonard Cohens tiefe, warme Stimme im Ohr. Nachdem sie Paul wieder in sein Lieferauto verfrachtet und in die Stadt zurückgeschickt hatten, standen die beiden Frauen vorm Haus und lagen einander in den Armen. Beiden war klar, dass das mit dem Kind nicht so einfach werden würde.

»Wir bekommen ein Kind«, wiederholte Karmen und es klang, als müsste gleich wer heißes Wasser und Tücher bringen.

»Ich bekomme ein Kind«, sagte Kukka trotzig und drückte sie noch ein wenig fester an sich. »Aber vorher müssen wir noch alles für den Garagenflohmarkt morgen vorbereiten.«

»Es zwingt dich ja niemand, das zu kaufen.« Otto war keine große Hilfe und auch kein besonderes Verkaufstalent. Einer aus dem Dorf hatte sich abfällig über ein klobiges Teeservice geäußert, das Karmens Mutter in den Siebzigern angeschafft hatte und das nur selten zum Einsatz gekommen war. Nun standen die wirklich sehr scheußlichen Tassen, eine unförmige Teekanne und eine Zuckerdose ohne Deckel neben vielen anderen Gegenständen aus Familienbesitz vor der Garage auf einem Tapeziertisch, den Kukka mitgebracht hatte. Aber Otto wollte unbedingt mit anpacken, möglicherweise wollte sie so nach ihrem Auftritt von gestern Karmapunkte sammeln. Jedenfalls schreckte sie mit ihrer patzigen Art die Kundschaft eher ab. Allerdings war sie auch knallhart, was den Preis betraf, und ließ nicht mit sich handeln.

Der Garagenflohmarkt am Samstagvormittag war eine gute Gelegenheit für die Gemeinschaftsdörfler, Karmens Haus kennenzulernen. Denn im Gegensatz zu den Alteingesessenen waren sie nie als Patienten in der Praxis gewesen, ihnen war das Anwesen des Landarztes unbekannt. Entsprechend neugierig waren sie an den Ortsrand gepilgert und sahen sich nun um. Karmen hatte vor, die komplette Einrichtung zu verscherbeln, und obwohl sie davon überzeugt war, dass sich niemand hier wirklich für die Praxismöbel oder das runde Sofaungetüm im Wohnzimmer interessierte, ließ sie die Leute bereitwillig ins Haus. Petras Mutter hatte ein paar Kuchen gebacken, Elias eine Kiste Saft gebracht und so wurde aus dem Flohmarkt fast so etwas wie ein kleines inoffizielles Dorffest. Sogar oben am Pool waren Leute. Sie standen herum, plauderten miteinander, bestaunten den

Oldtimer-Citroën in der Garage und der Verkauf von Kleinzeug lief trotz Ottos Ruppigkeit überraschend gut. Sogar die Weihnachtskrippe fand Interessenten: zwei Kinder bettelten so lange ihren Vater an, bis der 20 Euro für das Teil bezahlte. Mit Maria, Josef, Ochs und Esel konnten die beiden übrigens wenig anfangen. Stattdessen würden sie, erzählten sie Karmen ganz begeistert, ihre Polly-Pocket-Puppen in der Landschaft wohnen lassen. Schöne Landschaft, neue Leute: Ein bisschen so wie bei den Neo-Dorfbewohnern und den Alteingesessenen, dachte sie, sagte aber lieber nichts.

Für den Waffenschrank ihres Vaters samt Inhalt interessierte sich Mauro, der seltsam aufdringliche Postler, der in seiner Freizeit auch Jäger war. Das Leben ihrer Familie, das, was davon übrig geblieben war, lag als nun da ausgebreitet auf einem Tapeziertisch und in ein paar Kartons auf dem Boden. Fremde begutachteten, nahmen Gegenstände in die Hand, kauften und würden den Dingen neue Bedeutung geben. Aus Erinnerungen waren Schnäppchen geworden. Es fühlte sich an wie ein weiterer Schritt Richtung Freiheit. Nur ihr Kinderzimmer hatte Karmen weder geräumt noch zur Besichtigung freigegeben.

Ein paar Stunden später, Kuchen und Elias' Äpfelsaft waren weg, die Kisten und der Tapeziertisch fast leergekauft und die Leute wieder gegangen, da saßen Karmen, Kukka und Otto auf der Treppe vorm Haus und erholten sich von dem Trubel. Otto zählte das Geld und war ganz in ihrem Element.

»Was machst du damit?«, fragte Kukka und zeigte auf die Scheine, die gebündelt vor Otto auf dem Boden lagen.

»Für dich, fürs Helfen.«

»Ach, Geld, Quatsch. Ich helfe dir als Freundin.«

Freundin. Hatte Karmen jemals eine Freundin gehabt? Sie lächelte und schaute auf Kukkas Bauch. Natürlich war der noch ganz flach. »Dann leg ich es auf ein Konto. Für die oder den da.«

Kukka warf einen prüfenden Blick zu Otto, die aber ausnahmsweise total uninformiert war. »Es muss noch nicht jeder wissen«, flüsterte sie.

»Weiß Petra, dass sie bald Großmutter wird?«

Kukka nickte.

Seltsam, dachte Karmen, Petra sah aber heute gar nicht so aus. Ihr iPhone vibrierte. Sie hatte immer noch kein Internet, Haiko musste SMS schicken und war schrecklich neugierig. Offenbar wollte er wieder mit Tratsch aus dem Dorf versorgt werden. »Henna-Hanna oder Hühner-Hanna? Und Otto ist der hotte Otter-Typ mit der Motorsäge, gell? Oder war das dieser Elias? Und wer ist von dem Kerl aus dem Darkroom schwanger? Ich glaube, ich habe den Überblick verloren. Wann kommst du zurück? Ich vermisse dich«, stand in seiner Nachricht. Tatsächlich waren sie noch nie so lange voneinander getrennt gewesen.

»Kukka bekommt das Kind«, textete Karmen zurück. »Außerdem muss ich hier noch was erledigen, schon vergessen?« Was sich zwischen Elias und ihr verändert hatte, erwähnte sie nicht.

Haiko blieb dran: »Das sagst du seit Wochen. Wenn du dort bleibst, komme ich halt zu dir. Bin eh gespannt auf das Sechzigerjahrehaus.«

»Siebzigerjahre. Und bleib bitte einfach dort, wo du bist!«

Am übernächsten Tag stand Haiko vor ihrem Haus. Kurzerhand hatte er wichtige Termine verschoben, sich ein paar Tage freigenommen und war hierher gefahren. Wie frisch aus dem Ei gepellt, in gebügelten Jeans und einem cremefarbenen Ralph-Lauren-Polo, einen kunstvoll verbeulten Strohhut auf dem Kopf: Nach einer anstrengenden Autofahrt stand er tatsächlich da, drückte vergeblich auf den defekten Klingelknopf und wartete, dass Karmen ihm endlich aufmachte. Dann versuchte er, sie anzurufen, vergeblich. Schließlich stapfte er an der Hecke entlang, die das Grundstück umgab, ging hinauf zum Waldrand und fand ein hüfthohes Loch im Zaun, durch das er kletterte. Dabei passte er auf, ja nicht mit der Hose hängen zu bleiben. Ah, hier war also der berühmte Pool, er hatte ja das Foto gesehen. Auf einer Sonnenliege räkelte sich eine seltsam divaeske Gestalt. Sie trug einen Kaftan und hatte einen Handtuchturban um den Kopf geschlungen, eine dicke Brille auf der Nase, hörte mit einem altertümlichen Sony-Walkman Musik und wippte dabei mit einem Fuß. Übrigens plärrte die Musik in einer ziemlichen Lautstärke, Haiko erkannte sogar den Song: »Where the streets have no names«. Sie konnte ihn nicht kommen hören, und weil sie die Augen geschlossen hatte, sah sie ihn nicht. Haiko setzte sich auf die Liege daneben und wartete, bis sie ihn bemerkte.

Endlich machte sie die Augen auf und riss sich erschrocken die Kopfhörer von den Ohren. »Du, hier?«

»Wer sind Sie und was haben Sie mit meiner Freundin Karmen gemacht?« Er hatte den Satz kürzlich im Theater gehört und freute sich, ihn jetzt benutzen zu können.

Sie setzte sich auf und gab ihm einen Kuss. »Schau ich wirklich so anders aus?«

»Oh, jetzt habe ich dich erst erkannt. Karmen, bist du das? Du bist ein Hippie geworden.« Er zupfte an ihrem Kaftan herum. »Was haben sie mit dir angestellt? Ich verfluche den Typen, der deine Designerklamotten geschreddert hat. Aber keine Sorge, im Auto habe ich was Tolles von Marc Jacobs für dich dabei.«

»Kannst du selber anziehen.«

Aus den Kopfhörern quäkte noch immer der Song.

»Pet Shop Boys, ›Where the streets have no names‹. Passt gut zu dieser Gegend. Hier haben die Straßen auch keine Namen. Ohne Navi hätte ich kaum hergefunden.«

»Das ist U2, Schatz, dafür bist du zu jung. Und in dem Lied geht es, glaub ich, um Los Angeles.«

»Also fast wie hier. Aber wo ist der Poolboy, wo sind die Palmen? Ich bin da, um dich abzuholen.«

»Ich bin aber noch nicht fertig mit dem Dorf.«

Haiko verschränkte die Arme vor der Brust und machte einen Schmollmund. »Dann warte ich so lange, bis du fertig bist. Das Landleben bekommt dir nicht, Liebes.«

»Falls das kein Hungerstreik ist, darf ich dir was zu essen anbieten, ein zweites Frühstück. Ich mach dir Pancakes, warte …«

Haiko sah sie ungläubig an.

»Nein, war nur ein Scherz. Ich bin keine amerikanische Hausfrau geworden, falls du das glaubst. Aber lass uns Kaffee trinken.«

Sie gingen zum Haus runter. Auf dem Terrassentisch standen zwei Gläser, was Haiko mit »Detox, Retox« kommentierte. Am Abend zuvor hatte Elias vorbeigeschaut, unter dem Vorwand, die leeren Saftflaschen abholen zu müssen. Er hatte Zeit mit Karmen verbringen wollen und sie hatten bis spätnachts auf der Hollywoodschaukel gesessen. Sie tranken Wein und beschlossen, den Mond anzuheulen wie die Wölfe. Aber es war Neumond und kein Mond zu sehen. Dafür unglaublich viele Sterne. Ganz kitschig hatte sie ihm den Sternenhimmel erklärt. Später war dann noch Kukka gekommen und hatte mit ihnen in die Sterne geschaut. Und dann heulten sie doch noch. Wie drei Wölfe hatten sie den Großen Bären angeheult, Uhuuuuh.

Haiko flippte fast aus, als er die Wohnzimmereinrichtung sah. Vor allem das orange Sofamonster hatte es ihm angetan. »Wow, das ist von Verner Panton. Und du hast was von ›Wetten, dass..?‹ geschrieben. Alter, das ist ein original Pantonova von 1973. Die Sessel beim Esstisch sind von Charles und Ray Eames. Mir war unbekannt, dass du eine Bobo-Kindheit hattest.«

Sie schaute ihn fragend an. »Eine was?«

»Bobos, Bourgeoise Bohemians, also wir, schon vergessen? Wir sind die mit den tollen Wohnungen in den Szenevierteln, die ständig ihr tolles Leben für Instagram abfotografieren. Wir sind die Guten. Das Zeug ist ein Vermögen wert, ist dir das klar?«

»Gestern beim Garagenflohmarkt hat sich keiner dafür interessiert.«

»Banausen, alles Banausen.«

»Kannst es gerne haben, das Sofa.«

Schwungvoll warf sich Haiko auf die Sitzfläche. Die harte Polsterung schien ihn zu überraschen. »Aua. Hätte ich wirklich gerne, aber leider kein Platz in meiner Wohnung. In den Siebzigern hat man offenbar gern unbequem gesessen.«

»Man schläft auch schrecklich schlecht drauf.«

Nachdem sie in der Küche, auch hier entdeckte Haiko berühmte Designermöbel, finnische Tassen, was auch immer, Kaffee getrunken hatten, machten sie einen kleinen Spaziergang ins Dorf. Ihm taugten die weiten Felder, der Wald, die Kühe auf der Weide. Er liebte sogar den Geruch der Gülle, die einer der Dörfler-Landarbeiter gerade mit dem Anhänger auf einer Wiese verteilte. Haiko atmete tief ein. »Gute Luft. Ahh.«

»Hast du nicht was vergessen?«

»?«

»Na, das, was du immer sagst, wenn wir uns sehen.«

»Schenk mir ein Lächeln? Ja, seltsam, vergessen. Aber du lächelst eh die ganze Zeit.«

Als sie bei der Gärtnerei vorbei kamen, war Erdmuth mit ein paar anderen Dörflern damit beschäftigt, Salatköpfe zu ernten. Nachdem sie Karmen und Haiko entdeckt hatte, schwebte sie auf die beiden zu, um sie mit ihren erdfeuchten Händen stürmisch zu drücken und zu herzen. Verstohlen beobachtete Haiko seine Freundin, erwartete eine Abwehrreaktion wegen des Drecks. Stattdessen umarmte Karmen die überdrehte Hippiefrau zurück. Eigentlich hatte sie vorgehabt, sich zum Mittagessen mit Henna-Hanna im Speisehaus zu treffen, beschloss dann aber, dass Haiko fürs Erste genug vom Dorf und seinen Bewohnern gesehen hatte. Die Gemeinschaft würde sie ihm später mal vorführen. Stattdessen schlug sie vor, noch in den Wald hinaufzuschauen. Bis auf den kurzen nächtlichen Ausflug war sie selbst noch nicht dort gewesen. Haiko fand die Idee gut und so gingen sie die große Runde über den Wald nach Hause.

Es war Mittag und wieder ein heißer Sommertag. Die Kühle im Wald fühlte sich angenehm an. Plötzlich hatte Karmen überhaupt keine Ahnung mehr, wieso sie den Wald immer gemieden hatte. Sie trafen sogar Herrn Skippy, den Haiko ja bereits von dem Foto kannte. Offenbar war Skippy schon wieder aus seinem Gehege ausgebüchst und ignorierte sie. Die beiden taten so, als wäre ein Känguru im Wald das Normalste der Welt. Auf einer kleinen Lichtung fanden sie sogar ein paar Pilze. »Die könnte ich uns später zubereiten«, schlug Karmen vor, »das wird ein herrlicher Lunch!« Haiko sah sie verwundert an und hoffte, dass seine Freundin gerade die Ironie-Taste gedrückt hatte. Aber sie schien es ernst zu meinen, wollte ihn wirklich bekochen – irgendwas musste schon mit ihr passiert sein hier. Vielleicht doch eine Gehirnwäsche bei diesen seltsamen Sektenleuten, die das ganze Dorf in Beschlag genommen hatten. Oder hier wuchsen halluzinogene Pilze und sie hatte bereits davon gekostet. Nachdem er, der Hobbybotaniker, sich auch unsicher war, ließen sie die Pilze dann doch lieber stehen. Als sie wieder aus dem Wald traten, in einiger Entfernung unterhalb des Hügels ihr Haus sahen, hatte Karmen eine Idee. »Weißt du, was wir früher als Kinder immer gemacht haben? Leg dich ins Gras und halte deinen verbeulten Designerstrohhut gut fest.«

Haiko tat, wie sie sagte. Sie legte sich neben ihn auf den Boden. »Bestandsaufnahme?«

»Ich bitte darum.«

»Also. Fünfzig, ledig, verliebt in gleich mehrere Personen, Hausbesitzerin, die die Hütte auf dem Land eigentlich verkaufen soll, aber keinen Schimmer hat, was danach kommt. Weil: immer noch kein Job in Aussicht und die Karriere im Eimer.«

Haiko sah zu ihr rüber. »Das mit der Liebe ist neu. Worum geht es wirklich?«

»Hier geht es darum, im Gras einen Hang runterzurollen«, sagte sie und gab ihm einen Schubs. Dann setzten sich beide in Bewegung und kullerten den Hang hinab. Unten bei der Straße angekommen, war ihnen mordsschwindelig. Haikos Strohhut war noch verbeulter als vorher und sein Poloshirt voller Grasflecken. Lachend hielten sie sich aneinander fest, so schwindelig war ihnen.

Den Nachmittag verbrachten sie am Pool. Es war die erste Ferienwoche und die meisten Dörfler waren mit ihren Familien in Urlaub gefahren. Darum waren trotz des schwülwarmen Wetters heute keine Kinder da, die beiden allein. Ganz zufällig hatte Haiko seine Badesachen im Auto. FKK mit der besten Freundin fand er dann doch ein wenig zu schräg, auch wenn sie vorher noch gemeinsam wie Achtjährige durchs Gras gerollt waren. Unter Protest hatte sie sich auch in einen Badeanzug gezwängt. Nun lag er auf einer Liege auf dem Bauch und ließ sich von ihr den Rücken mit Sonnencreme einschmieren.

»Schatz, das ist ja eh alles ganz nett da, aber du gehörst nicht hierher«, murmelte er. »Du bist eine Stadtpflanze. Das Haus ist so gut wie leer, du kannst gleich morgen mit mir zurückfahren.«

Sie cremte gleich eine Spur fester auf seinem Rücken herum. »Ich hab das Gefühl, dass ich noch ein wenig bleiben sollte. Ich mag noch einen allerletzten Sommer hier verbringen. Bleib doch auch noch ein paar Tage hier mit mir. Du musst Kukka noch kennenlernen und die anderen. Habe ich dir eigentlich von Dick und Doof erzählt, den Hunden? Du magst doch Hunde.«

Er äffte sie nach. »Noch einen letzten Sommer hier haben. He, das ist nicht das echte Leben, Karmen, du bildest dir was ein. Irgendwas haben diese Hippies mit dir angestellt. Oder sind das Nachwirkungen von deinem Drogenwochenende?«

Sie war fertig mit eincremen und verteilte sich den Rest von ihren Händen im Gesicht. »Vielleicht können wir hier im Kleinen doch noch die Welt verändern.«

Haiko lachte in sein Badetuch. »Was hier passiert, ist die Gentrifizierung eines Dorfes. Die Welt da draußen dreht sich weiter, auch wenn du hier den Rückzug ins Private planst.

Hast du eigentlich mal Nachrichten geschaut in den letzten Wochen?«

Sie schüttelte den Kopf. »Ich habe bestimmt auch nichts versäumt, Schatz.«

Er setzte sich auf. »Da ist Terror von allen Seiten, da sind Rechtspopulisten, die mit der Angst der Leute auf Stimmenfang gehen, da sind Nazis und der Verrückte in Amerika. Die Welt steht vor dem Abgrund und du feierst hier das süße Leben.«

Sie schwieg. Wieso war er auf einmal so engagiert? Ausgerechnet Haiko.

»Außerdem, Karmen, du wolltest doch früher auch nie hierherkommen.«

»Nun ist alles anders, du wirst sehen.« Zum zweiten Mal hatte er sie jetzt bei ihrem Namen genannt. Seltsam.

»Ich sehe schon«, sagte Haiko und dann sagte er einen Moment lang gar nichts mehr. Denn unten vom Haus näherte sich Elias in seinen roten Badeshorts, ein Körbchen mit Weintrauben in der Hand. »Oh Gott, ich fürchte, du hast mich angesteckt. Ich beginne schon zu halluzinieren.«

Ohne von ihnen Notiz zu nehmen, stellte Elias den Korb auf einen Tisch, zog sein Unterhemd aus und machte einen sehr eleganten Kopfsprung ins Wasser. Er kraulte ein paar Längen, und als er wieder aus dem Wasser stieg, entfuhr Haiko ein leises Wow. Natürlich hatte Karmen seine stille Begeisterung sofort bemerkt und stellte die beiden Männer einander vor.

»Ich bleibe ein paar Tage«, flüsterte Haiko, als Elias kurz ins Badehaus verschwand, um sein Handtuch zu holen, das dort auf der Wäscheleine hing.

Karmen lachte. »Du mieses kleines Fähnlein im Wind.« Dann fiel ihr ein, dass sie ja ihre Wäsche in der Maschine unten hatte, die müsse sie noch aufhängen, sie wäre gleich wieder da. Insgeheim war sie froh, dass Elias ihr Gespräch unterbrochen hatte. Sie hätte Haiko von Elias erzählen müssen, dass er ihr Halbbruder war. Aber sie wollte etwas so Wichtiges nicht per SMS abhandeln. Und nun war es zu spät.

Als sie zurückkam, machte Haiko ausnahmsweise keine blöde Bemerkung, weil sie nun auch noch selbst die Wäsche wusch. Er war viel zu sehr mit Elias beschäftigt. Die beiden saßen am Beckenrand, planschten mit den Füßen im Wasser, aßen Trauben und schienen sich prächtig zu unterhalten. Karmen war für die beiden Männer plötzlich wie Luft, was ihr weniger gefiel. Dass Haiko Interesse an Elias hatte, überraschte sie kaum, aber Elias? Wie wenig sie ihn kannte! Als sie dann zu einem Spaziergang – Karmen lachte laut und schaute Haiko wissend an – Richtung Wald aufbrechen wollten und sie nicht aufforderten, sie zu begleiten, ärgerte sie sich fast ein bisschen.

Obwohl der Himmel strahlend blau war, hörte sie aus der Ferne Donnergrollen. Also begann sie, die Auflagen von den Liegen zu entfernen und sie in die Badehütte zu bringen. Anschließend ging sie hinunter und räumte auch von der Terrasse alles ins Haus, was trocken bleiben sollte. Ein kurzes Sommergewitter, etwas Regen, gut für die Landwirtschaft, dachte sie. Von der Terrasse aus beobachtete sie, wie jemand an der Hecke entlang schlich. Zuerst wollte sie den Mann ignorieren, den sie noch nie hier gesehen hatte. Der war eindeutig keiner aus dem Gemeinschaftsdorf.

»Hallo, suchen Sie wen?«, rief sie dann doch über die Hecke und der Mann blieb ertappt stehen.

»Ich suche Karmen Sonntag, die aus dem Fernsehen. Können Sie mir vielleicht weiterhelfen?«

Mist, der Typ war von der Regenbogenpresse, sie erkannte ihn. Möglicherweise hatte Haiko recht. Entweder hatte der Reporter keine Ahnung, wie sie aussah (wobei: dann wäre er ein sehr mieser Reporter gewesen), oder sie war hier wirklich zur Hippiefrau mutiert. »Was wollen Sie denn von ihr?«, fragte sie scheinheilig.

»Ich bin Journalist, ich möchte Frau Sonntag interviewen.«

Karmen spürte den Ärger in sich aufsteigen, unterdrückte aber ihre Wut und spielte das Spiel weiter. »Leider, Frau Sonntag ist verreist. Nach Australien, wissen S'.«

»Das wurde mir auch schon gesagt. Aber wir haben ein Foto, und die mitgelieferten Geodaten zeigen, dass das Bild vor wenigen Tagen genau hier aufgenommen wurde.« Er zeigte hinauf zum Pool.

Karmen realisierte, dass sich dieser Klatsch-Heini kaum so leicht zufriedengeben würde. Rasch zog sie ein giftgelbes Strandkleid über den Badeanzug (Henna-Hanna hatte es oben am Pool vergessen) und bat ihn, durch die Hecke zu ihr in den Garten zu kommen. Dann gab sie sich zu erkennen und machte ihren Standpunkt klar. Keinesfalls übrigens, indem sie mit juristischen Konsequenzen gedroht hätte, sondern sie sagte, sie hätte kein Interesse mehr an Öffentlichkeit, führe hier ein neues Leben, wolle noch einmal ganz von vorne anfangen. Schützenhilfe bekam Karmen von Otto, die ihrerseits mit ihrer Drohne den Journalisten seit seiner Ankunft beobachtet hatte (und deshalb zum Glück verpasste, was sich da gerade zwischen Elias und Haiko anbahnte). Nun stand Otto plötzlich da, setzte ein extra grimmiges Gesicht auf und klimperte bedrohlich mit den Ketten der Hose. In dem Moment erschien Petra in der Terrassentür, eine Kuchentransportbox vor sich hertragend. »Hallo«, sagte sie zur Begrüßung und gab Karmen einen Kuss, »du musst unbedingt alle Fenster zumachen, es kommt ein mords Gewitter. Ich habe gebacken! Oh, ich sehe, Besuch?«

»Die Fenster, ja. Würde ich ja, aber ich bin grad beschäftigt.« Karmen schaute den Reporter auffordernd an. »Aber der Besuch ist eh schon im Gehen.«

»Ich mach das mit den Fenstern«, rief da Henna-Hanna, die nun ebenfalls auf die Terrasse trat, einen leeren Wäschekorb in der Hand. Hanna ging wieder ins Haus und machte sich an die Arbeit. Inzwischen war auch noch eine sehr genervte Kukka eingetroffen und hielt Karmen ihr Handy entgegen. »Rede du mit ihm. Mich versteht er anscheinend nicht, der Arsch.«

»Paul?«, fragte Karmen und redete dann mit ganz ruhiger Stimme in Kukkas Telefon. »Paul, hör mir bitte zu. Wir bekommen das Kind auch ohne dich. Aber ja, du kannst es jederzeit sehen. Rechte und Pflichten, alles klar?«

Petra sah sie überrascht an. »Du bekommst ein Kind? In deinem Alter …«

»Wenn ein Mann mit über fünfzig noch Vater wird, regt sich auch niemand auf!«

»… ist das aber schon ein bisschen riskant, wollte ich sagen.«

Der Klatschreporter stand immer noch da und machte große Augen. Er suchte nach seinem Handy. Unter Karmens giftgelbem Strandkleid war zwar keine Wölbung zu erkennen, er sah wohl trotzdem schon superexklusiv die Babybäuchlein-Schlagzeile vor Augen: »Talk-Urgestein im Mutterglück.« Otto sah ihn böse an und er packte das Handy wieder in seine Tasche, ohne ein Foto gemacht zu haben.

»Ich bekomme ein Kind«, brüllte Kukka. Sie riss Karmen das Handy aus der Hand, warf es in den Garten und schoss damit fast Erdmuth ab, die eine Kiste mit frischen Salatköpfen und anderem Gemüse vorbeibringen wollte und eben durch die Hecke geklettert war. Sie hatte die Attacke glücklicherweise übersehen. Lächelnd schwebte sie in Richtung Küche.

Petra gab Kukka eine Ohrfeige. »Das war dafür, dass du offenbar deiner Mutter das Wichtigste verschweigst. Und jetzt lass dich umarmen. Großmutter, ich werde Großmutter!«

Nachdem sich Kukka aus der Umklammerung gelöst hatte, ging sie zu Karmen. »Okay, wir bekommen ein Kind.« Der Himmel war nun schon fast schwarz.

»Klopf, Klopf, ist jemand zu Hause?«, tönte es da von der Terrassentür. Dort stand Reiner in seinem weißen Leinenanzug, eine lässige Schiebermütze auf dem Kopf, wie immer übertrieben gockelhaft. In dem Moment riss ein Windstoß den Wäscheständer um und oben vom Pool kamen Haiko und Elias Hand in Hand heruntergerannt, beide splitterfasernackt. Sie hatten offenbar kein Publikum erwartet. »Elias«, riefen Reiner und Otto gleichzeitig, aber aus einem anderen Impuls heraus.

Nachdem Haiko und Elias umständlich den Wäscheständer aufgehoben und sich hektisch zwei von Karmens gehäkelten Hippiekleidern übergezogen hatten, schien sich auch der irritierte Reiner wieder erholt zu haben. Aus einem abgegriffenen »Jute statt Plastik«-Beutel – er hatte das Relikt aus den Achtzigern am Samstag beim Garagenflohmarkt erstanden – zog er einen Packen Papier. »Machen wir endlich Nägel mit Köpfen. Liebe Karmen, dein Haus, dein großartiges Haus, den wunderschönen Garten, den Pool. Das Gemeinschaftsdorf hat sein Kaufangebot nochmals erhöht. Ich habe hier den Vertragsentwurf dabei, wir zahlen dir einen guten Preis. Du musst nur noch unterschreiben. Dann ist unsere Zentrale Versorgungseinheit schon auf Schiene.« Er suchte in der Tasche seines Sakkos nach einem Stift. »Du kannst den Vertrag natürlich auch gerne vorher noch deinem Anwalt zeigen. Glaub mir, es ist das Beste für dich.«

Das Beste für sie, ja klar. Natürlich wusste Reiner, was das Beste für sie war. Wie all die anderen es immer wussten. Auch wenn sie immer das Gefühl gehabt hatte, selbst die Entscheidungen ihre Karriere und ihr Leben betreffend zu fällen: Männer hatten entschieden, was sie mit ihrem Gesicht verkaufen konnten, Nachrichten, Polittalk, Wellness oder lächerlichen Glam bei irgendwelchen Galaveranstaltungen. Männer hatten bestimmt, ob ihr Gesicht von Bildschirmen oder Illustrierten lachte, ob ihr Körper fit genug war, für Kosmetik Reklame zu machen, oder dass sie sich am Sonntagabend um ihr Leben moderieren konnte. Damit war jetzt Schluss. Die weißen alten Männer hatten sich gegen sie entschieden. Aus Gründen. Nun war sie frei. Nun war sie es, die sich ihr Gesicht, ihren Körper, ihren Witz und ihr Gewissen zurückeroberte. Und die Liebe. Nie wieder würde sie sich von einem Mann abhängig machen. Weder von Elias, von Haiko, dem bescheuerten Klatschreporter da, Reiner oder sonst noch wem.

Karmen nahm Reiner, der sie erwartungsfroh ansah, den Stapel Papier aus der Hand, überflog die erste Seite. »Lieber Reiner«, hob sie schließlich an, »ich habe es mir anders überlegt. Das Haus steht nicht mehr zum Verkauf. Kukka und ich und das Kind, wir bleiben.« In dem Moment schlug oben beim Waldrand ein Blitz direkt in eine der hohen Fichten ein. Ganz kurz war der Garten grellweiß erleuchtet und man konnte Herrn Skippy durch die Hecke hüpfen sehen. Keine Sekunde später folgte ein Donnerschlag.

So schnell sie konnten, flüchteten alle ins Wohnzimmer. Dort standen schon Erdmuth und Henna-Hanna, jede eine

Schüssel in den Händen. Strahlend riefen sie »Salatschmaus!«, und draußen lärmte der Regen.

Als Karmen das Licht im Wohnzimmer anmachen wollte, zischte es kurz und dann roch es verschmort. Der Strom war weg.

Play

»Mädchen oder Bub?«

»Vor allem ist es ein Kind.«

Elias hat sich das Baby im Tragetuch vor die Brust gebunden und bringt gerade den Elektriker zu seinem Auto, der in den letzten Tagen endlich alle Leitungen im Haus erneuert hat. Jetzt wartet er gespannt auf den üblichen Satz, das Baby würde ihm ähnlich sehen, er sei sicher ein ganz stolzer Vater. Elias hat sich schnell abgewöhnt, darauf noch irgendwas zu antworten. Dass er nicht der Vater, dass sie trotzdem eine Familie, so Sachen. Gerade als der Handwerker wegfährt, kommt Otto an, leise klimpern Ketten, Nieten und Werkzeug. Ottos Haare sind jetzt schwarz. Das Baby lacht, Otto lacht auch und zwickt es sanft in den ringelbesockten Fuß, gibt Elias einen Begrüßungskuss und dann gehen sie ins Haus, vor dem Dick und Doof, die beiden Hunde, faul herumliegen. Sie gehen vorbei an der ehemaligen Praxis, wo jetzt die Zimmer von Karmen, Kukka und dem Kind sind. Von oben tönt sehr laut »Run the World« von Beyoncé.

Die Abendsonne wirft durch die bunten Glasbausteine buntes Licht auf die drei. Oben im riesigen Gemeinschaftsraum nimmt Otto den Rechner aus dem Rucksack, stellt ihn auf den Tisch und klappt ihn auf. »Mach mal nicht so laut«, sagt sie und Elias dreht Beyoncé leiser. Auf dem Monitor sieht man Karmen mit der Bundespräsidentin durch den Wald wandern, dann sitzen beide auf einem querliegenden Baumstamm. »Sonntalk. Ist super geworden, glaub ich. Ist Karmen da? Ich will ihr die neue Folge zeigen, die heute Nacht online geht.«

»Sie arbeitet im Garten«, sagt Elias und geht mit dem Baby, das vergnügt vor sich hin brabbelt und Spuckeblasen macht, Richtung Küche. Kukka kommt ihm mit einem Stapel Tellern, sonnengelben Papierservietten und Besteck entgegen. Sie lächelt das Kind an, geht auf die Terrasse hinaus und beginnt, einen sehr langen Tisch für sehr viele Leute zu decken. Auf dem Rasen, ein paar Meter entfernt, steht Petra und macht Feuer im Kugelgrill. »Wir haben schon auch was für die Vegetarier, oder?«, fragt sie.

Kukka nickt. »Na, was denkst du, Mama.«

Otto steht in der Terrassentür, ruft zum Waldrand hinauf, wo sie Karmen vermutet: »Neue Folge Sonntalk ist da!« Der Wald gibt ihre Stimme als Echo wieder.

»Glei-heich«, ruft Karmen zurück, ohne dass Otto oder die anderen sie sehen könnten. Der Garten ist nun ein richtiger Garten. Das Gras ist saftig grün, die Büsche sind gestutzt, sodass man wieder hinaussehen kann auf die Felder. Zwischen zwei Bäumen ist eine Slackline gespannt, es gibt sogar eine Hängematte.

Kukka geht in die Küche zurück, um Gläser zu holen. Auch die Wohnung hat sich verändert. Klar, die Designklassiker sind noch da, dafür hat Haiko schon gesorgt, der oft am Wochenende da ist. Aber die pseudo-liberale Siebzigerjahre-Spießigkeit ist verschwunden. Alles wirkt so gemütlich und modern. Der Parkettboden ist abgeschliffen, die Wände sind frisch ausgemalt und hell. Irgendwie merkt man, dass hier ein Baby wohnt; natürlich auch wegen der Spielsachen. Gerade tritt Haiko aus dem ehemaligen Arbeitszimmer, jetzt gehört es Elias. Er sieht ein bisschen verschlafen aus.

Kukka lächelt, hält ihm ein Tablett mit Gläsern hin. »Gibt gleich Essen. Mach dich nützlich, Schatzi.«

»Mach ich.« Haiko drückt ihr einen Kuss auf die Wange, dann bringt er die Gläser auf die Terrasse, verteilt sie auf dem Tisch und zählt die Teller. »Wie viele werden wir eigentlich?«

Petra trägt so eine seltsame Schürze mit dem Torso eines Bodybuilders. Sie hat inzwischen die glühenden Brickets vom Anzündkamin auf den Rost gekippt, dass die Funken nur so fliegen. Petra winkt mit der Grillzange. »Hoffentlich genug, es gibt, glaub ich, irrsinnig viel Zeug.«

Elias hat die Musik im Wohnzimmer wieder lauter gedreht und kommt mit dem Baby raus auf die Terrasse. Auch Haiko zwickt das Baby in den Fuß und Elias fährt ihm durchs Haar. »Hast du ein Schläfchen gemacht, mein Lieber?«

»Nach der langen Fahrt, ja. Schön ist es da. Ich muss mir gleich den neuen Pool anschauen.«

»Das ist kein Pool, das ist ein Schwimmteich«, korrigiert ihn Elias und grinst. Dieses Lachen.

»Schwimmteich halt.« Haiko macht ein paar Barfußschritte in den Garten. Dann dreht er sich um, geht zurück zu Elias und küsst ihn auf den Mund. »Schön, dass ich da bin.«

»Schön, dass du da bist. Und jetzt braucht das Kind was zu essen«, und spricht mit verstellter Stimme weiter. »Lassen Sie mich durch, ich muss zu meiner Mutter.« Er lacht noch mal und geht mit dem Baby zurück ins Haus.

»Who run the world?«, singt Beyoncé und gibt gleich die Antwort: »Girls.«

Haiko läuft die Wiese hinauf, die nun wirklich eine Wiese ist mit Blumen und so für die Bienen. Er läuft vorbei an frisch gesetzten Obstbäumen. Oben am Waldrand, wo früher der Pool war, ist jetzt ein mindestens doppelt so großer Teich mit hölzernem Steg. Das Wasser schaut ein bisschen trüb aus, der bepflanzte Uferbereich ist auch noch etwas karg, aber der Teich ist ja auch erst vor ein paar Tagen fertig geworden. Neben der alten Badehütte steht ein riesiges selbstgezimmertes Sofa aus Europaletten mit vielen bunten Polstern, darüber flattern so tibetanische Wimpel im Sommerwind. Sogar ein kleiner Wasserfall plätschert. Um den Schwimmteich hat Elias einen stabilen Zaun gebaut, damit dem Baby nichts passiert. Ein paar Meter daneben ist ein frisch angelegter Gemüsegarten. Dort kniet Karmen. Braungebrannt, in einer mohnblumenroten Latzhose, einer der beiden Träger ist nach unten gefallen. »Für eine Frau machst du das sehr gut«, steht in schwarzen Blockbuchstaben auf ihrem weißen T-Shirt. Bestens gelaunt kniet sie da im Gemüsebeet bei den Tomaten, bricht die reifen von den Stängeln und legt sie sorgsam in den Korb neben sich. Die Tomaten leuchten genauso rot wie ihre Hose.

Sie steht auf, hält sich den Rücken, lacht und sagt »Scheiß Yoga«. Dann küsst sie Haiko zur Begrüßung. »Du hast geschlafen, da wollte ich dich nicht wecken. Otto und ich waren im Studio und haben die Sendung mit der Präsidentin geschnitten.«

»Ich weiß. Die ganze Branche spricht über deine Doku-Interview-Reihe mit starken Frauen. Sie sind ganz aus dem Häuschen, weil du das quasi im Alleingang machst – dein Konzept, deine Moderation, deine Regie. Otto will uns, glaub ich, die neue Folge zeigen.«

»Nach dem Essen. Ohne Kukka ginge das alles nicht. Sie ist das Beste, was mir passieren konnte. Ist denn schon alles fertig?«

»Sieht so aus, ja. Alle wirbeln wie die Besessenen in der Küche herum. Zeig mal.« Er greift nach ihren Händen, untersucht sie, fährt mit den Fingern über Schwielen. »Deine

Hände. Mit Dreck unter den Fingernägeln. Und die Arme sind ganz verkratzt.«

Karmen lächelt stolz. »Ich habe Brombeeren geerntet.«

***

Industriegebiet vor einer Lagerhalle, Nacht. Aus der Ferne beobachten wir, wie zwei Gestalten einen in braunes Packpapier eingewickelten, länglichen Gegenstand aus einem Gebäude hinaustragen und auf den Dachgepäckträger eines verbeulten, grauen Mercedes wuchten. Schnitt.

Einer der beiden Männer, ein älterer Typ in Lederjacke, das gelbgraue Haar zu einem dünnen Zopf zusammengebunden, befestigt das Paket locker mit einem Spanngurt.

Der andere Mann: »Das musste fester ziehen.«

Der Alte mit der Lederjacke: »Freundchen, ich weiß schon, wie ich sperriges Gepäck befördern muss.« Er öffnet die Autotür und steigt ein.

Der andere: »Nicht, dass noch was passiert …« Schnitt.

Wagen, innen. Der Alte startet den Motor. Aus dem offenen Fenster: »Ist ein Kamikaze-Taxi. 1969er-Baujahr. Aber mit 'ner Lady auf dem Dach fahre ich vorsichtig.« Schnitt.

Außen, Straße, Nacht. Der Mercedes setzt sich langsam in Bewegung.

Schnitt auf das Paket auf dem Dach des Wagens. In der Großaufnahme ist zu sehen, wie sich der Spanngurt löst und das Paket ein wenig verrutscht.

Zurück in die Totale. Der Mercedes mit dem Paket auf dem Dach schleicht langsam durch das verlassene Gewerbegebiet und kommt zu einer Kreuzung. Schnitt.

Wagen, innen. Der Fuß des Alten drückt aufs Gaspedal.

Außen, Nacht. Der Wagen beschleunigt. Reifen quietschen, das Gepäckstück rutscht vom Dachgepäckträger und fällt auf die Straße. Schnitt.

Wagen, innen. Der Alte steckt sich eine Zigarette in den Mund, blickt in den Rückspiegel. Er grinst. Schnitt.

Außen, Nacht. Mit hohem Tempo entfernt sich der Mercedes. Ein junger Fuchs kommt ins Bild, schnuppert neugierig an dem Paket, das auf der Straße liegt. Das Tier zerrt mit den Zähnen am braunen Papier. Schnitt.

Close-up. Der Fuchs reißt an dem Papier. Zum Vorschein kommt eine Wachsfigur, deren Gesicht entfernt an eine Talkshowmoderatorin von früher erinnert. Schnitt auf die Totale. Die Kamera zeigt, wie sich der Fuchs neben die Wachsfigur legt. Dann fährt die Kamera nach oben, gibt den Blick frei auf eine Stadtsilhouette. Der klare Sternenhimmel ist zu sehen, Vollmond.

Darüber die Schlusstitel.